KRISTINE
BILKAU
Die Glücklichen

Mai 2015

KRISTINE
BILKAU

Die Glücklichen

Roman

Luchterhand

Für
T. und T.

Now a new day comes
Clears the darkness out of sight
And the shadows that were sleeping
Come and dance beneath the light

Belle and Sebastian,
»Waiting for the Moon to Rise«

1. TEIL

(Bald ist Winter)

I

Es ist dunkel und der Abendverkehr schiebt sich langsam durch die Straße vor dem Haus, die Lichter der Autos schimmern hinter dem Plastikvorhang, die gesamte Außenwelt verschwimmt hinter der Plane und dem Baugerüst. Ein Zustand, der sie nicht sonderlich stört, im Gegenteil, der gar nicht so schlecht ist, wie die Nachbarn finden, die im Treppenhaus nörgeln, wie lange denn noch. Die milchige Hülle macht die Wohnung zu einem verborgenen Raum, sie verbreitet ein Höhlengefühl. Tagsüber filtert sie das Licht und lässt es geschwächt in die Zimmer, nachts ist sie wie ein schützender Mantel. Isabell stellt sich ihren Ahornbaum hinter dem Gerüst vor. Die feinen Anzeichen der Jahreswechsel bemerkt sie an ihm zuerst; wenn sich an den Zweigen Knospen bilden und Tage später hellgrüne Spitzen, wenn sich die Blätter rot und gelb färben und nach drei, vier stürmischen Nächten die Äste kahl sind, und sie Georg mitteilen kann: Wir haben Frühling; bald ist Winter. Während sie die Plane betrachtet, sieht sie den Baum in all seinen Details vor sich. Das handtellergroße, gezackte Ahornblatt löst sich wie zufällig von seinem Zweig und fällt langsam, kreiselnd, vom Wind getragen. Sie hat ihre Straße vor dem Auge, die Fassaden in Hellblau, Lindgrün und aufreizendem Himbeerrot mit weißen Ornamenten, nach und nach herausgeputzt während der letzten Jahre. Dazwischen, wie kümmerliche Provisorien, Häuser aus stadtschmutzigem Gelbklinker. Gegenüber die Hutmacherei und der Feinkostladen mit seinem Bistro, daneben das kleine Geschäft, in dem es überteuerte, schöne Dinge gibt: Rosenseife aus Portugal, Alpaka-Decken aus Norwegen, Strickpullis einer südfranzösischen Manufaktur. Die hohen Fenster des Yogastudios im ersten Stock, darin am späten Nachmittag die Umrisse der Körper, ihre synchronen Bewegungen im warmen Licht. Die Zweige der hochgewachsenen Bäume über den Dächern der parkenden Autos. Alles, ihr Zuhause.

Sie reißt einen kleinen Zettel in Hälften und beginnt zu schreiben.

Meine Hände werden nicht zittern.

Mit geschwungener Schrift notiert sie den Satz. Das Ganze hat etwas Lächerliches, Kindisches, aber sie kann nicht anders.

Meine Hände, schreibt sie auf das zweite Stückchen Papier. Das M und das H zieht sie größer als die anderen Buchstaben. Der Bleistift erzeugt ein Wispern.

Werden nicht zittern.

Sie schaut auf die Uhr, in einer Viertelstunde muss sie los. Schnell faltet sie die Papierstreifen und stopft sie in die Taschen ihrer Jeans, einen in die rechte, einen in die linke, einen für die rechte Hand, der ist wichtig, einen für die linke Hand, zur Sicherheit.

Auf dem Weg in die Küche schiebt sie die Zettel tiefer in die Taschen, fest stecken sie unter dem engen Jeansstoff.

Georg sitzt am Tisch und füttert Matti, zwischendurch beißt er von seinem eigenen Brot ab und blättert in einer Zeitschrift. Auf dem Teller hat er Apfelringe und Gurkenwürfel arrangiert, dazu einige Häppchen Toast mit Butter, die Matti erstaunlich brav isst. Manchmal müssen sie mit Tricks seine Aufmerksamkeit suchen, damit er das Essen nicht vergisst, denn er spielt lieber mit seinem Löffel, schaut in der Küche umher, zeigt mit seinem speichelnassen Finger fordernd auf die Lampe, eine Banane, eine Flasche, weil er das Wort dazu hören will. Dann sitzen sie beide neben ihm, jeder an einer Seite, und machen aus der Mahlzeit ein Spiel, ein Löffel Grießbrei brummt wie ein Flugzeug auf Mattis offenen Mund zu, ein Stückchen Gurke kreist wie eine Hummel durch die Luft, und mittendrin, sieht sie vor sich das komische Bild, das sie beide dabei abgeben, erkennt Georg nicht, erkennt sich selbst nicht; zwei seltsame Erwachsene, die Theater spielen, die sich über ihr sattes Kind freuen wie über ein großartiges Geschenk.

Auf dem Herd zischt die Espressokanne, dazu hat Georg wieder Milch aufgesetzt. »Da ist Kaffee, wenn du möchtest«, sagt er, den Blick weiter auf die Zeitschrift gerichtet. Sie stellt die Gasflamme aus, »ich bin heut nicht müde«, sagt sie, kann jedoch ein Gähnen nicht unterdrücken. Georg blickt sie fragend an, sie hält sich die Hand vor den Mund und muss lachen. »Ich brauch heut keinen Kaffee, ich bin konzentriert genug.« Die Milch gießt sie in einen Becher und rührt Honig hinein, Koffein kann Hände zittern lassen, warme Milch beruhigt die Nerven. Sie hat *konzentriert* gesagt, obwohl sie *angespannt* dachte. Doch sie will nicht Georgs Neugier wecken, sie will nicht darüber reden. Es wird von allein vergehen, wenn sie erst in ihren alten Rhythmus zurückgefunden hat. Seit es Matti gibt, fallen ihr abends die Augen zu, nun muss sie um diese Zeit wieder hellwach sein. Nach der Vorstellung geht es für manche Kollegen noch weiter, in den Nachtclub des Theaters, wo ihnen die Bühne gehört, wo sie das spielen dürfen, was sie wirklich wollen. Sie aber wird nach Hause eilen, nichts wie ins Bett gehen, sie wird auf den Schlaf warten und wissen, dass Matti sie bald rufen wird, selten schafft er mehr als drei oder vier Stunden am Stück ohne aufzuwachen. Ihre nimmermüden Ohren werden seine Stimme oder sein Weinen erwarten. Die Leuchtziffern des Weckers im Auge, wird sie an den kommenden Tag und den nächsten Abend denken. Sie hat Sehnsucht nach den letzten Wochen der Schwangerschaft, nach der Langsamkeit und der Ruhe dieser Zeit. Als sie zu Hause Musik machte, ohne Dirigent, ohne Kollegen, ohne Publikum. Sie spielte für einen unsichtbaren Menschen. Ihre Musik und die Gegenwart des Kindes, das sich unter ihrer Bauchdecke regte. Sie war allein und wusste doch: Jemand hört mich.

Sie drückt ihre Wange an Mattis, atmet dabei seinen Geruch, buttrige Haut und Apfelsäure – seine Augen weiten sich, weil er versteht, dass sie geht –, dann gibt sie Georg einen Kuss. »Einen schönen Abend«, ruft er ihr hinterher, als sie im Flur den Cellokasten schultert.

Bevor sie das Haus verlässt, hört sie von der Straße her Musik, Blechbläser, Pauken, dann Flöten, etwas schrill. Ein Streifenwagen fährt langsam vorbei, dahinter geht der kleine Spielmannszug, Schüler mit roten Wangen, die Hände in fingerlosen Wollhandschuhen, das spielende Grüppchen gefolgt von Müttern, Vätern und Kindern, die Laternen vor sich hertragen. Sie bleibt stehen und schaut zu, wie der Umzug an ihr vorbeizieht. Nächstes Jahr könnte sie mit Matti dabei sein. Eine Frau mit Pudelmütze schiebt ihr Kind in der Karre vorbei, in seiner Faust hält es einen Holzstab, an dem nur ein Lämpchen mit etwas Draht befestigt ist, die Mutter bewegt die Lippen zum Lied. Es ist schön und einfach, Papierlampen durch die Dunkelheit zu tragen, wie gern hätte sie jetzt Matti im Tragetuch vor dem Bauch, wie schön wäre es, mit ihm eine Weile dabei zu sein, mit den anderen zu singen und in der Menge zu verschwinden.

Weil sie sich bemüht, nicht an ihre Hände zu denken, während sie den Spind öffnet und sich zur schwarzen Jeans eine schwarze Bluse anzieht, nimmt sie jeden Handgriff bewusst wahr, die Knöpfe durch die Löcher schieben, den Blusenkragen richten, den Schrank abschließen.

Durch den langen Korridor geht sie zur Cafeteria, Gesang dringt aus den Garderoben und es riecht nach Haarspray. Eine Tänzerin schiebt ihren schmalen Körper durch die Tür, sie trägt einen Catsuit, falsche Wimpern flattern an ihren Lidern, grazil kreist sie die eine Schulter, danach die andere, biegt ihren Oberkörper mühelos nach vorn und richtet ihn wieder auf, am Bühnenausgang bleibt sie stehen, Feuerzeug und Zigaretten in der Hand. Isabell streckt unwillkürlich den Rücken und legt den Kopf ein wenig zur Seite, um den Nacken zu dehnen.

Am Automaten in der Cafeteria holt sie sich heißes Wasser und einen Beutel Minztee. Die Techniker sitzen an den Tischen und essen Braten mit Rotkohl und Knödeln, Isabells Blick schweift über sie hinweg zu den Bildern an der Wand, Fotos von vergangenen Inszenierungen, bei einer weiteren war sie dabei; sie sollte sich hier nicht fremd fühlen. Sie hält den Becher unters Kinn und spürt, wie der Dampf die Lippen berührt, auch der Tee ändert nichts daran, dass sie friert. Nach einer Weile geht sie ins Untergeschoss, schiebt die Eisentür zum Graben auf, die mit einem dumpfen metallischen Ton wieder zuklappt, das Geräusch erinnert sie an die Kellertüren von Parkhäusern.

Ein kleines schrumpfendes Ensemble sind sie, fünfzehn

Leute, vor Mattis Geburt waren sie noch zwanzig. Eine schwarz gekleidete Truppe in einem mit schwarzem Filz ausgekleideten Graben, verborgen unter der Bühne, wie in einem Tunnel. Für das Publikum sind sie unsichtbar, bis zu den Pausen. Dann stellen sich Zuschauer an das Geländer und blicken zu ihnen herab, Eltern mit ihren Kindern, Rentnerpaare oder Freundinnen, die sich für den Abend zurechtgemacht haben, mit Glitzerblusen und Handtäschchen. Sie stehen oben am Rand des Grabens und schauen auf uns herunter, als wären wir Tiere in einem Gehege, hat sie früher gedacht. Die meisten Kollegen arbeiten an anderen Projekten, das Musical bringt ihnen Geld, raubt ihnen aber die Zeit, es ist etwas Vorläufiges, nicht das Eigentliche. Ob die Musik vom Tonband käme, wollte ein grauhaariger Strickjackenmann gestern wissen, als wären sie und ihre Instrumente nur zur Zierde da, und sie hat geduldig geantwortet, vom Tonband, das war geradezu rührend, wo gab es noch *Tonbänder*?

Sie setzt sich und ordnet ihre Noten, die sie eigentlich nicht braucht, zumindest nicht zum Spielen, aber für das sichere Gefühl, dass alles an seinem Platz liegt. Sie löst ihren Zopf, dreht ihn zu einem Strang und rollt ihn zu einem festen Knoten, den sie sich im Nacken bindet. Sie friert wieder und reibt sich die Oberarme. Alexander begrüßt sie überschwänglich, mit einem lang gezogenen Hey, sie misstraut ihm, er kann boshaft sein, die Schwächen der anderen erspüren und mit seinen Bemerkungen aufspießen, erste Geige, selbstverständlich erste Geige, Studium in Bukarest, sein Akzent lässt alles, was er sagt, auch die Gemeinheiten über Kollegen, auf reizvolle Art nachlässig wirken. Gestern begleitete er sie im Regen ein Stück zum Eingang, er eskortierte sie elegant mit seinem Schirm, und sie fühlte sich angezogen von ihm, die Mädchen an der Bar im Foyer fallen reihenweise auf ihn herein.

Sie hebt ihr Cello vom Boden und lässt den Bogen leicht über die Saiten gleiten, spielt ein paar Takte aus dem Solo, dann wieder einzelne Töne mit Druck. Sebastian setzt sich, in sich gekehrt und wortkarg, die ewige zweite Geige, zufrieden dabei, er scheint genau das zu wollen. Sie beobachtet, wie er aus seinem Rucksack die gewohnte Thermoskanne holt und sie unter seinen Stuhl stellt. In der Kantine isst er selbst gemachte Brote, sie hat seine Stullen in der Tupperdose immer belächelt. Ihr Blick fällt auf seine derben Schuhe, wie Wanderschuhe sehen sie aus, drei Kinder hat er, drei.

Während sie ihre Instrumente stimmen, stellt Sean sich an sein Pult, das Publikum applaudiert ihm nicht, denn er verschwindet wie alle im Graben, nur sein Kopf ragt gerade genug heraus, damit die Darsteller ihn sehen können. Der Bogen liegt ruhig in der Hand, es gibt keinen Grund sich zu fürchten, sie ist hier, den dritten Abend nach einer langen Pause, sie ist hier, als wäre sie nicht weg gewesen, die Geräusche sind vertraut, die Gesichter auch, nur nicht auf die Hände achten, einfach spielen, alles wie immer sein lassen, das muss doch möglich sein. Maggie schlängelt sich dicht an Sebastian vorbei, den Arm um ihre Bratsche geschlungen wie um einen kleinen Hund. Sie trägt ein langes Kleid, als wären sie ein Sinfonieorchester. Ihr Pony ist toupiert, die Augen mit dramatischem Lidstrich geschminkt.

Im Saal wird es dunkel, acht Uhr, Georg singt Matti gerade in den Schlaf, er wird neben dem Gitterbett sitzen und eine Melodie summen, bald wird er vorsichtig aufstehen, langsam und auf Zehenspitzen zur Tür gehen, damit keine Diele knackt und seinen Rückzug verrät, damit er ungehindert in die Freiheit seines Abends gleiten kann.

Vereint in konzentrierte Stille warten sie hier unten darauf, dass Sean den Arm hebt. Sie atmet wieder gegen das Herzklopfen an.

Mit jeder Minute wächst die Zuversicht: Es wird nicht wieder passieren.

Die Musik strömt über sie hinweg, alle Stimmen schicken ihre Wogen durch den Raum, sie ist eine Schwimmerin und wird getragen, sie treibt im Strom des satten Klangs, sicher und leicht.

Stille im Graben, Schritte über ihnen auf der Bühne, auf dem kleinen Monitor neben sich beobachtet sie die Darsteller, die Szene da oben wird dauern. Alexander sinkt in seinen Stuhl, im Gesicht der bläuliche Schimmer seines Telefons, sein Finger wischt über das kleine Lichtquadrat. Ein Zwist auf der Bühne, Schlagzeugwirbel, sie bringt sich in Position, Trommelkrach, oben soll etwas zu Bruch gehen, mit Geräuschen untermalt, Bogenanstrich, Abstrich, zwei raue Töne, ein Zupfen, Pling, dann wieder Pause. Minuten vergehen und sie versucht herauszufinden, was sie in den Händen spürt. Klavier vom Keyboard mit Synthiestreichern, Chor auf der Bühne, anschwellendes Pathos, Liebe und Schmerz, Sean dirigiert mit wiegendem Körper und begleitet den Chor mit Grimassen, manche finden lächerlich, wie er sich da reinhängt, Abend für Abend. Polternde Schritte und Dialog, Alexander lehnt sich wieder zurück, die Geige auf dem Schoß und das Telefon in der Hand. Im Schein ihres Halogenlämpchens blättert Maggie in einem Buch über den Himalaya.

Isabell schaut wieder auf den Monitor, achtet auf jede

Bewegung der Schauspieler, weit, weit ist sie entfernt von der Trägheit der anderen. Solo Querflöte. Sie lässt den Arm hängen und schüttelt die Hand, nur ein wenig, damit die anderen nichts merken. Einsatz Fagott. Sie friert wieder und die gefährliche Unruhe wandert in die Glieder, sie spürt es in den Armen, sogar in den Beinen, wie ein leises Beben. Nicht das Atmen vergessen. Ihr Körper verlässt sie, und wenn sie davonlaufen könnte, würde sie das jetzt tun. Die Achseln unter dem Blusenstoff sind nass. Noch vier, noch drei, noch zwei, und – sie setzt einen Tick zu früh ein, der Auftakt scheint misslungen – oder nicht, oder doch?

Schon ist der Moment verflogen, nun piano und zart, *piano*, doch sie kann nur mit Kraft spielen, sie kann den Druck nicht vom Bogen nehmen, sie muss die Kontrolle behalten, viel zu laut ist sie, starr und laut – oder nicht, oder doch?

Maggie dreht sich zu ihr, und sie muss auch das noch schaffen, nicht hinsehen. Sean, Alexander, Sebastian, die anderen, alle Gesichter verschmelzen zu einer einzigen Frage: Was stimmt nicht mit dem Cello? Sie spürt das Mitleid und das Erstaunen der anderen, mit jedem Ton, den der starre Bogen erzwingt, wächst die Neugier der anderen, das Solo scheint endlos, und doch, sie erreicht die finalen Takte, nur nicht schneller werden, das letzte Stück Würde bewahren, das Tempo einhalten. Einsatz Blechbläser, es ist vorbei. Streicher und Synthiestreicher übertönen jeden Zweifel, jede Unebenheit. Eben noch wie blind und taub, reißt sie nun der Strom wieder mit sich, sie legt eine übertriebene, fast peinliche Hingabe in ihr Spiel, als könne sie ihr Solo damit ungeschehen machen, seht her, ich bin eins mit meinem Instrument, ich falle nicht aus, ich habe meine Sinne beisammen, ich bin weder krank noch unfähig.

Während der Pause geht sie zum Bühnenausgang und huscht an dem Grüppchen Raucher, draußen an der Treppe vorbei, als wäre sie auf der Flucht, hinter der Hausecke bleibt sie stehen. So schlimm war es nicht, es ging, es ging gerade noch, sie wünschte, jemand würde ihr das sagen, sie wünschte, sie könnte jemanden fragen. Sie spielte wie unter einer Glasglocke. Jeder konnte ihr dabei zusehen: Sie hatte den Klang verloren, und die Leichtigkeit.

»Wie wars?«, fragt Georg in die Dunkelheit des Schlafzimmers. Sie schlüpft zu ihm unter die Decke.

»Gut.«

2 | Alle aus der Nachbarschaft scheinen handgemachte Brötchen zu wollen, bis vor die Ladentür stehen die Leute Schlange, an einem gewöhnlichen Mittwochmorgen, viele vertraute Gesichter, manche von ihnen grüßen, andere starren mürrisch vor sich hin. Sie mag diesen Andrang nicht, es hat etwas Dümmliches, trotzdem steht sie auch hier. Ihr gefällt die offene Backstube, Hände kneten Teig, verstreuen Mehl, verreiben es auf den Klumpen und kneten weiter. Die groben rotvioletten Hände des Meisters, die schlanken Hände einer jungen Frau, die gerade Petits Fours verziert. Die Brötchen liegen in Körben, keines gleicht dem anderen, manche haben Spitzen wie hervorspringende Nasen, andere knotige Dellen wie Bauchnabel, wie ein Bauchnabel am Ende der Schwangerschaft.

Nachdem sie bezahlt hat, nimmt sie die Tüte vom Tresen und verlässt den Laden. An einer roten Ampel fallen ihr die Zettel ein, sie trägt die Jeans von gestern. Manche tragen zu Konzerten ein bestimmtes Paar Socken, das sie vermeintlich beschützt. Manche hüten einen Bleistiftstummel, legen ihn auf die Kante des Notenständers, in dem Glauben, ohne hätten sie kein Talent mehr. Sie klaubt die zerdrückten Papierschnipsel aus den Taschen und wirft sie in einen Mülleimer.

Georg hat den Tisch gedeckt und nimmt ihr die Tüte ab. Zwei Brötchen hält er sich vor die Brust, aus beiden wölbt sich ein Teigknopf. Bevor das Blech in den Ofen kommt, muss der Lehrling jedem Teil den letzten Schliff geben, stellen sie sich gemeinsam vor, mit dem Finger stippt er in den Teig oder dreht einen Wirbel hinein. »Damit wir merken, dass wir Unikate essen«, sagt Georg. Während sie lachen, werden sie gebannt von Matti beobachtet, dann lacht er mit, und sie können nicht aufhören, weil das unwissende heitere Kind, das nach seinen eigenen Regeln etwas Lustiges entdeckt hat, sie von Neuem ansteckt.

Ihre und Georgs Hand an der Schranktür, »lass nur, ich mach schon«, sagt sie, einen Augenblick schneller als er nimmt sie das Dinkelpulver aus dem Schrank. Im Wasserkocher brodelt es, soll ich? Willst du? Sie kümmern sich zu zweit um ein Kind und kommen sich dabei ständig in die Quere. Georg reicht ihr die Porzellanschale für den Brei, »da steht schon eine«, sagt sie und zeigt zum Tisch.

Er nimmt die Bäckertüte und knüllt sie etwas zusammen. »Steht da Manufaktur drauf?«, fragt er und faltet das Papier wieder ein wenig auseinander. »Natürlich, Idioten«, murmelt er und lässt die Tüte in den Mülleimer fallen. »Und für den eitlen Quatsch musste der andere Laden dran glauben.« Graubrot, Bienenstich, seine Mutter habe dort früher gekauft, und außerdem die besten Schokoladeneclairs seines Lebens. Der alteingesessene Bäcker musste vor fast einem Jahr schließen, weil die Leute sich lieber bei dem neuen die Beine in den Bauch stehen, bis sie an der Reihe sind. Ein Blumengeschäft ist heute in den Räumen des früheren Bäckers, *Floristenwerk*, denkt sie und sagt den Namen lieber nicht, weil Georg den genauso blöd finden würde wie *Manufaktur*. Dort lagen dicke Blumenbündel in Zinnwannen, allein unzählige Rosensorten. Sie dachte an Postkarten mit historischen Schwarzweißbildern, Fotos von Hinterhöfen und nackten Kindern, die in Zinnwannen badeten. Matti war gerade vier Monate alt, als sie für Georg zum Geburtstag dort einen Strauß Wiesenblumen kaufte. Im Laden roch es nach feuchten Blättern und frisch geschnittenen Stielen. Kräuter wuchsen aus Emaillekübeln, sie waren beschriftet: Bohnenkraut, Liebstöckel, Kerbel, Majoran. Sie stellte sich den Alltag in dieser Gegend vor vielen Jahrzehnten, vor einem Jahrhundert vor, als es einen Milchmann gab, einen Kaufmannsladen, einen Kohlehändler, und als im Winter Eisblumen an den Fenstern wuchsen. Die Augen der Floristin glänzten, als würde sie sich und ihren Laden einfach nur wunderbar finden. Sie trug eine weiße Baumwollschürze mit einer Spitzenbordüre am Ausschnitt. Auf einem Tisch neben der Kasse standen kleine Töpfe, darin Pflanzen mit gelben Blüten, Butterblumen, wie lange hatte sie keine mehr gesehen, *Scharfer Hahnenfuß, 3 Euro*, stand auf einem Schild, das an einem Stäbchen in der Erde eines der Töpfe steckte, so hießen sie also unter Floristen. Als Kind hatte sie Butterblumen auf Kuhwiesen oder Deichen, wo Schafe grasten, gepflückt und achtlos wieder fallen lassen oder einer Kuh unters Maul gehalten. »Das wären dann fünfunddreißig Euro«, sagte die Verkäuferin und wickelte den Strauß in Seidenpapier. Sie weiß noch genau, dass sie sich anstrengte, nicht überrascht oder erschrocken zu wirken, denn sie hatte nicht genug Geld dabei, auch keine Karte, sie musste nach Hause, den Rest holen. Auf dem Weg fühlte sie sich hintergangen, nicht allein wegen der Summe, auch wegen der Zinnwannen und Butterblumen. Sie nahm sich vor, sobald wieder Sommer wäre, einen Ausflug zu machen, irgendwohin, wo Butterblumen wuchsen. Sie würde eine samt Wurzel ausgraben und mit nach Hause nehmen. »Die findest du auch um die Ecke, in Baulücken oder auf Hundewiesen«, sagte Georg nur.

Er kaut noch, während er sich die Turnschuhe zubindet und seinen Mantel überzieht. Sie mag den dunkelblauen Wollstoff und die Knebelverschlüsse aus glänzendem Holz. Während er seinen Mantel zuknöpft, hängen ihm die Locken in die Stirn, vereinzelt schimmern graue Haare hervor, wie feine Drähte setzen sie sich von den dunklen ab. Er selbst scheint es noch nicht bemerkt zu haben, selten schaut er sich länger im Spiegel an, es sei denn, er rasiert sich oder benutzt Zahnseide, aber auch dann schaut er sich nicht wirklich an. Manchmal, wenn er aus der Dusche steigt und die Tür offen steht, betrachtet sie ihn und stellt sich vor, wie es in dreißig Jahren sein wird. Sie, Mitte sechzig, mit hängenden Wangen und praktischem Kurzhaarschnitt, nein, mit langen Haaren, schulterlang wenigstens noch. Er, über siebzig, nicht mehr schlank, sondern mager. Ihr Sohn, Anfang dreißig; die Alten, ich muss mal wieder die Alten besuchen, wird er denken, und sie, das Ehepaar, werden nicht merken, dass ihre Wirbelsäulen krumm geworden sind, aber Matti wird es sehen. Nein, so wird es nicht kommen. Georg, ein grauhaariger Junge im Dufflecoat. Isabell, die alte Dame mit dem Cello, etwas dünn der Zopf, aber noch rötlich und glänzend, weil sie ihre Friseurtermine einhält. Die Stunden am Cello werden den Rücken gerade halten und die Musik wird das Gesicht glätten, die Musik glättet auch die Gedanken, es gibt Stücke, die das können, sie wird nachher üben, sie wird sich für den Abend wappnen, leichthändig wird ihr Spiel heute Abend sein, *leichthändig*, sie würde es gern glauben. Georg umarmt sie von hinten und drückt ihr seinen Mund auf den Nacken, dann geht er. Während sie seine Schritte im Treppenhaus hört, nimmt sie Matti sein Lätzchen ab und hebt ihn aus dem Kinderstuhl. Die

Teetasse in der einen Hand, Matti im anderen Arm, geht sie ins Wohnzimmer. Auf der Steppdecke lässt sie ihn herunter, sofort greift er nach seinen Stofftieren und Holzklötzen, in denen es knistert und rasselt. Sie legt sich zu ihm und schiebt sich ein Kissen unter den Kopf. Durch die Plane kann sie den blauen Himmel erahnen, ein klarer Novembertag. Sie denkt an Sommertage, als das Gerüst noch nicht stand, wenn die Sonne schien, öffnete sie die Fenster weit und legte sich auf den gewärmten Parkettboden, so döste sie, während Matti im Stubenwagen schlief. Sie fragt sich, wo die Handwerker bleiben, auf dem Gerüst knarrt sonst jeder ihrer Schritte.

Matti krabbelt auf ihren Bauch und will beschäftigt werden, sie hebt ihn in die Luft, sein Gesicht über ihrem, er macht zufrieden gurgelnde Geräusche, von seinen Lippen löst sich ein dicker Speichelfaden, dem sie nicht ausweicht. Noch einmal stemmt sie den kleinen schweren Körper so hoch sie kann, dann lässt sie ihn langsam herunter und legt ihn sich zurück auf den Bauch. Ihre Lippen bleiben an seiner weichen Kopfhaut. Sein Haar wächst spärlich, nur hinten und über den Ohren hat sich ein Kranz aus Flusen gebildet, die wild abstehen, als hätte ein Windstoß sie aufgebauscht. Professor Hastig nennen sie ihn deshalb.

Die Abwesenheit der Handwerker ist wie eine wertvolle Ruhepause. Sobald einer der Männer vor dem Fenster arbeitet, stören die Geräusche und sie fühlt sich beobachtet, beim Üben, beim Telefonieren, Windeln wechseln, beim Herumsitzen und vor sich Hinstarren. Sie sollte die Stille nutzen, und die Freiheit, nicht gesehen zu werden. Sie legt eine CD ein, etwas kleines, kurzes, *Lied ohne Worte*, das Cello von Jacqueline du Pré, einen Moment bleibt sie bewegungslos stehen, lauscht und denkt über diese Frau nach. Mit Anfang zwanzig ein Star, ein paar Jahre später an Multipler Sklerose erkrankt, schließlich ein vom Körper erzwungenes Abschiedskonzert, mit Anfang vierzig starb sie. Die Zeit, in der sie zu krank gewesen war, um den Bogen nur zu halten, war länger als die, in der sie alles konnte. Ihre Geschichte ist wie ein Konzentrat aller Träume, allen Glücks und aller Risiken dieses Berufs. Angewiesen auf den Körper und sich selbst ausgeliefert zu sein. Schaut sie sich Videos von Konzerten an, wirkt das Spiel der Frau, als folge sie einem Trieb, alles geschieht instinktiv; kindlich, mädchenhaft sind ihre Gesichtszüge, der Körper straff und doch natürlich und entspannt, als geschehe alles wie angeboren.

Sie schiebt die Flügeltür auf und geht ins andere Zimmer, vor der Küchenanrichte bleibt sie stehen, ihrem Erinnerungsschrank, wie sie die Anrichte nennt, seitdem sie mit Georg zusammenwohnt und in den Fächern und Schubladen Kleinigkeiten aus ihren Schuljahren und der Studienzeit aufbewahrt, Notizen, Fotos und Kassetten, auf denen sie ihr eigenes Spiel aufgenommen hat. Sie sollte sich einen alten Rekorder besorgen, um sich die Kassetten anzuhören, vielleicht wäre sie überrascht, wie gut sie während ihrer Ausbildung gespielt hat, wie unbedarft.

Und nun diese Angst.

Die Zuneigung zu ihrem Instrument muss davon unberührt bleiben.

Vor den Fotos an der Wand bleibt sie stehen. Ein Bild von ihr im Bett, sie schläft im Sitzen, ein Kissen im Rücken, und Matti, wenige Tage alt, an der Brust. Ihr eigener Körper und der des Säuglings wussten einvernehmlich, was zu tun war. Sie staunte über das Zusammenspiel, verliebt in das überlebensgierige Wesen, überrascht von dem, was ihr Körper konnte. Jacqueline du Pré spielt tiefe, satte Töne, den düsteren Takten wird der Refrain folgen, ein harmlos schönes Motiv. Sie hat Matti das Stück selbst oft vorgespielt, wenn er in seinem Stubenwagen lag. Der Refrain klingt wie ein Kinderlied. Sie betrachtet die geschlossenen Augen des Säuglings auf dem Foto. Ihr Körper ernährte ein Kind, und er brauchte dafür nicht einen einzigen Gedanken von ihr.

Das Zittern kommt, wenn es nicht kommen darf.

Denk an etwas anderes.

Das Zittern steckt in den Gedanken.

Von dort wandert es in die Hände.

Baden im Fluss. Dicht belaubte Zweige hängen über dem Ufer, ihre weiße Haut scheint durch das grünschwarze Wasser, es war ein früher Morgen in Südfrankreich, Georg und sie waren ein halbes Jahr zusammen und hatten ein kleines Haus gemietet. Sie wurde immer vor ihm wach und ging schwimmen. Sie erinnert sich an den Moment der Überwindung, noch warm und benommen vom Schlaf in den kühlen Fluss zu steigen. Bis zu den Schultern kauerte sie im Wasser und wippte auf den Zehen. Das Haar wirr hochgesteckt, der Blick träge, das Gesicht ernst, so fotografierte Georg sie. Er war ihr leise gefolgt und stand zwischen den Bäumen am Ufer. Sie hatte ihn gesehen, ließ sich aber nichts anmerken, tat weiterhin, als fühlte sie sich unbeobachtet, um den Moment in die Länge zu ziehen, die Situation gefiel ihr. Jacqueline du Prés Cello klingt streng und furchtlos; das Foto ist eine Liebeserklärung.

3

Das Telefon klingelt. Er schaut auf das Display seines Apparats, ja, ist für ihn; zwei Schreibtische gegenüber, der dritte quer, drei Telefone in der Mitte. Matthias und der Praktikant blicken kurz auf, Georg hebt ab und meldet sich.

»Guten Tag, mein Name ist«, kennt er nicht, sagt ihm nichts, »von der Agentur«, die helle Stimme spult etwas herunter und er hört nicht richtig hin.

»Und zwar«, so beginnen überflüssige Anrufe, Und-zwar-Sager wissen, dass sie stören. Sie rufen unaufgefordert an, wegen einer Marke oder eines Produkts, oder was immer sie anpreisen müssen, telefonieren eine Liste ab.

»Wir haben Ihnen eine Mail geschickt zum Thema erfrischende Cocktails mit Weinbrand. Mit raffinierten, aber einfachen Rezepten unseres Kunden –«, er löscht drei Mails, deren Betreffzeilen auf Spam hinweisen.

Die liebliche Stimme macht eine Pause. Sie scheint zu hoffen, dass er an dieser Stelle einsteigt – Ja, richtig, habe ich bekommen, die Rezepte, ich erinnere mich – toll! Er sagt aber nichts und wartet auf die übliche Frage.

»Haben Sie diese Mail bekommen?«

»Ich nehme es an.« Pause. Er lässt sie hängen, ein bisschen Spaß bringt es ihm sogar.

»Wir starten eine Offensive für unseren Kunden. Wir wollen, dass Weinbrand auch als exquisites Cocktailgetränk wahrgenommen wird. Wäre das redaktionell interessant für Sie?«

Er würde am liebsten auflegen, einfach so, ohne zu antworten.

»Ich glaube, das Thema ist nix für uns.«

»Wir bieten auch Gewinnaktionen für die Leser. Eine Flasche Weinbrand mit einem Cocktailset.«

»So was machen wir nicht, sorry.«

»Kann ich Ihnen trotzdem weitere Unterlagen und exklusives Fotomaterial schicken?«

»Warum?«

»Na ja, unsere Offensive möchte zeigen, dass Weinbrand auch in Cocktails toll schmeckt.«

»Nein, danke.«

»Ach so.«

»Einen schönen Tag noch.«

»Okay.«

Sie verabschiedet sich und legt auf. »Was war?«, murmelt Matthias und schaut weiterhin wie hypnotisiert auf seinen Bildschirm. Die Haare mit Gel frisiert, sie glänzen etwas. Jeden Tag ein weißes Hemd unter einem Kaschmirpulli. Dunkle Augenringe. Matthias kann seine Überstunden nicht mehr zählen. Ihm stünden mal wieder drei Wochen Urlaub als Ausgleich zu, mindestens. Als Ressortleiter würde er die natürlich nicht nehmen.

»Nichts, Weinbrand.«

Hunderte solcher Mails bekommen sie jeden Tag. Alles Mögliche landet bei ihnen, die Vermarktung für ein Mittel gegen Fußpilz, für eine neue Schokolade oder schamlos teure Fahrräder, als wäre ihr Gesellschaftsressort das Schaufenster eines Kaufhauses. Auf dem Po, durch den Po. Vor einigen Tagen las Matthias diese Betreffzeile vor, sichtlich beglückt über den frisch eingetroffenen Bullshit. »Rate, worum es geht.«

Georg versuchte es, Stringtangas, Sexspielzeug, schlug er vor, nix, falsch, Matthias schüttelte den Kopf. Was Pharmazeutisches, ein Mittel gegen Hämorrhoiden, oder ein Toilettenaufsatz eines Sanitärherstellers, Georg hing in niederen Assoziationswelten fest und gab auf. Matthias legte eine Kunstpause ein, bevor er die Lösung verriet. Eine Fahrradtour durch die Po-Ebene. »Auf dem Po – durch den Po! Ist das nicht wunderschön?«

Georg setzt seine Kopfhörer auf, öffnet ein neues Dokument und schaltet sein Diktiergerät ein. Er muss das Interview morgen fertig haben. Den jungen Landwirt traf er auf einem Ideenkongress in Berlin. Ein Typ, der Agrarmaschinen entwickelt hat und Investoren für die Produktion sucht. Seine Maschinen sind einfach zu bedienen und nicht für die Industrie gedacht, sondern für Selbstversorger. Fünf, sechs oder zehn Familien kaufen gemeinsam Land und dazu die Ausrüstung, damit sie genug anbauen können, um dreißig bis vierzig Menschen zu ernähren. Die Idee überzeugt ihn.

Seitdem er Vater ist, hat er ein Auge für den Kooperationswillen junger Familien. Der Wille lässt sich überall beobachten, selbst in einem Umfeld wie seinem, in dem sich niemand etwas teilen muss, um durch den Alltag zu kommen. Es fängt schon beim Urlaub an, drei Kollegen von ihm bilden seit Jahren ein Team, weil sie sich nur gemeinsam die Finca mit Pool und Strandlage in Andalusien während der Ferienzeit leisten können. Sie kochen gemeinsam, einer von ihnen achtet auf die spielenden Kinder, und wenn ein Paar abends ausgehen will, sind die anderen da, um aufzupassen. Urlaub mit anderen Familien, er weiß nicht, ob er dafür bereit ist. Er fremdelt mit seiner neuen Umgebung, mit Spielplätzen und Babyschwimmen, nicht, weil er keine Lust hat, mit Matti in der Sandkiste zu sitzen oder ihn durch das Wasser zu tragen, nein, ihm sind die anderen Väter suspekt. Ihre Stimmen klettern einige Tonlagen nach oben, wenn sie mit ihren Kindern sprechen. Wenn sie einem Zweijährigen pädagogisch vorbildlich erklären, dass andere Kinder nicht in die Wange gebissen werden wollen, nein, möchten, es heißt *möchten.*

Die Vorstellung, etwas anzubauen gefällt ihm. Er sitzt auf einem Traktor und zieht einen kleinen Pflug über den Acker. Matti dabei auf dem Schoß. Im Hintergrund geht die rote Sonne unter und durch die Luft schwirren fiepend die Schwalben.

Gemüsebeete auf dem Dach oder ein Bienenstock im Hinterhof wären nicht mehr als eine niedliche Reaktion auf das Bewusstsein um die zukünftige Versorgungsproblematik, sagt der Maschinenerfinder.

Georg versucht sich diese Zukunft vorzustellen. Sollten Energie und Rohstoffe wie Getreide immer teurer werden, wäre ein Gemüsegarten die beste Altersvorsorge. Man sollte ein Haus mit Land kaufen, besser noch, einen Bauernhof.

Er öffnet seinen Explorer und geht ins Immobilienportal. In die Suchmaske gibt er *Schleswig-Holstein* ein und klickt auf *Häuser kaufen.* Er wählt Dithmarschen und Nordfriesland aus, Nordseenähe. Die sanierten Reetdachkaten für eine halbe Million übergeht er. Nach den Schnäppchen sucht er, alles unter Hunderttausend. Resthöfe mit riesigen maroden Scheunen, in denen sich jeder Handgriff verlieren würde. Trostlose Häuser mit feuchten Wänden und kaputten Dächern. Zwei Objekte sehen gut aus, gepflegte Höfe mit modernen Heizsystemen, doch sie liegen an einer Bundesstraße. Er ändert die Summe, geht nun bis Zweihunderttausend. Er möchte gut erhaltene Häuser sehen, mit gesunden Dächern und ohne vergilbte Tapeten, unter denen es bröckelt. Er möchte Fotos von hellen Zimmern sehen, anregende Bilder, die nicht nach Problemen und Hindernissen aussehen. Eine Villa aus dem Jahr 1902, weiß verputzt, efeubewachsen, mit altem Baumbestand im Garten. Das Grundstück umfasst über fünftausend Quadratmeter. Sieben Zimmer, Diele, zwei Salons mit Verbindungstür und Kachelöfen, eine große Küche, Terrassentür in den Garten und die Kuhweide dahinter. Er stellt sich das vor: früh aufstehen, Teewasser aufsetzen, ins Grün schauen, Frühstück decken, die Räume mit einer großen, lauten Familie füllen, kein Geld für Wegwerfspielzeug ausgeben, die Natur ist der Spielplatz, Solaranlage aufs Dach, Kartoffeln setzen, Kartoffeln ernten.

Noch einmal klickt er durch die Fotos. Mit seinem Ersparten könnte er gerade einmal die Grundsteuer zahlen. Er öffnet ein neues Fenster und gibt das Dorf in der Nähe der Villa ein. Achthundert Einwohner, keine Schule, kein Kindergarten. Isabell, Georg und Matti allein auf dem Land.

Die ersten Wochen wären wie Urlaub. Sie würden die Umgebung entdecken und das *Andere*, das andere Leben, willkommen heißen. Nach einiger Zeit würde sich das Gefühl abnutzen. Sie würden darüber nachdenken, dass es kein Programmkino in der Nähe gibt und auch keinen Sushi-Lieferanten. Was würde Isabell machen? Musikworkshops für Kinder und Erwachsene geben?

Nach und nach arbeitet er sich die Preisspanne der Häuser hoch, bleibt nun doch dort hängen, wo es teurer wird, und wandert zweimal durch die Zimmer eines historischen Landhauses, das von einem Architekten ausgebaut wurde. Da gibt es keine handwerklichen Probleme, keine optischen Störfaktoren, keine Hindernisse, die Räume sehen hell und schön aus, ideal geradezu, um sofort einzuziehen.

4 | Die Pause der Handwerker wird bald vorbei sein und Matti brüllt vor Müdigkeit. Bevor die Männer wieder auf dem Gerüst stehen und mit Metallwerkzeug gegen die Wand schlagen, muss er zur Ruhe kommen. Wenn er erst eingeschlafen ist, weckt ihn auch der Baulärm nicht und sie kann Cello üben.

Die Erkenntnis, keinen Einfluss auf den Lärm und die Launen ihres Kindes zu haben, macht sie noch ungeduldiger; die Zeit zum Üben hängt am seidenen Faden, Matti liegt wie ein verkrampftes Bündel in ihren Armen und sie wiegt ihn, trägt ihn vom Kinderzimmer langsam durch den Flur ins Wohnzimmer und wieder zurück, doch er wehrt sich gegen die Ruhe, die sie ihm aufzwingen will, drückt sich mit seinen Ärmchen von ihrem Körper ab, will nicht gehalten, will nicht ins Bett gelegt werden. Sein Atem riecht sauer, nach Erschöpfung und Zorn. Beide sind sie erschöpft und zornig, »sei still«, spricht sie leise in sein Ohr, »sei doch still, bitte«, der letzte Funken Fürsorglichkeit verglimmt, sein Geschrei verschlingt jedes ihrer Worte. Wieder im Wohnzimmer. Er weint heiser und ohne Tränen, sie kann tief in seinen Mund sehen, das Zäpfchen im Rachen hebt und senkt sich. Sei endlich still.

Mit dem Fuß stößt sie gegen den leeren Cellokoffer, das Instrument liegt auf der Seite neben dem Stuhl bereit, und Matti brüllt in Wellen, atmet Luft ein, stößt Schreie aus. Sie drückt ihn an sich, will nur, dass Ruhe ist, sie wandert von der Tür zum Fenster, wieder zurück, im Zimmer umher. Das glänzende Holz, die geschwungene Form, den langen Hals im Augenwinkel, auch das Cello bedrängt sie.

Wieder stehen sie im Kinderzimmer, *du musst mich jetzt lassen, du musst,* sie wird ihn beschimpfen, ihr wird die Stimme entgleiten, sie presst die Lippen zusammen und legt ihn ins Bett, legt ihn ab wie ein schweres Paket, das sie lange genug mit sich herumgetragen hat. Sein Geschrei wird kehlig und schrill, er windet sich und dreht sich auf alle viere, sie verlässt das Zimmer, schließt die Tür und geht, erschrocken von ihrer Kälte. Die andere Seite der Wohnung ist gerade weit genug von ihm entfernt, auch dort schließt sie die Tür. Sie hebt das Cello vom Boden, setzt sich und beginnt zu spielen. Doch der Klang kommt gegen das Weinen aus dem Kinderzimmer nicht an. Getrieben von ihrer Wut auf den kommenden Abend, auf alles, spielt sie das Solo einmal durch. Obwohl sie sich schäbig fühlt, oder gerade deshalb, steckt in den Händen pure Entschlossenheit, *du musst.* Noch einmal spielt sie die Sequenz, diesmal mit mehr Tempo. Sie hört, wie Matti ruckartig Schluchzer ausstößt, stellt sich vor, wie er von ihnen geschüttelt wird. Verquollene Augen. Kleiner Körper im Gitterbett. Jetzt brüllt er wieder. Sie könnte aus der Wohnung auf die Straße laufen, und noch weiter, bis in den Park, und auch dort würde sie sein Weinen durch das Gewirr der Straßengeräusche hören. Sie würde es überall hören.

Um hart zu bleiben, stellt sie sich ein Ultimatum, wenn sie das Solo noch einmal bis zum Ende durchspielt, hat sie es überwunden, *es*, wie sie es auch nennen mag, was da abends mit ihren Händen geschieht. Doch mittendrin setzt sie den Bogen ab, legt ihn auf den Notenständer und hält sich die Ohren zu. Worum kämpft sie hier? Eine unerhörte Sehnsucht packt sie auf einmal, als wolle ihr jemand den Jungen nehmen. Sie legt das Cello auf den Boden, reißt die Tür auf und läuft zurück ins Kinderzimmer. Dort hebt sie Matti aus dem Bett und drückt ihn an sich. Vor Überraschung wimmert er nur noch, doch fasst sich wieder und beginnt von Neuem zu weinen. Sie schämt sich, wird es wiedergutmachen, wird ihm alle Zeit geben, die er braucht.

Sie trägt ihn zurück ins Wohnzimmer und stellt sich vor die Fotowand, um ihm etwas über die Bilder zu erzählen, einfach erzählen, erzählen und nicht mehr daran denken, wann sie üben darf.

Ihre Stimme ist leise, was sie sagt, spielt keine Rolle, ihre Stimme genügt Matti, und um den Faden nicht abreißen zu lassen, weckt sie die Erinnerungen an die Momente auf den Bildern, an alles, was mit ihnen zusammenhängt, und redet Matti mit Erinnerungen in den Schlaf. »Da sitzt das zwölfjährige Mädchen an seinem Schreibtisch, verschränkt die Arme und guckt trotzig.« Aufgewachsen in einer Reihenhaussiedlung, doch ihre Mutter hielt es dort nicht aus, ohne den Vater zogen sie hierher, in diese Wohnung; ihre monotone Stimme legt sich über die eigene Ungeduld. Matti hat aufgehört zu schreien und streckt den Finger aus, er scheint zu verstehen, dass es um die Fotos geht. »Hier waren früher die Häuser grau und beschmiert, und vor dem Kiosk an der Kreuzung hatte ein Grüppchen Punks seinen Stammplatz.« In der Wohnung unter ihnen hauste ein zahnloser Rentner ohne Heizung und ohne Dusche, er war der Letzte, der Briketts aus dem Keller holte. Sie fürchtete sich vor einer Clique Jungs, die anderen ihre Jeansjacken, Turnschuhe und das Taschengeld abnahmen. An den Wochenenden übernachtete sie bei ihrer Freundin in ihrer alten Nachbarschaft, wo alles seine Ordnung hatte, die Väter abends ihre Gärten wässerten und jeder die Berufe, Kinder und Urlaubspläne des anderen kannte. Obwohl sie heute nicht mehr dort leben wollte, kann sie sich gut an das Gefühl von Verlust erinnern, sie erzählt Matti von dem Fahrrad. »Ich ließ die Luft aus den Reifen, riss an der Kette und steckte Zweige zwischen die Speichen.« Sie beschmierte den dunkelrot glänzenden Rahmen mit Dreck. »Ich war böse auf die Nachmieter *meines* Hauses, eine Familie mit einem Mädchen in *meinem* Alter, das vielleicht nun in *meinem* Zimmer wohnte.« Das Mädchen sollte wenigstens ein kaputtes Fahrrad haben und sich fragen müssen, wer das getan hatte. Weiter, weiter, Mattis Kopf wankt müde, das ist gut, sie ärgerte die Familie mit anonymen Anrufen, die Nummer wählen, warten, bis jemand abhob und auflegen. Telefonnummern wurden damals nicht übertragen, sie war wirklich anonym. »Nach einer Weile traute ich mich mehr, und sagte der Mutter von dem Mädchen, Ihre Tochter hat geklaut, oder Der Vater sitzt im Auto und trinkt Schnaps!« Solche Ideen sprudelten aus ihr heraus und sie knallte danach den Hörer auf. Es hatte in der Straße wirklich einen Mann gegeben, der abends in seinem eierschalenfarbenen Mercedes saß und trank, aber er hatte mit der Familie nichts zu tun.

Mattis Kopf sinkt auf ihre Schulter, dann richtet er sich wieder auf, sie hat es noch nicht geschafft. Die Punks vor dem Kiosk sind verschwunden, bis auf drei, vier Männer mit ihren Hunden. Wohnungen ohne Heizung und Dusche gibt es nicht mehr, und Fassaden mit über Jahre gewachsener Abgaspatina auch nicht. Nur noch dieses Haus wartet hinter der Plane auf seine Verwandlung.

Am Fenster gehen zwei Maurer vorbei, bitte nicht, denkt sie, bitte nicht *jetzt* auf diesem Stockwerk arbeiten, sofort erwacht die Ungeduld wieder. Matti, diese Handwerker, wann sind wir sie endlich los. Einer der beiden klettert nach oben, der andere bleibt vor dem Fenster stehen, sie hört sogar, wie er sich räuspert, dann beginnt er mit einem weichen Gegenstand über die Wand zu wischen. Leises Wischen, das kann ihr nicht gefährlich werden, erzählen, denkt sie, Ruhe bewahren, Ruhe an das Kind weitergeben. Matti blickt glasig vor sich hin, sein Mund ist leicht geöffnet, gleich werden seine Lider schwer werden. Mein Kinderzimmer, sagt sie leise und zeigt auf das Bild von sich am Schreibtisch. Hellblaue Tapete, weiße Vorhänge mit Birkenmuster, dünne Baumstämme wachsen über den Stoff, an den Ästen maigrüne Blätter. Der Schreibtisch war Bauteil einer Katalogschrankwand aus Kiefernholz, die sie zum Einzug in diese Wohnung gekauft hatten. »Mein Kinderzimmer ist jetzt deins«, flüstert sie. Ihr kinnlanger Rundschnitt auf dem Foto wirkt wie ein kupferschimmernder Helm. Den abgeschnittenen Zopf trug sie nach Hause und bewahrte ihn in einer Schachtel auf. Georg fand dieses Foto zwischen anderen in einem Schuhkarton, schmollendes Mädchen, sagt er, großartig, rahmte es und hängte es auf. Sie legt ihre Hand auf Mattis Hinterkopf. »Eines Tages wird dieses Zimmer ein unlösbares Rätsel für mich werden, Matti, du wirst dich zurückziehen, am Computer sitzen, Musik hören, Besuch haben, und ich werde im falschen Moment an deine Tür klopfen.« Sehr genau kann sie sich das vorstellen. Die Wände sind jetzt weiß, sie könnte hellblaue Farbe besorgen und die Wände streichen, damit es aussieht wie früher.

Sie zeigt auf ein anderes Bild, da sitzt ein Junge im Schneidersitz auf dem Boden, vor sich einen tragbaren Plattenspieler, im Hintergrund auf der Ablage eine Reihe von Fernsehern, dein Vater, Matti, im Geschäft seiner Eltern. »Ich, die Zwölfjährige mit der Unglücksfrisur war sogar in dem Laden.« Sie erinnert sich an den Tag, denn sie bekam von ihrer Mutter einen eigenen Fernseher für ihr Zimmer. Das Gerät war der Kern eines Deals, aber das verstand sie erst später: mehr Freiraum für sie, und auch für ihre Mutter, die beruflich immer häufiger verreiste. »Isabell, allein zu Haus, mit dem neuen Fernseher in ihrem Zimmer. Ich sah Filme, die nichts für mich waren, *Psycho* und *Wenn die Gondeln Trauer tragen.*« Nach und nach gefiel sie sich darin, vernünftig zu werden und auf sich achtzugeben. Sie ließ den Fernseher aus und spielte Cello. Die Filme waren eine dumme Idee, Matti. Wenn sie allein zu Hause war, schloss sie sich vor dem Duschen im Badezimmer ein. Obwohl sie natürlich wusste, dass sich niemand in der Wohnung versteckt hatte, wollte sie unter dem Wasserstrahl die Augen schließen können, ohne sich vorzustellen, wie plötzlich jemand mit einem Messer in der Hand vor der Wanne stand. »Und dann wurde ich ganz schnell erwachsen.« Irgendwann zog die Mutter mit einem Freund zusammen. Ihr selbst blieb die Wohnung, sie machte Abitur, bekam monatlich Geld von ihrer Mutter und suchte sich eine Mitbewohnerin. »Den Tick mit dem Duschen hab ich immer noch nicht ganz überwunden, manchmal schließe ich mich im Bad ein, auch wenn Georg mich auslacht und sagt, er würde garantiert merken, wenn ein Messermann in Frauenkleidern durch den Flur käme.« *Messermann*, was für ein Wort gegenüber einem Kind, es wird Zeit, dass er schläft, ihr fällt bald nichts mehr ein.

Sie zuckt zusammen, Klack, Klack, Klack, Metall schlägt gegen die Wand, sie kneift die Augen zu, der Handwerker zerstört die Ruhe. Sie legt die Hand auf Mattis Ohr, er verzieht das Gesicht, sachte drückt sie seinen Kopf an ihre Schulter. Langsam geht sie mit ihm ins Kinderzimmer, mit einer sanften Gleichgültigkeit, nichts mehr wollen, alle Pläne davonziehen lassen, wenn er nicht einschläft, wird sie ihn in die Karre legen und durch den Park schieben, und ohne zu üben wird sie den Abend auf sich zukommen lassen.

5

Das fünfstöckige Jugendstilgebäude seiner Redaktion lässt ihn manchmal an ein gealtertes Grandhotel denken. Die nicht mehr ganz so frischen Wände, die welligen Teppiche in den Fluren, die quietschenden Türen. Die Kantine im Sechziger-Jahre-Stil eines Bonner Ministeriums, und der Saal ganz oben mit seinen Kronleuchtern, unter denen vor vierzig oder fünfzig Jahren amerikanische Präsidentschaftskandidaten zu Podiumsdiskussionen begrüßt wurden, die Beweisfotos hängen in der Kantine. Die Strahlkraft ihres Grandhotels schöpft sich aus der Vergangenheit und ist inzwischen mehr Imagination als Wirklichkeit. Der Küchenchef ist zwar einer der besten im Land, der Portier vor der Drehtür eine stadtbekannte Persönlichkeit, aber der Fahrstuhl fällt trotzdem immer aus, in den Bädern hängen muffige Duschvorhänge und im Internet häufen sich die Beschwerden von Gästen, die kein Verständnis für diese Art von Makel haben. So ähnlich ist es auch bei ihnen. Die Treuen sterben aus.

Leise raschelt das Papier, während er langsam die Seite umblättert. Er legt die Hände in den Schoß und überfliegt die Texte. Hier und da findet er Flüchtigkeitsfehler, doch weiter nichts, weder unvollendete Titelzeilen noch mit kryptischem Blindtext gefüllte Bildunterschriften. Er stellt sich vor, wie es wäre, aufzublättern und unvermittelt auf eine leere Seite zu blicken. Wie vor den Kopf gestoßen von einem unerwarteten Nichts statt des gewohnten Gewimmels. Deadline gerissen, aufgrund technischer Probleme.

Gestern schien das auf einmal möglich. Am frühen Abend brach das System zusammen, ein Softwareproblem, die Artikel ließen sich weder bearbeiten noch schließen oder speichern. Stillstand, kurz vor Schluss, gefühlter Herzstillstand, weil niemand wusste, ob alle geöffneten Dokumente nun vernichtet waren. Die Techniker liefen schwitzend zwischen den Büros und ihren Serverräumen hin und her. Kleinere Systemabstürze gehörten zum Alltag, aber gestern schien sich das Problem nicht lösen zu lassen.

Er hockte allein in seinem Büro, Matthias hatte Termine. An seiner Tür gingen Kollegen vorbei, plaudernd auf dem Weg in den Newsroom, um zusammen abzuwarten, er schloss sich ihnen an. Dort war es stickig und es roch nach überhitzten Rechnern, nach Zeitdruck und wütender Ungeduld, die Wut kannte er, sie richtete sich erst gegen den eingefrorenen Bildschirm, dann gegen den überforderten Techniker und schließlich gegen das große Ganze, gegen die nicht enden wollende Mängelverwaltung dieses hoffnungslos alternden Hauses. Irgendjemand hatte gebrüllt und eine Infografikerin, die eigentlich als studentische Hilfskraft bezahlt wurde, war in Tränen ausgebrochen. Die Blattmacher, die Seite-Eins-Kollegen und die Chefs vom Dienst saßen mit roten harten Gesichtern und zerwühlten Haaren an ihren Schreibtischen. Neben den Tischen stapelten sich Pizzakartons, auf den Fensterbänken standen Reihen leerer Colaflaschen. Der Müll der Sonntagsschicht. Der Automat mit Snickers, Mars und Chips war wie meistens geplündert. An drei Wänden murmelte es aus den Bildschirmen der Nachrichtensprecher von CNN. Die Onliner arbeiteten ungerührt weiter, da sie ein anderes System benutzten, mit ihren stoischen Gesichtern schotteten sie sich gegen den Unmut der anderen ab. An der Magnetwand hingen die fertigen Seiten auf A3 ausgedruckt, die Lücken waren beunruhigend zahlreich. Jemand holte Bier aus dem kleinen Kühlschrank hinten im Raum und die Ersten ignorierten das Rauchverbot. Dann morgen eben keine Zeitung, dachte er ein wenig belustigt, aber auch etwas verbittert. Das würde Spekulationen geben. Eine schlagartige Entblößung ihrer maroden Autorität. Sie hinkten technisch hinterher, ständig hieß es, da stimme was mit dem Server nicht, ständig zeigte sich, dass sie nicht genug Techniker hatten; als er da zwischen seinen Kollegen im Newsroom stand und wartete, zu abgeklärt, um sich aufzuregen, wurde ihm der Überdruss bewusst, den er empfand. Sollte es doch mal gehörig schiefgehen.

Nun liegt sie wieder aufgeschlagen vor ihm, ihr Papier bedeckt den halben Schreibtisch. Sie ist unverletzt geblieben, er kann weder Wunden noch Kratzer entdecken. Über alle Widrigkeiten ist sie auch heute wieder erhaben. Er streicht über die Seiten und betrachtet seine leicht geschwärzten Fingerkuppen.

Er stellt sich ans Fenster und dreht den Kopf so, dass er den Himmel sehen kann. Im Mauerviereck über dem Innenhof ist wolkenfreies Blau zu sehen. An den Holztischen im Atrium sitzen vereinzelt Leute in Winterjacken, einen Kaffee vor sich und die Zigarette in der Hand. Im Frühjahr und Sommer sind die Tische mittags begehrt und er oder Matthias steigen manchmal direkt aus dem Fenster in den Hof, um einen freien zu ergattern.

Er hat noch ein paar Minuten, kehrt zurück an den Schreibtisch und öffnet das Immobilienportal. Irland gibt er ein und denkt dabei an grüne Hügel und einsam gelegene Häuser. Ein Cottage an der Nordwestspitze des Landes mit Meerblick weckt seine Neugier. Baujahr 1850. Vom Grundstück aus könne man die Klippen sehen, auf denen sich Seehunde ausruhen sollen, steht in der Beschreibung. Er klickt schnell durch die Bilder und freut sich einen kurzen Moment an dem typisch grauen Mauerwerk, dem Dach mit zwei Türmchen und einem lichten Wintergarten mit Blick auf den perfekt gestutzten Rasen und bunt gesprenkelte Blumenbeete. Dann sucht er weiter, das Angebot ist spärlich, die Preise sind hoch.

Die Morgenkonferenz ist überfüllt. Alle Plätze am runden Tisch sind besetzt, auch die Stühle rund herum an den Wänden. Einige Kollegen sitzen auf dem Boden, eine Traube von Leuten steht in der Tür, er findet irgendwo eine Lücke und stellt sich dazu. So voll ist es selten, kein Wunder, alle wollen hören, was über den Softwareabsturz gesagt wird. Durch die Lautsprecher an der Wand dröhnt ein Freizeichen, dann meldet sich eine scheppernde Stimme aus dem Hauptstadtbüro, »Guten Morgen, Berlin«, ruft der Chef, und in diesen drei Worten schwingt ein ironisches Lachen mit, das die allgemein herrschende, humorgetragene Resignation zusammenfasst, »die heutige Ausgabe ist gar nicht so schlecht, wie man annehmen müsste.«

Um halb eins ruft jemand vom Empfang an. »Besuch für Sie.« Isabell ist pünktlich, er nimmt seinen Mantel und steckt das Telefon ein.

Sie steht im Foyer vor einem der korpulenten Ledersofas, die ihn an britische Kriminalfilme erinnern, und schaut gedankenverloren auf einen niedrigen Tisch, auf dem nichts liegt außer einigen Exemplaren der heutigen Ausgabe. Matti schläft im Tragetuch vor ihrem Bauch, sein Kopf verschwindet unter einer Kapuze. Ihr Gesicht ist gerötet, von der Kälte draußen. Er küsst sie und legt seine Hände auf ihre Wangen.

»Schön warm«, sagt sie. So bleiben sie einen Augenblick.

»Wollen wir?«, fragt er. Zusammen gehen sie zum Ausgang.

Zwei Stationen fahren sie mit der U-Bahn, von dort ist es nur ein kurzer Fußweg zum Baumarkt.

»Und du willst heute anfangen?«

»Mal sehen. Oder in den nächsten Tagen.«

»Wie willst du das mit Matti machen? Frische Farbe, du auf der Leiter, das wird bestimmt schwierig.«

»Ich weiß noch nicht, mal ausprobieren. Pia nimmt ihn vielleicht ein paar Stunden.«

Die Glastür öffnet sich und sie treten durch eine Wand aus warmer Luft. Er spürt das Gebläse einmal kurz im Haar und will sofort im Labyrinth aus Regalen verschwinden, doch Isabell hält ihn am Ärmel fest und bleibt vor dem breiten Mittelgang stehen, um die Hinweisschilder zu studieren. Farben, dritte Abbiegung rechts. Er folgt ihr.

»Ich glaub, mit einer Packung komme ich aus«, sie zeigt auf die Plastikbehälter mit fester Farbe, »hellblau fände ich schön. Du auch?« und schaut ihn fragend an.

Er lässt den Blick über das Angebot wandern, wässriges Grün, Rosa, Lila. Zitronensorbet heißt eine Farbe, die ihm gefällt, auch wenn er den Namen dämlich findet. »Wie wäre Gelb?«, fragt er.

Sie reagiert mit einem Schulterzucken. Eigentlich will er ihr gar nicht reinreden, von ihm aus kann sie allein entscheiden, ihm ist fast alles recht außer Neonpink und

Schwarz. Seinen Vorschlag hat er gemacht, damit sie nicht denkt, er wäre desinteressiert.

»Weißt du, ich würde das Zimmer gern hellbau streichen, so wie es früher war, als es meins war. Sentimental, oder?« Sie klingt, als wolle sie sich entschuldigen.

»Ich finde sie schön. Nimm sie.«

Einige Meter weiter legen sie Farbrollen, einen Pinsel für die Ränder und Ecken, Klebeband und Folie in den Wagen, und stellen sich an die Kasse. Er sieht Mattis Zimmer in hellem Blau vor sich und muss unvermittelt an die Morgenkonferenz denken; nach wie vielen Monatsmieten sein Dispo überzogen wäre, wenn er keinen Job mehr hätte, fragt er sich und rechnet es kurz durch.

6 | Die blassgelben Plastikbuchstaben *Radio und Fernsehen* an der Fassade sind schmutzig und an den Metallrändern verrostet. Über der Tür baumelt die Plakette mit dem feierlichen Hinweis *40 Jahre, 1961 bis 2001*, ein Lorbeerkranz umschließt die Jahreszahlen. Die Kakteen im Schaufenster drängen sich aneinander wie gut genährte Lebewesen, die Buchstaben draußen vergehen und die Pflanzen drinnen werden immer kräftiger. Manche sind hoch wie Stehlampen, zwischen ihnen hocken stachelige Kugeln, einige groß wie Fußbälle, staubbedecktes Pflanzenfleisch, das aus Tontöpfen quillt, die schon lange zu klein geworden sind. Hinter diesem Schaufenster wohnt Erika, Isabell empfindet, wie immer, eine Spur Ekel, für den sie sich gleichzeitig schämt.

Während sie sich den Mantel auszieht, schaut sie sich um und denkt daran, dass sie hier schon als Kind mit ihrer Mutter stand, die einen Fernseher kaufte. Als Elektroladen war der Raum eher klein, als Wohnzimmer wirkt er leer und riesig, auch das wuchtige Sofa und die zwei passenden Sessel ändern daran nichts. Die Regale hinter dem Tresen haben keine Verwendung mehr, Kristallfiguren und Engelsgesichter aus Porzellan wirken verloren auf den nutzlosen Flächen. Zwölf Bände Brockhaus stehen ganz oben auf der Ablage, daneben die gesammelten Werke von Goethe, Schiller und Shakespeare, sinnlos und unberührt. Die Bücher hatte sein Vater für ihn gekauft, erzählte Georg, fürs Gymnasium, sein Vater hatte es gut gemeint, »mit seiner bildungsfernen Ehrfurcht«, wie Georg es ausdrückte, im Unterricht wurde dann mit Reclamheften gearbeitet. Kleine Perserteppiche liegen auf den Filzfliesen, Läufer, sagt Erika, sie kaschieren abgetretene Stellen und Flecken, wenn jemand mit dem Fuß gegen ihre Fransen stößt, verrutschen sie sofort. Es riecht, wie gewohnt, eigenwillig streng, wie in einer provinziellen Apotheke, herb und irgendwie chemisch.

Erika trägt ein Tablett mit Apfelkuchen und einer Schüssel Sahne zum Couchtisch. Während sie sich setzen, schenkt sie Kaffee in hauchdünne Tassen, die an den Rändern nicht ganz sauber wirken. Zwischendurch schaut sie zu Matti, der über den Boden krabbelt, und sagt »der Kleine, der Kleine, ach ja, ach herrlich«. Neonröhren tauchen den Raum in helles Gelb, diese Beleuchtung war früher sicher praktisch, doch nun sorgt sie dafür, dass jeder, der draußen vorbeigeht, förmlich dazu gezwungen wird hineinzuglotzen, auf die kleine Gesellschaft hinter dem Kakteenwald.

Die Sahne schmeckt nach zu viel Zucker. Erika hebt ein Häufchen auf eine Untertasse, stippt einen Teelöffel hinein und schaut Matti an, der vor ihr auf dem Boden sitzt. »Er darf, oder?«, fragt sie und beugt sich kurz darauf zu ihm, streckt den Löffel aus und öffnet selbst den Mund, als müsse sie dem Kind vormachen, was es jetzt zu tun hat. »Klar, warum nicht«, antwortet Georg, Laktoseunverträglichkeit, denkt Isabell, die Babyzeitschriften sagen, man soll mit Kuhmilchprodukten sparsam sein.

Erika reißt die Augen auf und spitzt die Lippen, während sie Matti weiter füttert. Isabell kann es nicht leiden, dass Matti süße Sahne in den Mund geschoben wird, wie ein kleines Tier wird er wie zum Spaß gefüttert, schau mal, wie entzückend!, unter Neonröhren, Licht wie in einem Fahrradkeller, Besuche, alle zwei Wochen, eine Pflichtveranstaltung, Kaffee trinken, Kind vorzeigen, die Enkel müssen die Alten aufheitern, das Einerlei beleben, Sinnstifter und Lebensretter müssen sie sein, noch ehe sie einen Satz sprechen können. Sie zieht das Telefon aus der Handtasche und schaut auf die Uhrzeit. Sie könnte Georgs Mutter rührend finden, wäre sie irgendeine Dame aus der Nachbarschaft, irgendeine seltsame Ladenfrau, mit der sie nichts zu tun hätte, mit der sie über das Wetter plaudern könnte, aber nicht *müsste*. Sie muss. Ein Kurierfahrer stellt sein Fahrrad vor dem Fenster ab und geht einen Schritt zurück, er scheint nach einer Hausnummer zu suchen, wenn er seinen Auftrag erledigt hat, wird er weiterfahren, darum beneidet sie ihn. Sie ist halt kein Familienmensch und muss an ihre eigene Mutter denken, die zehn Jahre jünger als Erika ist und Silberschmuck mit Türkisen trägt. Sie stellt sich die beiden Frauen nebeneinander vor, bekommt ihre Mutter aber nicht dazu, sich an diesen Kaffeetisch zu setzen. Ihre Mutter ist da kompromissloser als sie selbst.

Matti öffnet bereitwillig den Mund und kaut unbeholfen. »Noch ein bisschen?«, Erika kichert ungewohnt mutig, als er sich auf allen vieren nähert und nach noch mehr Sahne schnappt, die kleinen Perlanhänger zittern unter Erikas ausgeleierten Ohrlöchern, Isabell schaut zu Georg, es wäre an der Zeit, das Füttern zu beenden, aber er reagiert nicht. »Lass ihn erst mal runterschlucken, er kann nicht so schnell«, sagt sie und weiß, wie es nun weitergeht. Sie wird die Spielverderberin sein, wie immer, ob es um einen Bissen Kuchen geht, den er noch nicht kauen kann, ein Kristalltierchen, das nicht in seine Hand gehört, weil er es in den Mund stecken und sich daran verschlucken könnte, oder ein Stück Würfelzucker, das er nicht haben soll. Wie kann man einem Kind, das eine Banane noch als Süßigkeit empfindet, Zucker anbieten? Eigentlich will sie nicht so kleinlich sein, obwohl, nein, sie will genau das: kleinlich sein, nichts hergeben, ihr Glück für sich behalten.

Sie hebt Matti vom Boden hoch und geht langsam zum Fenster, in sicherem Abstand zu den Kakteen bleibt sie stehen, »das sieht dunkel aus«, flüstert sie und deutet auf den Himmel, wo Regenwolken aufziehen.

»Jetzt arbeitet ihr beide wieder. Toll, und klappt das?«, fragt Erika.

»Ja, geht ganz gut«, antwortet Georg.

»Und Isabell hat jeden Abend Vorstellung?«

»Fast jeden, außer montags, da hat sie frei.«

Erste Tropfen platschen auf den Weg, der graue Himmel verbreitet Dämmerlicht und Abendstimmung, Isabell schätzt, dass sie in zwei Stunden im Theater sein muss.

»Und wer bringt den Kleinen ins Bett, das machst immer du?«

»Ja, das mache ich.«

»Immer?«

»Ja, meistens. Wenn Isabell nicht da ist. Im Notfall, oder wenn ich Spätdienst habe, kommt ein Babysitter.«

Eine Frau und ein Mann stellen sich vor das Fenster, um unter dem Balkonvorsprung Schutz zu finden, während sie sich unterhalten, drehen sie sich zur Auslage, werfen einen Blick zu ihnen in den Laden. Wir könnten den beiden eine Tasse Kaffee anbieten, denkt Isabell.

»Das schaffst du auch so, mit deiner Arbeit?«

»Klar, warum nicht?« Georg klingt eine Spur gereizt. Isabell setzt sich mit Matti wieder neben ihn auf das Sofa.

»Stimmt, warum nicht?«, sagt Erika wie zu sich selbst und führt ihre Tasse zum Mund, kurz und schüchtern pustet sie, bevor sie einen Schluck nimmt, dann stellt sie die Tasse ungeschickt wieder zurück. Gegen das anhaltende Schweigen an zupft sie an ihrem Ehering und reibt sich die Hände, ihre Haut raschelt wie Papier dabei. Eine sich abzeichnende Querfalte zwischen Oberlippe und Nase lässt Erika weinerlich wirken, wahrscheinlich fühlt sie sich zurückgewiesen, die Augen ängstlich und fragend, Kinderblick, angewöhnt, um beschütz mich zu sagen, Isabell möchte die alte Frau schütteln, *sei nicht so bedürftig, das halt ich nicht aus.*

Georg durchsucht die Schallplatten, dann legt er etwas auf, italienische Schlager aus den Fünfzigern oder Sechzigern, erkennt Isabell nach ein paar Takten. Jede Musik ist besser als diese schleppende Unterhaltung. Georg holt Kerzen aus der Küche, stellt sie auf den Couchtisch und zündet sie an. Die Neonröhren schaltet er aus. Sein Gespür für solche Situationen, dafür bewundert sie ihn, während sie selbst mit versteinertem Gesicht nur darüber nachdenkt, dass sie aufspringen und weglaufen möchte, greift er ins Plattenregal und macht Kerzenlicht, und sie fühlt sich sofort wohler.

Scheinbar vorfreudig verschwindet Erika nach hinten, als sie zurückkommt, balanciert sie drei Kartons vor dem Bauch.

»Das hatte ich noch für euch rausgesucht.« Sie legt die Packungen auf den Sessel. »Ein Wasserkocher, ein Pürierstab, ein Luftbefeuchter für das Kinderzimmer.« Originalverpackt, fügt sie hinzu und klingt wie eine Verkäuferin, die Verkäuferin, die sie einmal gewesen ist. Georg atmet leise, aber für Isabell hörbar, durch die Nase aus. Seine

Mutter bewahrt einen scheinbar unerschöpflichen Fundus an technischen Geräten auf, unbenutzt, Ladenhüter, selbst beim Räumungsverkauf nicht losgeworden, nagelneu und uralt. Zu Weihnachten, an Geburtstagen oder zwischendurch holt sie etwas hervor und möchte es verschenken, etwas, das sie brauchbar und wertvoll findet, einen fünfundzwanzig Jahre alten Wasserkocher, der beim Erhitzen wahrscheinlich nach Plastik riecht, einen ebenso alten Pürierstab, der schwer wie Blei in der Hand liegt, so einen haben sie schon, einen Luftbefeuchter, der ziemlich sicher eine Keimschleuder ist, und wozu braucht man überhaupt einen Luftbefeuchter? Das zu regeln ist Georgs Aufgabe, er geht zum Sessel, hebt nacheinander jede Packung hoch und überfliegt scheinbar die Beschreibungen, offenbar gibt er sich Mühe, interessiert zu wirken und nicht sofort abzulehnen. Dann klopft er mit dem Fingerknöchel auf einen Karton, »den Pürierstab, den könnten wir gebrauchen«, er dreht sich um und zuckt fast unmerklich mit den Schultern, als wolle er ihr sagen, *ist doch egal jetzt*. Sie versteht es nicht, warum müssen sie Elektromüll wie Geschenke nach Hause tragen, warum können sie seiner Mutter nicht erklären, dass sie ihnen mit dem Schrott keinen Gefallen tut? Weil sie alt ist, leicht zu verletzen? Wir könnten ehrlich sein und Erika helfen, den Kartonberg zu entsorgen, schlug sie ihm einmal vor, es gab beinahe Streit deswegen: »Sie würde nicht verstehen, dass wir uns nicht freuen, das Zeug ist ihr Leben, lass ihr das«, er sammelt den Schrott lieber und bringt einen Schwung zum Recyclinghof, wenn es sich mal wieder lohnt. »Ist doch schnell gemacht, ist kein Problem«, sagt er, aber das ist falsch, das ist unaufrichtig, findet sie und hat beschlossen, im Alter genau auf sich achtzugeben, Matti später nichts aufzuzwingen, er soll sie ernst nehmen, wenn sie eine alte Schachtel geworden ist, er soll sie weder schonen noch für dumm verkaufen, nur weil er glaubt, das sei bequemer, oder schlimmer: weil er findet, es lohne sich ohnehin nicht mehr. Bei der Vorstellung, ein erwachsener Matti sitzt auf ihrem Sofa und denkt nur darüber nach, wann er wieder gehen kann, mit schlechtem Gewissen und etwas Mitleid, bei dieser Vorstellung wird ihr ganz bange; wenn ihr Sohn sie eines Tages nicht ernst nimmt, was bleibt dann?

Georg hantiert in der Küche und trägt kurz darauf Tüten mit leeren Flaschen zur Tür. Wenig später kommt er zurück, rote Wangen und ein feines Netz aus Regen auf den Locken. Er packt den Stapel Zeitungen hinter dem Tresen an, stützt das Gewicht mit dem Knie, um alles richtig zu fassen zu bekommen, und Isabell öffnet ihm die Tür.

Sie beginnt das Geschirr zusammenzuräumen. Erika streicht gebückt ihre Teppiche glatt und schnauft dabei leise. Dann geht sie in die Küche und kommt mit dem Tablett zurück.

»Wollt ihr davon was mitnehmen?«, fragt sie und hebt die Kuchenplatte vom Tisch.

»Nein, ist lieb, danke.«

»Aber warum nicht? Ich pack euch schnell was ein.«

»Wirklich nicht. Du kannst ihn doch auch essen.«

»Ach, so viel schaff ich nicht.«

Isabell weiß, gleich wird ein Päckchen aus Alufolie in ihrer Tasche liegen und übermorgen wird der matschige Kuchen im Müll landen.

Georg läuft am Schaufenster vorbei, öffnet die Tür und stößt Luft aus, als hätte er einen Sprint hinter sich.

»Bevor ich es vergesse, das Licht über der Spüle ist kaputt.«

Erika will den Besuch offenbar dehnen, doch Georg behält zum Glück seinen Mantel an und will nur einen kurzen Blick auf die Küchenbeleuchtung werfen. In solchen Momenten ist Isabell froh, dass ihre Mutter ins Allgäu gezogen ist, zufrieden mit einer Galeristin zusammenlebt und den Touristen lieber Bilder von Hobbymalern und Getöpfertes verkauft, als auf ihre Tochter und ihr Enkelkind zu warten.

Sie steckt sich einen Löffel Sahne in den Mund, viel zu süß, noch einen, widerlich, und noch einen. Während Georg nun doch nach einer passenden Ersatzbirne sucht, geht sie auf die Toilette, setzt Matti vor sich auf den kleinen Frotteeteppich, um ihn nicht allein im Ladenraum zu lassen. Erika sammelt Parfums, zehn, fünfzehn Flakons stehen auf dem Bord, wie vergessene Trophäen, die Flaschen sind matt von Staub. Sie nimmt eines der Fläschchen in die Hand und öffnet den Verschluss, Rosenduft, Erika riecht nie nach Parfum, nur nach herber Medizin und süßlichem Schweiß. Der Flakon fühlt sich klebrig an, die Kakteen werden ihrem Laden noch das letzte bisschen Tageslicht nehmen, die Haushaltsgeräte verstopfen Georgs altes Kinderzimmer stapelweise, Isabell hat die Türme gesehen; es hat mit dem Altern zu tun, Erikas Wohnung erzählt ihr etwas über das Altern, etwas, von dem sie nichts wissen will.

»Hundert Euro?«, hört sie Georgs Stimme aus der Küche.

»Nein, viel zu viel.«

»Nimm es.«

»Ich weiß nicht.«

»Was denn nun? Brauchst du es oder nicht?«

»Ach je, ja, doch«, Erika jammernd.

Isabell wäscht sich die Hände mit einem winzigen Stück Seife, das ihr fast durch die Finger gleitet. Im Becken sammelt sich das Wasser und sie hebt den Stöpsel mit spitzen Fingern an, doch nichts versickert. Der Abfluss ist verstopft. Nun fällt ihr das lange Metallding neben der Seife auf und sie versteht, warum es da liegt, es ist eine Fonduegabel.

Die Stunden hinter dem Schaufenster kleben an ihr, verfolgen sie bis in den Abend, sie ärgert sich über ihre Empfindlichkeit, was hat ein Nachmittag bei Erika mit ihrer Arbeit zu tun? Sie spürt wieder die Unruhe in den Gliedern und holt ihre Handcreme aus dem Cellokoffer, warme Haut, harte Knöchel, sie massiert die Creme ein, reibt mit dem Daumen der einen Hand über die Innenfläche der anderen, reibt die Hände aneinander, um nichts zu spüren außer dieser Wärme. Wahrscheinlich bildet sie sich ein, dass Alexander sie mit seinen flinken, schlauen Augen beobachtet, ja, das bildet sie sich ein. Weil sie noch etwas Zeit hat, bis es losgeht, und sie nicht unter seinem Blick Tonfolgen spielen will, verlässt sie den Graben. Sie holt ihren Mantel aus dem Schließschrank, geht zum Bühnenausgang und setzt sich draußen auf die Treppe. Um sich abzulenken, holt sie ihr Telefon hervor, liest alte Nachrichten und schaut sich Fotos von Matti und Georg an. Dann geht sie ihre Wetter-App durch, ihre selbst erstellte Liste aus Orten: Das Dorf im Allgäu, minus acht Grad, neblige Nacht, ihre Mutter sitzt vielleicht am Ofen und liest, Fuß an Fuß mit ihrer Freundin, die am anderen Sofaende lehnt. Nächster Ort, die Hafenstadt auf Fuerteventura, seit ihre Halbgeschwister, die sie kaum kennt, studieren, leben ihr Vater und seine Frau auf der Insel; eine laue Nacht mit klarem Himmel, fünfzehn Grad, vielleicht sitzt er auf der Terrasse, ein Foto hat er ihr im Sommer geschickt, da wuchsen üppige Bougainvilleen und Oleander im Garten. Zwischen ihnen spielt sich alles auf eine konventionelle Art ab, es kommt eine Karte zu Weihnachten und zum Geburtstag, zu Mattis Geburt gab es fünfzig Euro und einen Strampelanzug aus Polyester mit Bärchenmotiv, er und seine Frau unterschreiben seitdem jede Karte mit *Viele Grüße vom Duo ans Trio*, wobei ihr Vater klein und kantig seinen Namen daruntersetzt, den Rest überlässt er seiner Frau. Nächster Ort, London, minus vier Grad, bewölkt, eine Musiker-WG in Marylebone, vier wohlsituierte Solisten, wahrscheinlich die Hälfte ihrer Zeit unterwegs, mindestens, wenn Miriam dort überhaupt noch wohnt, genau weiß sie es nicht, doch meistens verschickt Miriam eine Rundmail, wenn sich ihre Adresse geändert hat; ihre längste Mitbewohnerin, drei Jahre, engste Freundin, das ist sie nicht mehr, engste Freundin nur in der Erinnerung, Miriam in den vorderen Zimmern der Wohnung, sie selbst in den hinteren, alles drehte sich nur um Musik, die Hochschule, um Jungs und umeinander, da schliefen sie manchmal in einem Bett, weil es ihnen wie verschwendet vorkam, nicht auch die Zeit vor dem Schlafengehen und das Einschlafen zusammen zu verbringen. Und dann lösten sie sich voneinander, weil sie kein Ziel mehr teilten. Nächster Ort, das Dorf am Ratzeburger See, ihr erster Cellolehrer war ihr eine Vaterfigur, das wusste sie damals natürlich nicht, aber heute wird ihr das klar. *Die Stimme des Cellos muss den anderen ein Fundament sein*, erklärte er ihr, *sie gibt dem harmonischen Ganzen die Stabilität*, und sie, das pubertierende Kind, dachte, sie hätte das verstanden und nickte folgsam dazu, *das Cel-*

lo ist der Impulsgeber für Tempo und Rhythmus, sagte er, *das heißt, du musst Verantwortung tragen, erwachsen werden*, brachte er ihr bei, ja, das wollte sie, ohne zu wissen, was das bedeutete; inzwischen muss er über siebzig sein, an seinem Ort sind es zwei Grad unter null, Regen ist angezeigt, den hört er vielleicht jetzt an seinem Fenster. Sie steckt das Telefon in die Manteltasche und bleibt noch einen Moment sitzen, bevor sie in den Graben muss.

7 | Das Moped des Zeitungsausträgers scheppert durch den Hinterhof, kurz darauf hört sie durch die angelehnte Tür, wie Matti aufwacht, er ächzt und gähnt, dann murmelt er vor sich hin, es ist kurz nach sechs und für ihn ist die Nacht vorbei, er hat ein neues Lieblingswort, eine Eigenkreation, Mannnnnje hört sie aus seinem Zimmer und muss lächeln, das sagt er sehnlich, wenn ihm etwas gefällt, meistens wenn sie mit ihm draußen ist, dann zeigt er dabei auf Lastwagen, Bagger und Müllautos. Er muss das Moped auch gehört haben. Sie geht rüber in sein Zimmer und holt ihn zu sich und Georg ins Bett. Der Montag ist für sie zum wertvollsten Tag der Woche geworden, montags muss sie nicht ins Theater. Neben dem Bett liegen Bilderbücher griffbereit, sie klappt eines auf, darf sie schon nicht mehr schlafen, muss sie wenigstens noch nicht aufstehen.

Matti sitzt zwischen den Decken, die Beine ausgestreckt, ihre Hand umschließt seinen Fuß, diesen kleinen Fuß, der kürzer als ihr Zeigefinger ist, die Haut weiß und mit Babyspeck gepolstert wie eine Tatze, die noch nicht das Gehen, das Gewicht des Körpers kennengelernt hat. Sie drückt ihren Mund an Mattis Ferse, deren Haut so zart ist wie die eines Ohrläppchens, dann an den weichen Ballen, wie sie es oft macht, es tun muss: die Haut ihres Kindes an den Lippen spüren und den Geruch einsaugen, der Fuß riecht einen Hauch säuerlich, Unversehrtheit, die süchtig macht. Sie schiebt ihre Nase noch enger an die Zehen, bis Matti sich ihr ungeduldig entzieht. Er will gefüttert werden, mit allem, nicht nur mit warmer Milch, auch mit Bildern, Worten, Eindrücken aus dem Buch. Georg legt seinen Zeigefinger auf das Wimmelbild, erzählt etwas von Bäumen, Kirschen, einem Vogelnest, einer Elster mit Silberlöffel im Schnabel, während sein Gesicht noch halb im Kissen versinkt. Er hat sich heute einen Tag freigenommen.

Sie geht in die Küche, füllt Mineralwasser in den Kocher und schaltet ihn an. Während sie neben dem Gerät wartet, streckt sie ihre Finger, zieht sie zu Fäusten zusammen, streckt sie wieder und lockert sie schüttelnd, im Daumengelenk der Rechten spürt sie Schmerzen. Inzwischen spielt sie schon vor dem Solo angespannt, die Finger verkrampft, der ganze Arm bis in die Schulter, sie hält den Bogen nicht locker, obwohl sie weiß, was Fehlhaltungen anrichten können. Zum heißen Wasser gießt sie kaltes, schraubt den Sauger drauf und schüttelt die Flasche kräftig.

Während Matti trinkt, beobachtet sie ihn still. Manchmal schläft er beim Trinken wieder ein. Unauffällig legt sie das Buch zur Seite und behält ihn dabei im Blick, seine Augen werden glasig und träge, ein gutes Zeichen. Nach wenigen Minuten lösen sich seine Hände vom Glas und sein Mund gibt den Sauger mit einem leisen Schmatzen frei, schnell und doch behutsam greift sie nach der Flasche, bevor sie ihm auf die Brust sinken kann, und stellt sie neben das Bett. Nun müssen sie leise sein, unmenschlich reglos bleiben, damit Mattis hauchdünner Schlummer hält und sich nach Minuten vertieft, damit sie selbst noch einmal versinken dürfen. Geschenkter Schlaf, in diesem Moment lustvoller als alle Vormittage, die sie und Georg im Bett verbracht haben, bevor sie Eltern wurden. Nachdem Matti sie vor wenigen Wochen noch sechs oder sieben Mal in der Nacht geweckt hatte, glaubte sie morgens den Verstand zu verlieren, so übermächtig war ihre Sehnsucht nach richtigem Schlaf. Im Café jammerten die Mütter, um sich zu verbünden, aber es war harmloses Jammern, bevor es wirklich ehrlich wurde, wandelten sich die Gespräche, die Frauen wiegelten ab, es sei ja doch alles so schön, und überhaupt, sie steckten das weg, wie, wüssten sie nicht, das wäre halt so, und Isabell dachte, ihr blöden Mütterkühe, die ihr alles so mühelos schafft –, doch wenn sie genau hinschaute, sah sie manchmal die verhohlene Gewalt hinter der Perfektion, Frauen, die ihren zappeligen Kindern den Sauger in den Mund stießen, weil es *jetzt* Zeit für die Flasche war, »du sollst trinken, verdammt«, und sich sofort umsahen, ob jemand diesen winzigen Augenblick bemerkt hatte, oder solche, die ihr Brustfleisch grob in Position brachten und den Kopf des brüllenden Säuglings unnachgiebig an sich pressten, ja, sie hatten alles wunderbar im Griff.

Nur ein einziges Mal gab es einen seltsam ehrlichen Moment, da zischte eine Frau, während drei andere sich unterhielten, »die lügen alle, und wenn es nicht der Schlaf ist, dann etwas anderes, Stillprobleme, Neurodermitis, Allergien, meins war ein Schreikind, ein echtes Schreikind, mit Ambulanz und allem drum und dran, und jetzt hat es chronische Bronchitis, die ganze Nacht Husten, ich schlafe im Sitzen mit meinem Kind auf dem Schoß, ich steh am Abgrund, so what, und dieser Kaffee hier, der schmeckt so gut, so wahnsinnig gut, noch nie habe ich einen *so guten* Kaffee getrunken.« Die Frau klang hysterisch und schlürfte anstößig laut ihren Milchschaum aus der Tasse. Abgrund, es war erstaunlich, dieses Wort im Café zu hören, unanständig und deplatziert kam ihr das im Kreise gesunder Mütter und Kinder vor, doch das Wort hatte auch eine befreiende Wirkung, weil sie für den Moment spürte, dass sie mit den anderen nicht eins sein musste. Sie konnte sich auf einmal fragen, warum fremde Frauen, nur weil sie ebenfalls Mütter von kleinen Kindern waren, überhaupt wichtig für sie geworden waren, warum es so bedeutend schien, von ihnen gemocht und verstanden zu werden. Das war neu in ihrem Leben und zumindest wurde es ihr durch die ehrliche Frau bewusst.

Sie ist dünnhäutig geworden, es ist, als hätte ihre Wahrnehmung einen Filter verloren. Auch daran musste sie sich gewöhnen. Hört sie irgendwo ein Baby schreien, hebt sie den Kopf und spitzt die Ohren wie ein Tier, das Witterung aufnimmt, als könnte jeder Kinderlaut mit ihr zu tun haben. Manchmal fragt sie Georg, »hast du das gehört, kommt das von der Straße?«, und er schaut sie verständnislos an. Sie liest Zeitung und ihr springen knapp formulierte Meldungen unter *Lokales* ins Auge, in denen es um Gewalt in Familien geht, da liest sie von sechs Wochen alten Babys mit Schütteltrauma, von Zweijährigen übersät mit Hämatomen, von Streit, Lügen und Ausflüchten, vom Chaos der Vernachlässigung, sachliche Berichte, die sich in ihr Herz bohren, sie verschlingt solche Artikel, kann sich dem Unglück fremder Kinder nicht entziehen, im Gegenteil, sie malt sich die Geschichten aus, setzt aus spärlichen Einzelheiten lebendige Bilder zusammen, sieht schmutzig verweinte Gesichter, stellt sich die Kinder vor, orientierungslos und durchlässig für alles, ganz und gar verschmolzen mit ihrem Umfeld, noch ohne Bewusstsein, dass ihnen Unrecht geschieht, bis sie erschrocken zurückweicht vor den eigenen Gedanken. *Was geht sie das an?* Doch sie frisst das Unglück anderer in sich hinein, es ist ein Zuviel an Gefühl, ein Zuviel an Muttersein. Manchmal klammert sie sich an die Details eines Schicksals, stellt es sich vor, will genau verstehen, was passiert ist, als wäre zwischen den grausamen Einzelheiten ein Ausweg verborgen, der den Vorfall doch noch ungeschehen machen könnte. Es ist eine Suche nach Antworten und Hinweisen. Denn sie hat es doch selbst schon in den Händen gespürt, wollte zugreifen und packen, wenn Matti sie nicht eine Stunde schlafen ließ, Nacht für Nacht, wenn Georg auf Reisen war und ihr nicht helfen konnte, Schlafentzug öffnet dunkle, unbekannte Gebiete. Sie ließ den Druck an Gegenständen aus, Tritte gegen den Sessel, die dumpf ins Leder stießen, oder gegen den Wäscheständer, der krachend zusammenbrach, wie dumm, einen Wäscheständer zu treten, wie ergiebig auch, weil es Lärm macht.

Georg und Matti atmen leise. Auch wenn die durchwachten Nächte weniger werden, scheint ihr Körper die Erinnerung an den Schlafmangel bewahrt zu haben, um auch das Verlangen nicht zu vergessen. Kann jetzt noch etwas stören, kann sie loslassen, wann fangen die Handwerker an? Sie hebt vorsichtig den Kopf und schaut zum Wecker, ein bisschen Zeit bleibt noch.

Der blaue Himmel ist eine Aufforderung rauszugehen, mit der Bahn fahren sie an den Stadtrand, die Fahrräder haben sie dabei, um eine Tour durch die Marschlandschaft und über die Deiche zu unternehmen.

Die Wiesen sind selbst im Spätherbst noch sattgrün. Den Fluss im Augenwinkel radeln sie hintereinander her. Durch das graue Wasser schiebt sich ein Containerschiff, hoch und lang wie eine Häuserreihe. Der behäbige Riese hat sich mit einem durchdringenden Tuten verabschiedet und wird nun an den Städten und Dörfern am Ufer vorbeiziehen, bis er das offene Meer erreicht. Georg, mit Matti im Kindersitz auf dem Gepäckträger, tritt gemächlich in die Pedale, sie folgt seinem Rhythmus. Ein kalter guter Wind bläst ihr ins Gesicht, sie tragen Handschuhe und Mützen, ohne geht es nicht mehr. Die Sonne steht tief und scheint matt, schmutzigweiße Schafe grasen auf dem Hang, etwas entfernt ragt ein Waldstück struppig in den Himmel.

An einer Bank auf dem Deich halten sie, stellen die Räder ab und setzen sich. Isabell lässt den Blick über den Flusslauf wandern, wieder gleitet ein Schiff durch das Wasser und sie überlegt, ob die Leute der Besatzung etwas empfinden, wenn sie die Flusswindungen vor sich sehen, etwas wie Aufbruchstimmung oder Abschied. Georg öffnet seinen Rucksack, holt ein Glas Fruchtbrei heraus, eine Banane und eine Packung Reiswaffeln. Dann legt er ihr vorsichtig ein Päckchen auf den Schoß, mit Seidenpapier verhüllt, dazu gibt er ihr zwei Kuchengabeln. Sie lüftet das Papier, Zitronentarte mit Baiserschaum, erstaunlich, wie er die beiden Stücke im Rucksack wohlbehalten transportieren konnte. Aus einem Geschirrtuch wickelt er zwei Becher und schenkt Tee aus einer Thermoskanne ein. Vorsichtig halbieren sie die Pappe des Konditors, damit jeder eine Unterlage für den Kuchen hat. So sitzen sie da, zwei Erwachsene, ihr Kind zwischen sich, essen, trinken und schauen schweigend aufs Wasser, sogar Matti.

Meine Hände zittern beim Spielen, ich kann nichts dagegen tun. Warum kommt ihr jetzt dieser Gedanke – weil etwas schön ist? Sie sollte sich Georg anvertrauen, doch sie bringt den Satz nicht über die Lippen, ihn auszusprechen wäre, als würde sie etwas Endgültiges schaffen. Georg lehnt sich zurück und saugt wohlig die frische Luft ein, während sie an die Geschichte mit dem Flötisten denken muss, Wolfgang, der immer in karierten Anzügen und Fliege zur Arbeit erschien und eines Tages schiefe Töne spielte. Monatelang war er krankgeschrieben, Musikerkrampf, hieß es, er beherrschte bei bestimmten Passagen seine Atmung und seine Lippen nicht mehr. Nach einer Therapie kam er zurück, sie erinnert sich an den Abend seiner Rückkehr, alle beobachteten ihn gespannt, starrten ihm regelrecht auf den Mund, während er sich einspielte. Die Vorstellung begann und nach wenigen Takten bestand kein Zweifel daran, dass er sein Problem nicht losgeworden war. Sie hat keine Ahnung, wo er heute arbeitet.

Mannnnje, sagt Matti und zeigt auf einen Schlepper, sie hebt ihn auf ihren Schoß und rutscht näher zu Georg heran, legt ihren Kopf auf seine Schulter und dreht das Gesicht so, dass ihre Lippen seinen Hals berühren, sie spürt das Pochen seiner Schlagader.

Am Abend bestellen sie Sushi und schauen nur einen halben Film, gehen stattdessen ins Bett, und das Miteinanderschlafen ist leicht, ganz leicht.

Draußen stürmt es, sie hört die zitternde Bauplane vor dem Fenster, ab und zu bläht ein kräftiger Windstoß das Plastik wie ein Segel auf und knallt es dann gegen das Gerüst. Georg scheint schon zu schlafen. Weil sie etwas friert, holt sie den dicken Kamelhaarüberwurf aus dem Schrank und breitet ihn über den Bettdecken aus.

Am nächsten Abend liest sie nach, was Wolfgangs genaue Diagnose war. *Die Musikerdystonie ist eine aufgabenspezifische Bewegungsstörung, die sich in einem Verlust der Willkürmotorik bei stark übertrainierten Bewegungen äußert. In vielen Fällen bedeutet diese Erkrankung das Ende einer professionellen Musikerkarriere.*

Georg sammelt hinter der halb geschlossenen Flügeltür Spielzeug auf. Ruhe und Gelassenheit, denkt sie, langsam, fast andächtig, notiert sie *Deine Hände werden nicht zittern*. Matti fängt an zu weinen, weil Georg ihm einen Bauklotz oder etwas anderes abgenommen hat, sie starrt auf die geschriebenen Worte. Etwas stimmt nicht, außer der Tatsache, dass sie abhängig von bekritzelten Papierschnipseln ist. Als sie sich die Zettel in die Taschen schieben will, fällt es ihr auf, sie hat *Deine Hände* geschrieben, nicht *Meine*; genau, denkt sie, wie schön wäre es, diese beiden Versagerhände sind nicht *meine*, sondern *deine*. Sie knüllt die Schnipsel zu einer Kugel zusammen, will sie erst in den Papierkorb werfen, doch steckt sie dann lieber in die Tasche, um sie später woanders zu entsorgen. Ihr Blick fällt auf den Pürierstab, der neben dem Telefon auf dem Schreibtisch liegt.

Bevor sie die Wohnung verlässt, klemmt sie sich das Teil unter den Arm, um es in den Container hinter dem Haus zu schmeißen.

An einer roten Ampel auf dem Weg zur Arbeit springt ihr ein Zettel ins Auge, mit Paketband am Pfahl befestigt. *Ist Ihr Herz im Takt?*, liest sie auf den ersten Blick und sieht unvermittelt den mit seinem Taktstock fuchtelnden Sean vor sich, nein, das ist es ganz und gar nicht, denkt sie und liest noch einmal, es heißt *Ist Ihr Herz intakt?*

Für eine Studie zum Thema »Herzfrequenz, Stress und Entspannung« werden Teilnehmer gesucht. *Leiden Sie unter Leistungsdruck? Entwickelt Ihr Körper unter Stress Symptome wie Herzrasen, Schwitzen, Zittern oder Schwindel?* Aufgerufen sind Menschen, die sich als angespannt bezeichnen. Sie reißt einen der Schnipsel mit den Kontaktinfos ab. Psychologische Fakultät, liest sie. *Sie haben die Möglichkeit, eine neue Entspannungsmethode zu erlernen und verdienen 30 Euro dabei.* Sie würde dort fremden Leuten, mit denen sie nie wieder zu tun hätte, vielleicht von ihren Händen erzählen können, von der Aufregung und der Angst, von den nassen Achseln und dem Herzklopfen. Sie würde das Zittern beschreiben dürfen, mit allen Details, wie es als ein böses, geduldiges Gift in ihrem Körper den Moment abwartet, in dem es ihr am meisten schaden kann. Diese Leute werden vielleicht interessiert sein, werden ihr zuhören, sie nicht verurteilen und nicht für verrückt erklären, weil sie ein Fall für die Studie wäre, je mehr sie erzählen würde, desto besser; die Leute dort wissen offenbar, wie ein Herz seinen Takt findet.

8

Erst zog sie ein Kleid an, dann hantierte sie am Schreibtisch herum, kurz darauf eilte sie an der Küche vorbei, dann ging sie ins Badezimmer und nun scheint sie wieder am Schreibtisch zu sitzen. Er versteht nicht, warum sie so zerstreut und rastlos wirkt. Wenn sie nicht gleich kommt, wird er ihr ein Käsebrot schmieren und sie zwingen, sich wenigstens fünf Minuten zu setzen. »Möchtest du Kaffee?«, ruft er ihr durch den Flur zu, wo auch immer sie gerade steckt, er könnte selbst einen gebrauchen, weil er nachher noch arbeiten sollte.

Sie kommt in die Küche, etwas außer Atem, das Kleid hat sie gegen eine Jeans mit Pullover getauscht, »nein, danke«, sagt sie und lässt sich auf den Stuhl fallen. Matti strahlt sie unverwandt an. Sofort wendet sie sich ihm zu und tippt mit ihrer Nasenspitze an seine. Georg betrachtet die beiden und lehnt sich zurück, zufrieden und glücklich, sogar ein bisschen stolz.

»Ich muss gleich los«, sagt sie, schenkt sich ein Glas Wasser ein und bestreicht sich eine Scheibe Brot mit Butter. Während sie den ersten Bissen kaut, betrachtet er ihre lackierten Fingernägel.

»Die Farbe sieht gut aus.«

»Findest du?« Sie wirkt unentschlossen, eigentlich sogar missmutig. »*Das* Rot, keine Ahnung, was ich mir dabei gedacht habe. Ich wollte es noch wegmachen.«

Schon steht sie auf und läuft ins Badezimmer. Mit einem Fläschchen in der Hand setzt sie sich wieder an den Tisch und macht ein Gesicht, als wäre Nagellack ein Problem.

»Ich nehm den Entferner mit ins Theater, dort hab ich Zeit.«

»Warum? Es sieht toll aus.«

»Ich weiß nicht.«

Ihre Hände verführen. Wie sie zwischen Daumen und Zeigefinger das Brot hält. Die Nägel glänzen wie rote Steine. So möchte er sie mal Cello spielen sehen. Überhaupt würde er sie gern wieder spielen sehen. Er kommt nach Hause und sie muss los. Die Abläufe funktionieren perfekt und laufen aneinander vorbei. Früher gab es noch die späten Abende, wenn er sie aus dem Theater abholte und sie zu Fuß nach Hause gingen, manchmal noch irgendwo etwas trinken gingen oder kurz vor Küchenschluss irgendwo ein Nachtmahl nahmen. Die Rückkehr ins Theater scheint ihr keine Freude zu machen, darüber zu reden scheint sie nicht zu wollen. Als er ihr vorschlug, sie zu besuchen und sich eine Vorstellung anzusehen, hob sie alarmiert den Blick, dann lachte sie ihn aus, er wolle doch nicht wirklich einen Babysitter bezahlen, nur um ein *Musical* zu sehen, das er auch noch kennen würde. Eigentlich musste ihr klar gewesen sein, dass ihm an der Romantik lag, sie einfach nur zu besuchen und danach hinter dem Theater am Ausgang auf sie zu warten. Aber sie schien kein Interesse daran zu haben. Etwas stimmt nicht, doch er kann nicht sagen, was. Früher lief Musik, sie hörte ihren Dvořák, Schostakowitsch, Brahms, wenn er nach Hause kam.

»Ich finde, du solltest es so lassen.«

»Es geht aber nicht darum, was du findest.«

Okay, okay, murmelt er beschwichtigend und seufzt etwas zu laut, weil ihm nichts Besseres einfällt.

»Worum geht es dann?« Mit der Frage riskiert er, sie

zu reizen, aber darauf lässt er es ankommen. Irgendetwas will er ihr entlocken.

»Hm?« Sie schaut ihn fragend an.

»Du meintest, darum gehe es nicht – also, darum, dass ich finde, wie gut dir der Lack steht. Ich habe nur gefragt, worum es dann geht.«

Er sollte sie in Ruhe lassen. Die dünnen Falten, die sich jetzt auf ihrer Stirn abzeichnen, sind ein Warnzeichen.

»Das ist nicht dein Ernst, oder? Ich habe noch«, sie schaut auf ihre Armbanduhr, »drei Minuten und du willst über Nagellack diskutieren.«

»Schon gut.«

»Schon gut?« Ihre Stimme wankt eigenartig, als würde sich gleich etwas entladen. Sie wirft Matti einen Blick zu.

»Aber schön, dass du mich in ein überflüssiges Gespräch verwickelst, damit ich gestresst zur Arbeit gehe. Vielen Dank«, sagt sie etwas gedämpft, aber nicht weniger übellaunig.

»Darf man dir vor dem Auftritt auch keine Komplimente mehr machen?«

Er fühlt sich abgewiesen. Was kann er dafür, dass sie die Rückkehr in den Job stresst. Er unterstützt sie, so gut wie möglich. Sie steht auf, »ich muss dann wohl los«, und verlässt die Küche, aus dem Flur hört er, wie sie den Cellokoffer energisch schließt. Kurz darauf klappt die Wohnungstür laut zu. Stille in der Küche. Miese Abendminuten, und morgen, beim Frühstück, wird es vielleicht so weitergehen. Matti zerpflückt konzentriert ein Papiertaschentuch, er kann ihn gerade noch davon abhalten, sich die Fetzen in den Mund zu stecken. Dann räumt er das Geschirr vom Tisch, stellt Butter, Käse und Veggieaufstrich in den Kühlschrank. Für Matti zerkleinert er eine halbe Banane, damit er mehr als satt ins Bett kommt und die Chance steigt, dass er durchschläft. Nie die Hoffnung aufgeben.

Nachdem er ihn gewickelt hat, krabbelt er mit ihm zusammen um die Wette durch den Flur, er knapp hinter Matti, gerade so, dass er ihm die Füße kitzeln kann. Mattis aufgedrehtes Kichern, davon kann er kaum genug bekommen.

Schließlich trägt er das erschöpfte Kind ins Bett, hockt sich daneben und singt das eine Schlaflied, das er kennt. Noch mal und noch mal, sein Mund formt die Worte, seine Stimme findet die Töne, doch in Gedanken ist er nicht mehr dabei. Wenn er hier fertig ist, wird er sich ein Bier aus dem Kühlschrank nehmen. Probehalber lässt er den Gesang ausklingen, doch keine Chance, Matti schlägt die Augen auf. Er singt weiter und ihm fällt ein, dass sie kein Bier haben. Wann hat er zum letzten Mal abends eins getrunken? Das muss Wochen her sein. Vielleicht ist noch eine letzte Flasche nach hinten gerollt oder steht seitlich im Fach, gut getarnt zwischen Karotten- und Apfelsäften. Und Chips wären nicht schlecht. Aber auch die haben sie nicht. Er weiß, was im Schrank liegt: Reiswaffeln, Zwieback, Dinkelkekse. Vorsichtig löst er seine Beine aus dem Schneidersitz und kniet sich vor das Bett, dabei singt er immer leiser. Die folgende Stille ist ein Experiment und das Ergebnis bleibt abzuwarten. In Mattis Gesicht regt sich nichts. Langsam steht er auf, hört sein Knie knacken, entfernt sich Schritt für Schritt vom Kinderbett und geht geradewegs in die Küche zum Kühlschrank.

Apfelschorle statt Bier. Er schaltet die kleine Lampe am Wohnzimmerfenster an und denkt wie jedes Mal, dass er sie bald reparieren wird. Genau fünfmal muss man das ausgeleierte Knöpfchen drücken, damit sie angeht, aber nur einmal, um sie auszumachen.

Er legt sich aufs Sofa und denkt an den Geschmack von kaltem Bier. Neben ihm liegt die Zeitung von gestern mit seinem Interview. Die Chefredaktion fand das Selbstversorgerthema gut und Matthias gab ihm den Auftrag zu recherchieren, ob sich eine interessante Serie über Aussteiger und Selbstversorger in Deutschland zusammenstellen ließe, unterschiedliche Typen, nicht fünfmal den Burnout-Banker mit Rieslinganbau. Die andere Frage wäre dann, ob er die Porträts selbst schreiben dürfte. Das würde er gern. Doch für das Unterwegssein bleibt immer weniger Zeit. Jeden Tag am Schreibtisch und in Konferenzen. Tabellen mit Themenplänen pflegen. Texte in Auftrag geben, verwalten, umschreiben. Die knappe Belegschaft muss anwesend sein. Die Arbeit ist geprägt von dem Wort *Defizit*, das Produkt sei *defizitär*, mindestens zweimal im Jahr erklärt ihnen das jemand aus dem Management, und es klingt dann, als wären sie eine Horde Kinder, die dankbar sein sollte, dass sie noch jemand mit Müh und Not durchfüttert. Er erinnert sich an sein erstes Praktikum und wie stolz sein Vater war, die Zeitung, eine Autorität, der Journalist, ein wichtiger Mann, was in der Zeitung steht, stimmt.

Er steht wieder auf, das Parkett unter seinen Schritten knarrt und lässt ihn die zähe Stille der Wohnung nur noch mehr spüren. Im dunklen Flur stößt er an den Wäscheständer. Das alte Gestell scheppert gefährlich, aber bleibt stehen. In der Küche sucht er nach einem Ersatz für Chips. Zwei Knäckebrote mit Frischkäse isst er.

Wieder im Wohnzimmer bleibt er unschlüssig vor der Anlage stehen und weiß nicht, was er auflegen soll. Stattdessen holt er sich das Telefon und wählt die Nummer seiner Mutter, wenigstens eine sinnvolle Tat, wenn ihm für alles andere die Motivation fehlt.

Acht- oder neunmal lässt er es klingeln und will schon mit einem unguten Gefühl – ist was passiert? – auflegen, da hebt sie ab. Wahrscheinlich hat sie ihr Telefon nicht gefunden. Das schnurlose Gerät hat sie sich selbst ausgesucht. Als Inhaberin eines Elektroladens bestand sie auf die, wie sie sagte, *moderne* Technik.

»Du scheinst ja sehr beschäftigt. Wo habe ich dich denn hergeholt?«

Er legt künstliche Neugier in seine Frage. Seine Mutter wird sich geschmeichelt fühlen. In Wirklichkeit hat sie nichts zu tun, außer einzukaufen, zu essen, zu trinken, aufzuräumen, fernzusehen und zu schlafen, jeden Tag, jede Woche. Sie wird vergesslich, manchmal stellt sie ihm in einem Gespräch in kurzem Abstand dieselbe Frage.

»Ich war in der Küche und habe Geschirr gespült.«

»Geht es dir gut? Was macht dein Schwindelgefühl?«

»Das hatte ich länger nicht. Heute war ich einkaufen.«

»Du warst draußen? Schön. Nur einkaufen oder auch spazieren? Du kannst auch so mal vor die Tür gehen. Das tut dir gut.«

»Habe ich auch gemacht«, antwortet sie und klingt eine Spur trotzig. »Ich bin sogar bis zum Park gelaufen und saß dort richtig lange in der Sonne.«

Er überlegt, ob heute die Sonne schien. Eigentlich war es den ganzen Tag über bewölkt. Und dann hätte sie sich Kuchen bei Bäcker Behrmann geholt, hört er sie gut gelaunt weitererzählen. Okay, denkt er, da stimmt was nicht. Entweder schwindelt sie ihn an, hat aber vergessen, dass der Bäcker jetzt ein Blumenladen ist, oder sie ist verwirrt und glaubt wirklich, sie wäre heute dort gewesen.

»So, da warst du also. Was hast du dir denn geholt?«

»Ein Stück Mohn und ein Schokoladeneclair«, erwidert sie artig.

»Und wie geht es dem alten Behrmann?« Er stellt fest, dass er sich vor ihrer Antwort etwas fürchtet.

»Gut geht's dem. Er hat nach Matti gefragt. Er hat nämlich auch Enkelkinder.«

Sein Atem pustet gegen den Hörer.

»Warum erzählst du mir diesen Blödsinn?«

Lieber wäre ihm, sie würde ehrlich zugeben, sie sei zu müde, allein, zu bequem, um vor die Tür zu gehen.

»Wenn du wirklich weitergehen würdest als bis zum nächsten Supermarkt, wüsstest du, dass es den Bäcker nicht mehr gibt.«

Einen Moment ist er irritiert.

»Eigentlich weißt du das doch auch, oder? Das musst du doch mitgekriegt haben?«

Sie antwortet nicht. Er stellt sich vor, wie sie eingeknickt auf dem Sofa sitzt, das Telefon in ihrer geäderten Hand hält und unwillig auf den Boden starrt. Sie hat ihm einen Schrecken eingejagt.

»Wenn du so dummes Zeug erzählst, denkt man, du bist verwirrt. Dann müssen wir zum Arzt«, sagt er, die leise Drohung wohl einkalkuliert. Bloß nicht zum Arzt, wird sie jetzt denken.

»Sag doch mal was.«

Was würde er machen, wenn sie doch verwirrt ist. Nichts tun und abwarten, ob es schlimmer wird? Bis ein Topf auf dem Herd durchschmort und die Wohnung in Brand setzt?

»Wieso sagst du nichts?«

»Warst du überhaupt heute im Park?«

Noch immer schweigt sie.

»Die Sonne schien doch gar nicht.«

»Nein, war ich nicht«, kommt es plötzlich beleidigt aus ihr raus, »aber was macht das schon.«

Sie klingt, als hätte er ihr etwas genommen, hat er ja auch, den Anschein.

»Warum erzählst du es mir dann?«

Nachdem er aufgelegt hat, glotzt er auf die Bauplane, bis zum Supermarkt sind es etwa hundert Meter Luftlinie, geöffnet ist bis Mitternacht. Kann man, darf man, das Kind alleine. Er stellt sich vor, wie er die Wohnung verlässt. Schnell die Treppen runter, über die Straße, bis zur Kreuzung joggen, um die Ecke ist der Eingang. Er würde reingehen, direkt zu den Getränken, schnell einen Sechserpack Bier schnappen. Zwei oder drei Minuten müsste er an der Kasse warten, wenn es gut läuft gar nicht warten. Alles in allem würde er etwa zehn Minuten brauchen.

Er horcht an Mattis Tür, schiebt sie eine Handbreit auf und blickt zum Kinderbett. Eine kleine Faust neben dem geöffneten Mund. Regelmäßiger Atem. Er könnte es riskieren. Was kann passieren? Matti wacht auf. Er jammert eine Weile leise vor sich hin. Weil sich niemand um ihn kümmert, wird er laut. Mehrere Minuten Weinen, das in Brüllen übergeht. Er stellt es sich vor. Schlechter Vater, der seinen Sohn nicht tröstet. Andererseits, Kindergeschrei ist kein Drama, kein *wirkliches* Drama. Er kennt die Ratgeber, in denen minutenlanges Weinen zum Schlaftraining gehört.

Wie auch immer: Matti schläft friedlich.

Schnell bindet er sich die Schuhe zu, wirft seinen Mantel über und steckt die Brieftasche ein. Nicht den Schlüssel vergessen, ja, auf gar keinen Fall den *Schlüssel* vergessen.

Was wäre dann? Er steht unten vor dem Haus. Verzweifelt, weil er bei allen Nachbarn geklingelt hat, doch niemand öffnet. Den Schlüssel nicht dabei, aber das Telefon in der Hosentasche. Er ruft die Feuerwehr, weil ihm nichts anderes übrig bleibt. Der Wagen biegt in die Straße und parkt vor dem Haus. Die Leute aus den Nachbarhäusern stehen an den Fenstern. Ein Feuerwehrmann fährt im Korb an der Drehleiter zum Balkon. Fensterglas klirrt. Das ganz große Programm. »Haben Sie Ihr Kind allein gelassen?«, fragt der rettende Feuerwehrmann und sieht den Sechserpack Bier in seiner Hand. Durch das Treppenhaus hallt tiergleiches Gebrüll und der Mann schüttelt betrübt den Kopf.

Aber, *wie auch immer*, Matti schläft friedlich.

Mit Bier und Chips steht er an der Kasse, vor ihm warten noch drei andere Leute. Um diese Zeit arbeitet nur eine Kassiererin. Sein Telefon vibriert in der Tasche und er denkt: Natürlich wird es Isabell sein. Wer sonst? Ihm fällt ein, dass um diese Zeit Pause zwischen den Akten ist. Das hat er bei allen seinen Erwägungen nicht bedacht. Er sollte rangehen. Sonst wird gleich das Telefon in der Wohnung klingeln, und das könnte Matti wecken. Ungeduldig schiebt er sein Bier und die Tüte Chips ein Stück weiter nach vorn auf das Laufband, obwohl das auch nichts ändert. Er geht ran und krümmt sich ein wenig, als würde er wie ein Dieb Schmuggelware unterm Mantel tragen. Ein vergeblicher Versuch, sich gegen die Geräusche der Umgebung abzuschirmen. Wenn er Glück hat, kann er sie schnell abwimmeln.

»Hey«, sagt sie und klingt gehetzt. »Ich wollte dir nur sagen, dass es mir leidtut, wegen vorhin.«

»Mach dir keine Gedanken. War doch nichts, alles okay.«

Der Scanner der Kassiererin piept bei jedem Stück Ware. Er müsste jetzt sofort wieder auflegen, wenn Isabell nicht merken soll, wo er ist. Doch das könnte die Besserung der Stimmung trüben.

»Was machst du?«

»Nichts Besonderes. Ich lese Zeitung und gucke nebenher Fernsehen. Eigentlich sollte ich noch arbeiten.«

Eine zerzauste Frau in Lederjacke drängt sich unwirsch an ihm vorbei und jemand ruft von hinten, »hey, willste jetzt abhauen, oder was?«

»Sieben Euro achtzig«, sagt die Kassiererin und mustert ihn unfreundlich, weil er nicht telefonieren, sondern bezahlen soll.

»Da sind Geräusche?«

»Warte kurz.«

Er gibt der Frau einen Zehner und verzichtet auf das Wechselgeld.

»Wo bist du? Zu Hause nicht, oder?«

Schnell klemmt er sich die Tüte Chips unter den Arm, greift nach dem Sechserpack und geht zur Glastür, die sich erst öffnet, als er sie mit dem Fuß antippt. Er entscheidet sich für die Flucht nach vorn.

»Hör zu und reg dich nicht auf. Ich war kurz im Supermarkt. Matti geht es gut, der schläft. Und wenn ich jetzt auflegen darf bin ich in einer Minute wieder bei ihm, okay?«

»Was bist du? Wo? Sag mal, spinnst du?«

Eilig geht er über die Ampel.

»Was musst du denn *jetzt* einkaufen?«

»Ich hatte Appetit auf Chips und Bier.«

»Das ist ein Scherz, oder?«

Er sagt nichts, sondern wartet, was noch kommt.

»Du lässt einen Säugling allein in der Wohnung?«

»Er ist kein Säugling mehr.«

»Dann eben ein Kleinkind. Und was kommt als Nächstes? Da gehst du einen trinken und nimmst Matti in der Karre mit?«

Er wäre längst in der Wohnung ohne dieses Gespräch.

»Richtig, genau so werde ich es machen. Aber vorher lasse ich noch den Dealer kommen. Du kennst mich ja.«

Er hört, wie sie sich die Zähne putzt, hört ihre nackten Füße auf den Dielen. Leise zieht sie sich ihr Schlafshirt über und geht ins Bett. Er hat ihr den Rücken zugekehrt und sagt nichts. Er weiß genau, dass sie hinter ihm wartet. Ob er wach ist und sie die Gelegenheit bekommt, noch etwas zu sagen. Sie rückt näher. Er kann ihre Knie hinter sich spüren. Sie legt eine Hand auf seinen Oberschenkel und rutscht nun ganz an ihn heran. Er ist erleichtert. Ihr Bauch berührt seinen Rücken, ihr Mund sein Haar. Er macht sich rund, um besser in die Mulde zu passen, die ihr Körper ihm bietet.

»Hast du nachgeschaut, ob Matti noch lebt?«, fragt er leise.

»Ja«, flüstert sie.

»Konntest du den Nagellack im Theater abmachen?«

»Ja.«

»Hat mir aber auch nichts gebracht«, fügt sie hinzu.

Er wird sich hüten zu fragen, wie sie das gemeint hat. Lieber würde er sich zu ihr umdrehen, seine Hände über ihren Bauch, ihre Brüste, weiter über ihre Schultern wandern lassen. Sein Bein zwischen ihre Beine schieben, sie davon überzeugen zu vergessen, dass sie morgen früh um sechs geweckt werden, oder noch eher.

»Kannst du meinen Arm streicheln? Dann komm ich besser zur Ruhe.«

»Klar«, sagt er und dreht sich auf den Rücken. Sie legt ihren Arm auf seinen Bauch und er lässt die Finger langsam über ihre Haut wandern, auf und ab, auf und ab, bis er schläfrig wird.

9 | Noch während sie im Treppenhaus Pia hört, die mit Matti spricht, ihn wahrscheinlich gerade unten in den Kinderwagen setzt; Pia wird mit ihm spazieren gehen, vier Stunden sind vereinbart, zwei davon soll er schlafen; noch während sie Pias Stimme hört, beginnt sie das Zimmer umzuräumen. Sie schiebt das Kinderbett ins Schlafzimmer, die nächsten Nächte wird Matti bei ihnen sein, bis die Wände fertig sind und der letzte Geruch von Farbe verflogen ist, Farbe ohne giftige Stoffe, wenn stimmt, was auf der Packung steht. Sie zieht das Schränkchen mit der Wäsche in die Mitte des Zimmers, wuchtet auch den schweren Sessel dorthin, und deckt beides mit Folie ab. Die Kisten mit den Bauklötzen und anderem Spielzeug trägt sie ins Wohnzimmer, biegt auf dem Rückweg in die Küche ab, setzt Wasser auf und bereitet eine Kanne Tee vor. Vier Stunden allein. Sie stellt sich im Bad vor den Spiegel, flicht sich einen Zopf und wickelt ihn am Hinterkopf zu einem Knoten, den sie mit zwei Haarnadeln befestigt. Sie krempelt die Ärmel von Georgs altem Pullover hoch, der flaschengrüne Pulli reicht ihr sonst bis über die Fingerspitzen, die Wolle ist an vielen Stellen zerfranst. Sie holt aus der Schminkschale einen Lippenstift, tomatenroter Mund zu dunkelgrünem Pulli. Das Telefon klingelt, es liegt auf dem Küchentisch, sie lässt es klingeln und stellt die Leiter ins Zimmer, nimmt die Vorhänge ab, sammelt alle Stofftiere, die noch herumliegen, ein. Sie zieht mit Mühe die Wickelkommode nur ein Stück von der Wand, zu schwer, um sie in die Mitte zu schieben,

und deckt auch sie mit der durchsichtigen Folie ab. Sie klebt über alle Fugen und Kanten Kreppband, schraubt die Farbrolle an die Stange, bleibt einen Moment stehen und mustert die Wände, heute und morgen noch, morgen wird sie vielleicht fertig sein. Sie hört die Handwerker unten im Hof und empfindet das erste Mal nicht das innere Zusammenzucken, weil die Männer eigentlich immer stören. Jetzt tun sie es ausnahmsweise nicht, sollen sie doch direkt vor ihrem Fenster arbeiten, sie macht mit.

Sie löst den Deckel des Farbeimers und stellt die offene Packung auf den Holzhocker, das älteste erhaltene Möbelstück ihrer überschaubaren Familiengeschichte, den ihre Mutter mit in die Ehe gebracht und wieder herausgetragen hat, der seit Jahren in einer Ecke in der Küche steht, als eine letztmögliche Sitzgelegenheit für Gäste, oder als praktischer Tritt, um den Staub von den Küchenschränken zu wischen, was sie zu selten tut, und der ganz früher ein brauchbares Haus für ihre Puppen war.

Noch etwas zaghaft schiebt sie den flauschigen unberührten Stoff der Rolle über das hellblaue Gel, das glänzend vor ihr liegt. Sie muss fester drücken, damit genug Farbe an der Rolle haften bleibt. Dann zieht sie die ersten Bahnen über die Raufasertapete, mit einem leisen Schmatzen verteilt sich die Farbe, Stück für Stück arbeitet sie sich voran, es geht leichter als sie dachte. *Fokale Dystonie*, Musikerkrampf, gelesen und gelesen hat sie Studien im Netz, ob diese Diagnose mit ihr zu tun haben könnte, Geschichten über Hände, die zu Fremden wurden, Finger, die sich verkrampft einrollten, sich spreizten oder erstarrten, *Dystoner Tremor*, unkontrolliertes Zittern, Fehlschaltungen im Hirn, deren Ursache schwer zu ermitteln ist. *Es steht alle Musik so fertig und lebendig in mir, dass ich es hinhauchen müsste.* Robert Schumann beschrieb, was sie fühlt, wenn sie im Graben zwischen den anderen sitzt, wenn sie auf ihren Einsatz wartet. *Und nun kann ich es nur zur Not herausbringen, stolpere mit einem Finger über den nächsten.* Sie liest die Geschichten von Betroffenen, nimmt dann das Cello und vergewissert sich, dass sie ohne Probleme, ohne den Hauch eines Zitterns spielen kann; ihre Fähigkeit ist unbeschädigt, ihre Hände sind gesund, wenn sie für sich allein spielt. Dann ist alles möglich, ist alles eine Suche, sie und das Cello wachsen zusammen, werden zu einem Organismus mit einem Kreislauf aus Ruhe und Kraft, aus Bewegung und Klang. Doch im Theater kehrt die Angst zurück, jeder Abend ist wie eine sich selbst erfüllende Prophezeiung, kein unkontrolliertes Zittern, nein, es kommt auf den Punkt genau, wenn sie verwundbar ist. Als würde sie es selbst hervorrufen. Mit Kügelchen oder Johanniskrautkapseln gegen die Anspannung, vergebliche Versuche, von Betablockern wird sie die Finger lassen, das endet bei ihr mit Schwindel und Übelkeit.

Sie zieht immer längere Bahnen über die Wand, findet ihren Rhythmus. Mit den Händen arbeiten, anstatt ihnen das Cello aufzuzwingen.

Wie lange werden Sean und die anderen sie in Ruhe lassen, sie nur schweigend beobachten und hinter ihrem Rücken reden? Sie erinnert sich, wie es bei Wolfgang gewesen ist. Bis jemand das erste Mal direkt mit ihm gesprochen hat, dauerte es. Nicht daran denken.

Eine Seite ist fertig, sie schenkt sich Tee ein und öffnet das Fenster weit und setzt sich an die kühle Luft. Von oben rieselt Schutt herunter, findet raschelnd seinen Weg durch die Lücken zwischen den Brettern auf dem Gerüst.

Sie klettert auf die Fensterbank und lässt ein Bein herunterbaumeln, schräg über ihr hockt der Mann in einem weißen Overall, den sie neulich schon gesehen hat, und putzt mit einem Pinsel eine ausgehöhlte Wandkerbe. Sie schaut ihn über den Rand ihres Bechers an, da bemerkt er sie. »Vorsicht, junge Dame, da am offenen Fenster.«

Sie deutet auf die Bretter etwa einen Meter unterhalb des Fenstersimses, »na ja, das sieht nicht wirklich gefährlich aus«, antwortet sie.

»Frauen an offenen Fenstern machen mich nervös«, sagt er und grinst, richtet sich auf und drückt die Hände gegen sein Kreuz, ein wenig schmerzverzerrt ist sein Gesicht, er gehört zu den älteren der Handwerker und die gebeugte Haltung beim Auspinseln der Wand scheint ihm Mühe zu machen.

Frauen an offenen Fenstern, wiederholt sie in Gedanken und würde gern etwas erwidern, aber ihr fällt nur ein: wollen gerettet werden. Das sagt sie natürlich nicht.

»Können Sie mir erklären, warum Sie Löcher in den Putz schlagen, um sie dann zu reparieren?«

Er schaut sie verständnislos an, dann tastet er in seiner Brusttasche und holt eine Schachtel Zigaretten hervor.

»Im Ernst, das würde mich interessieren.«

Der Mann zündet sich eine Zigarette an und erklärt etwas von dynamischen und nichtdynamischen Rissen. »Die nichtdynamischen sind nur im Putz. Man muss sie erst mit dem Meißel aufklopfen, damit man sieht, wie tief sie gehen. Alles, was locker sitzt, muss runter, dann kann man sie ausbessern.« Beruhigbare Risse, nennt er sie, ihr gefällt der Ausdruck, *beruhigbar*, das klingt nach kleinen Problemen und schnellen Lösungen.

»Die anderen, die dynamischen, machen viel Arbeit.

Sie kommen vom Mauerwerk her und sind nicht beruhigbar.« Erst müsse man die Fassade aufklopfen und dann ein Drahtnetz als Stütze an die Mauer legen, darüber kann neu verputzt werden. »Trinken Sie da Kaffee?«, fragt er am Ende seines Vortrags und weist mit einem Blick auf ihren Becher.

»Nein, aber ich könnte welchen aufsetzen.« Bevor er ablehnen kann, rutscht sie von der Fensterbank. In der Küche füllt sie die kleine Metallkanne mit Pulver und Wasser, stellt sie auf die Gasflamme und holt einen Becher aus dem Schrank. Wenig später reicht sie dem Mann dampfenden Kaffee durch das Fenster.

Für die nächste Etappe holt sie ihren I-Pod und setzt Kopfhörer auf, sie wählt *random* als Abspielmodus und schiebt das Gerät in die Gesäßtasche. Sie streicht die schmalere Wand mit dem Fenster und passt sich dem gemächlichen Tempo des Adagios an, Klaviertöne, dann das Cello von Pablo Casals, der lebenslang unter Auftrittsangst litt, aber geschadet hat es ihm nicht, einem Genie kann die Angst nichts anhaben. Langsam zieht sie das Hellblau über die Wand.

Die Musik, so direkt am Ohr, hält alle anderen Geräusche fern, das Zimmer ist in Klang getaucht und erscheint in einem unwirklichen Licht, die Musik wirkt wie eine Zeitmaschine, sie öffnet dieses Zimmer für Vergangenes, öffnet den Raum für Zukünftiges, in beide Richtungen können die Gedanken wandern. – Ein Zimmer zwischen Kindheit und Jugend, der sommerliche Abendhimmel hinter den Vorhängen mit Birkenmuster, das einschläfernde Zwitschern der Amseln, auf dem Schreibtisch ein Tagebuch, mit Glitzerstift vollgeschrieben, das kindliche Puppenhaus ausrangiert hinter den Vorhängen versteckt. –

Alles in stiller Erwartung, der Stubenwagen, darin die ovale Matratze, kaum größer als ein Kissen, ein Stapel Windeln auf der Kommode. Sie vor dem Wäscheständer, hängt Bodys und Strümpfe auf, nimmt einen Strumpf und schiebt den Daumen hinein. Kaum vorstellbar, dass sie in wenigen Tagen dieses winzige Kleidungsstück über einen Fuß stülpen wird: eine Tatsache und doch kuriose Theorie. – Ein Jungszimmer, eines Tages mit Spielzeugautos und Fußballschuhen, Kinderhosen, an den Knien zerrissen, Malstifte, Legosteine, Detektivgeschichten. – Sie pinselt die weißen Stellen in den Ecken, entlang der Leisten und des Fensterrahmens über.

Sie merkt, dass sie schwitzt, stellt die Musik aus und lüpft den Pullover, um etwas Luft darunterzulassen. Zwei hellblaue Wände, wie früher, das Zimmer ist wie ein Übergangsort, es ist eine Brücke, von einem Leben ins nächste. Isabell, Mädchen, Frau, Mutter. Matti, Junge, Mann, vielleicht eines Tages ein Vater, Matti als Vater, wie erstaunlich, diese Vorstellung, dann wird sie alt sein und irgendwann nicht mehr dabei. Die Zukunft liegt mit einem Mal so deutlich vor ihr wie eine schlichte Rechenaufgabe. Gebären, erziehen, loslassen. Ihre Mutter hat sich dieser Vorhersehbarkeit entzogen, hat sich die Tochter früh erwachsen gemacht, um sich selbst zu verjüngen. Isabell kann sich den Unwillen, diesen Verlauf hinzunehmen, sich davon bestimmen zu lassen, auf einmal vorstellen, und auch das Bedürfnis nach Brüchen, wenn alles zu überschaubar wirkt.

Der Schlüssel dreht sich im Schloss und sie bemerkt, dass es Pias und Mattis Stimmen waren, die sie eben schon im Treppenhaus gehört hat, die aber nicht zu ihr durchgedrungen sind.

Pias brauner Zopf verschwindet unter einem dicken Wollschal, den sie locker um den Hals gewickelt hat. Ihre Nasenflügel sind von der Kälte noch gerötet. Sie schaut sich die frische Farbe an, gut gelaufen sei es mit Matti, erzählt sie dabei. Sie hält ihn auf dem Arm und zieht ihm vorsichtig die Mütze vom Kopf, seine Federhaare stehen in alle Richtungen ab. Er habe geschlafen, danach hätten sie Enten am Kanal beobachtet und große Kinder auf einem Spielplatz.

»Hast du morgen wieder Zeit?«, fragt Isabell und holt ihr Portemonnaie aus der Handtasche, sieben Euro pro Stunde, sie gibt Pia einen Zehner und einen Zwanziger.

Kurz darauf entdeckt sie, dass sich die Tapete neben dem Fenster wellt und an der Kante von der Wand löst. »Hast du noch eine Minute?«, fragt sie Pia, schnappt sich die feuchte Rolle und fährt über die unebene Stelle, für einen Moment wirkt die Tapete glatt, doch ihre Kante will nicht mehr an der Wand haften.

Isabell holt ein Messer aus der Küche und schiebt die Spitze vorsichtig über die lose Seite, um herauszufinden, wie leicht sich die Tapete weiter lösen lässt. Ohne Mühe gleitet das Messer unter das feuchte Papier. Wie man Kindern sagt, kratz nicht am Schorf der Wunde, denkt sie, lass die Tapete in Ruhe trocknen und zieh das Messer raus, doch sie kann nicht widerstehen, forscht weiter herum. Sie zieht das weiche Papier noch ein Stück von der Wand, knickt es zur Seite und stellt sich auf die Zehenspitzen, um besser sehen zu können, wie es darunter aussieht. Schmutzig und gelblich, Reste von altem Kleister wahrscheinlich. Die Ecke von etwas Dunklem kann sie erkennen, bräunlich und grau, mit Rostflecken bedeckt. Sie tastet vorsichtig über die dunkle Fläche, kalt und rau fühlt sie sich an, es ist Metall, ein alter Ofenabzug vielleicht. Mit dem Messer löst sie die Tapete ein weiteres Stück von der Wand, das schlaffe Papier reißt. »Nur einen Moment noch, Pia, ich bin gleich fertig«, sagt sie. Eine Metallplatte kann sie erkennen, von der Größe einer Packung Cornflakes. Das rostige Viereck scheint lückenlos in die Wand gefasst zu sein. In der Mitte hat es ein Schlüsselloch, und rundherum viele zerschrammte Löcher, dicht nebeneinander, wie von einer Bohrmaschine, lauter Versuche, die es offenbar nur halb durch die Metallschicht geschafft haben. Was sie da unter der Tapete gefunden hat, scheint ein Schließfach zu sein, ein richtiger Tresor. Sie spürt eine leise Aufregung, sie hat also einen in die Wand eingefassten Tresor in der Wohnung, von dem sie all die Jahre nichts wusste, wie erstaunlich, es kommt ihr vor, als hätte sie gerade einen Schatz gefunden, ein geheimes Kästchen unter einer Holzdiele oder ein Bündel alter Scheine hinter losen Kacheln.

Als Georg die Treppen hochkommt, öffnet sie ihm im Mantel die Tür. Ihr Leben ist eine Ralley, er übergibt ihr den Stab, nun ist sie dran loszulaufen. »Ich muss dir später was erzählen«, sagt sie und wirft ihm beim Gehen einen Handkuss zu. »Du darfst dir noch nicht Mattis Zimmer anschauen, versprich es mir«, eindringlich fügt sie hinzu, »wirklich«. Er nickt und hebt zwei Finger wie zum Schwur. Sie freut sich darauf, ihm das Türchen in der Wand zu zeigen, falls er dann noch nicht schläft. »Du musst wach bleiben, bis ich wieder da bin«, ruft sie ihm vorsichtshalber von unten zu. Sie verlässt das Haus und sehnt sich nach dem Moment, in dem sie es wieder betreten wird.

10

Georg muss den Kopf einziehen, um sich nicht am niedrigen Türrahmen zu stoßen. Es riecht nach verbranntem Holz und reifen Äpfeln. Kalt ist es in der großen Diele. Von Schlamm bedeckte Gummistiefel in zwei Größen stehen auf dem Boden, an mehreren Haken hängen Parkas und Regenjacken. Björn sieht älter aus als auf den Bildern, die von ihm im Netz kursieren. Verlebt und ungewaschen wirkt er in seinem verfilzten Wollpullover. Georg folgt ihm in die Küche, Regale, voll mit Gläsern, Dosen aus Porzellan und Blech wie in einer alten Apotheke, die Arbeitsflächen aus unbehandeltem Holz gleichen mehr einer Werkstatt. Georgs Blick fällt auf einen Herd mit Ceranfeld, der neben einem alten gusseisernen Herd steht, durch dessen geöffnetes Türchen ein Feuer knistert. Von einem Deckenbalken hängen Bündel aus getrockneten Zweigen. Björns Frau, oder Freundin, stellt eine Kanne auf den Tisch, »hey, ich bin Maud«.

Sie trägt ein Stirnband, das ihre verschlungene Hochsteckfrisur aus dem Gesicht hält, und erinnert ihn an eine Schauspielerin. »Möchtest du Tee?«, fragt sie. Er versucht auf den Namen zu kommen, Helena Bonham-Carter, nur scheint sie jünger, Mitte zwanzig vielleicht, er nickt, ja, er möchte Tee. »Zitronenmelisse«, sagt sie und gießt ein. Ihre Hände wirken kräftig und abgehärtet, doch weder knochig noch mager dabei. Die Nägel sind kurz und an den Rändern schwarz, schwarz von Mutter Erde.

Eine Weile unterhält er sich mit Björn über die Gegend,

die umliegenden Bauern und die nächste Kleinstadt, etwa eine halbe Stunde mit dem Auto von hier. Björn lehnt an der Spüle, die Arme verschränkt. Dann holt er sein Telefon aus seiner ausgeleierten Hosentasche. »Ich muss noch kurz telefonieren, wir reden dann gleich weiter, wenn das okay ist?«, sagt er und nickt ihm zu, greift sich seinen Becher Tee und verschwindet durch eine Holztür nach draußen.

»Ich zeig' dir alles, wenn du möchtest«, sagt Maud und schaut ihn auffordernd an. Ihre Hausschuhe aus Leder schlurfen über den Boden, während sie vorweggeht. Von der Diele aus öffnet sie eine der niedrigen Türen und lässt ihm den Vortritt, »unser Wohnzimmer«. Durch die kleinen Fenster dringt wenig Tageslicht, Maud schaltet eine Stehlampe neben dem Kachelofen an. Auf einem Couchtisch sieht er Bücher über Kräuter und Saatgut, daneben einige zerfledderte Exemplare, düstere Motive in Rot und Schwarz, wahrscheinlich Thriller. Neben dem Sofa steht ein Korb mit Holzscheiten. Kein Designkram, das hätte er anders erwartet. Auf der Fensterbank entdeckt er eine Sammlung Holzfiguren, männliche mit breiten Schultern und klobigen Füßen, weibliche, die spitze Brüste und kurvige Hintern von sich strecken. Er schaut sie sich näher an. Die grob geschnitzten Gesichter wirken traurig oder wütend verzerrt. »Die sind von mir, vielleicht male ich sie noch an.« Er nimmt eine Figur in die Hand und fährt mit dem Finger über die kantige Oberfläche, über die fein gefertigte Rundung eines Kopfes und einer Brust. Tatsächlich gefallen sie ihm; »hast du dir das selbst beigebracht?«

»Man braucht nicht viel, ein gutes Messer zum Beispiel, und lange Abende.«

Durch eine schmale Tür am Ende des Raums kommen sie in ein kleines Arbeitszimmer, zwei Bildschirme stehen nebeneinander auf einer langen Holzplatte am Fenster. An den Wänden hängen Ausdrucke von Webseiten, Bienen und Honigtöpfe kann er erkennen, und Motive, die nach Handarbeiten aussehen. »Björn macht ab und zu noch Webdesign, aber nur für Leute aus der Gegend. Stricksocken.de oder honigshop.de«, sagt sie und lächelt zweideutig, »aber es wäre sicher gut, wenn du das nicht in deinem Artikel erwähnst. Das macht er nur so unter der Hand.« Dass Björn solche Jobs annimmt, wundert Georg. Vielleicht geht es ihm finanziell wirklich so schlecht, wie er es selbst gern dargestellt hat nach dem Ende seiner Firma, um sich nach der Insolvenz und dem Streit zwischen ihm und seinem Partner die öffentliche Rolle des Opfers auszusuchen. Und nun macht er einen auf geläuterten Aussteiger, auf Anti-Konsum-Typen. Georg war skeptisch, als Matthias ihm Björn für die Aussteiger-Serie vorgeschlagen hatte. Doch zu seinem Misstrauen kommt Neugier: Wie lebt jemand auf dem Land mit dem Anspruch, sich, so weit wie möglich, selbst zu versorgen? Vor allem jemand wie Björn, den man von schmierigen Partybildern oder fingierten Erfolgsporträts aus der Presse kennt? Stricksocken.de, Georg muss lächeln, es wirkt irgendwie liebenswürdig.

Zusammen gehen sie zurück in die Diele. Sie öffnet eine weitere Tür, das Schlafzimmer. Eigentlich unnötig, ihn hierherzuführen, er folgt ihr trotzdem. Eine große Matratze liegt direkt auf dem Boden. Die zerwühlten Decken mit grafischen Mustern aus den Siebzigern erinnern ihn an die Bettwäsche seiner Eltern, als er Kind war. Mitten im Raum steht ein Wäscheständer, mit T-Shirts und Männershorts, dazwischen Stringtangas aus schwarzer und dunkelblauer Spitze. Er wendet den Blick ab. Die Wäsche ist ihm zu viel des Privaten, und nicht nur die, neben dem Bett sieht er eine Packung Kleenex und eine Dose Vaseline. »Schön«, sagt er und wendet sich wieder der Tür zu.

Maud schlüpft aus den Hausschuhen und steigt barfuß in ihre Gummistiefel. Eine weitere Tür, es sind so viele von der Diele aus, führt in den Teil des Gebäudes, wo früher der Stall war. Er sieht ihren Atem in der Luft, so kalt ist es hier. Sofort denkt er: Sie sollte Strümpfe tragen. Dann korrigiert er sich: Kann ihm doch egal sein. Er sieht Matti vor sich, und Isabell, die heute Morgen laut darüber nachgedacht hat, ob dieses Wollunterhemd oder jenes Baumwollhemd, ob schon die Strumpfhose oder nur Strümpfe für das Kind. »Wir wollen uns Ziegen kaufen«, sagt Maud, »und Hühner.« Sie reibt die Hände aneinander und schiebt sie in die Taschen ihrer Jeans. »Milch holen wir beim Bauern, etwas weiter die Straße runter. Im Tausch gegen Honig oder Marmelade. Na ja, meistens bezahlen wir einfach mit Geld. Das ist es doch, was du wissen willst, oder? Wie wir uns versorgen?«

Zurück in der Diele zieht sie sich einen Parka mit Fellkapuze über.

»Was möchtest du noch sehen, den Gemüsegarten, die Bienenstöcke?«

Er hebt seinen Mantel vom Haken und nickt. »Im Prinzip alles, was zu eurem Betrieb gehört.«

Sie steht dicht vor ihm an der Haustür und dreht sich zu ihm um, zieht die Augenbraue hoch, dunkel, geschwungen, fällt ihm auf.

»Betrieb? Das klingt so professionell. So sehen wir uns gar nicht.«

Sie führt ihn durch den Garten hinter das Haus, Südseite, vermutet er, größer als ein olympisches Schwimmbecken ist das Beet, sicher über fünfzig Meter lang und etwa halb so breit. Er holt die Kamera aus der Umhängetasche und macht ein paar Fotos. Viel wächst nicht mehr, Feldsalat und Grünkohl erkennt er auf Anhieb. Der graue Himmel hängt tief und diese absolute Ruhe hier ist eindringlicher als jeder Straßenlärm.

»Wir sind dieses Jahr spät. Eigentlich sollten die Beete schon geräumt sein, damit wir sie für den Winter klarmachen können. Aber der Herbst war so sonnig, da haben wir es aufgeschoben.«

Sie erzählt von der Gartenarbeit, was gut wächst, womit sie gescheitert sind, und erklärt ihm etwas über die Mischkultur. Sie baue auch Heilpflanzen an und habe angefangen, Salben selbst zu produzieren.

»Hast du eine Freundin? Hast du Kinder?«

»Ja, beides. Einen Jungen, etwas über ein Jahr alt.«

Wenn sie lächelt, zieht Maud einen Mundwinkel nach unten, das ist es, was ihm den Eindruck von Zweideutigkeit vermittelt.

»Dann gebe ich dir nachher die beste Windelcreme. Mit Ringelblume und Beinwell, ganz neu in meinem Sortiment.«

Er schaut sich um, ob er Björn irgendwo sieht. Sie gehen weiter zu einem Gewächshaus, Paprika, Auberginen, sogar Melonen seien ihr hier geglückt. Er macht Fotos. Wieder draußen, deutet sie auf eine brache Fläche am Rand des Grundstücks. »Unser Kartoffelacker«, dann stapft sie vor ihm über den Rasen in einen verwilderten Teil des Gartens. Das Gras steht hoch und die Bäume mit ihren knorrigen dichten Zweigen schirmen den Himmel ab. Es ist Mittagszeit, doch das Licht ist matt und lässt die Umgebung verwunschen wirken. Für Kinder wäre das ein Räuberwald. Er könnte ein Baumhaus für Matti zwischen die Äste nageln, wäre das hier sein Garten. Morgens hängt der Nebel tief zwischen den feuchten Halmen. Er stellt es sich vor. Apfel, Birne, Kirsche und Pflaume, hört er Maud aufzählen. »Alter Baumbestand«, sagt sie. Er geht ein paar Schritte und saugt langsam die kühle Luft und den Geruch von modrigem Gras ein. Gern würde er allein und in Ruhe eine Weile herumstreifen.

»Wie lange lebt ihr jetzt hier?«

»Über zwei Jahre, kommenden Frühling drei.« Sie sammelt Zweige auf.

»Und, ist es das Richtige für dich?«

»Ja, absolut.«

»Die körperliche Arbeit ist doch nicht zu unterschätzen? Und die Abgeschiedenheit, die auch nicht, oder?«

»Klar, mir tun manchmal nachts die Knochen weh. Und ab und zu sehne ich mich danach, mit der Matte unterm Arm zum Yoga und in die Sauna gehen zu können. Aber was bedeutet das schon? Solche Bedürfnisse sind Einbildung.«

Während sie das sagt, hat sie etwas Strenges an sich.

»Seit wann kennst du Björn?«

Maud schaut ihn aufmerksam an.

»Du möchtest wissen, ob ich schon dabei war, als die Firma den Bach runterging?«

Er steckt die Hände in die Manteltaschen. Ja, genau das würde er gern wissen. Das Ende der Firma gehört zur Geschichte. Eine mediale Schlammschlacht zwischen den Partnern war die Insolvenz. Ohne diesen Hintergrund wäre Björns neues Lebenskonzept nicht halb so interessant.

Sie zögert. »Ich war Praktikantin und er verheiratet. Also, ein totales Klischee.«

Er hat den Vorspann seiner Geschichte schon im Kopf. Der ehemalige Verpackungsdesigner internationaler Markenprodukte betreibt Landwirtschaft. Vom Konsumexperten zum Konsumverweigerer. Wenn das alles mehr als eine Pose von Björn ist. Oder eine finanziell clevere Phase nach der Insolvenz. Er misstraut dieser Idylle.

»Wie finanziert ihr euch?«

Eine der Fragen, die ihn wirklich interessiert. Kann man aufs Land abhauen, von einem Gemüsegarten, einem Kartoffelacker und Obstbäumen leben?

»Meidet ihr wirklich Industrieprodukte aus dem Supermarkt?«

»Was ist mit Versicherungen? Seid ihr krankenversichert? Macht ihr Altersvorsorge?«

Sie lacht, »Altersvorsorge?« Sie zieht einen Fuß aus dem Stiefel und tastet zwischen den Zehen. »Da ist ein Steinchen.« Dabei gerät sie ins Wanken und hüpft auf einem Bein, um das Gleichgewicht zu halten. Er geht zu ihr, greift nach ihrem Arm und stützt sie.

»Natürlich sind wir krankenversichert. Im Supermarkt waren wir lange nicht. Wir versuchen zu verzichten. Wir trinken Leitungswasser. Wir backen Brot. Milch bekommen wir gegenüber. Bald haben wir Hühner.«

»Wie finanziert sich das? Versicherungen, Strom, Benzin.«

Er holt seine Kamera wieder aus der Umhängetasche, die er an einen Baumstamm gelegt hatte, und macht Fotos. Dunkelgrüner Rasen, die nackten schwarzen Bäume, er hat den Moment festgehalten, einen Ausschnitt dieser Ruhe. Ob er so leben möchte? Er weiß es nicht.

»Na ja, Björns Webdesign. Im kleinen Stil, ganz provinziell. Und du wirst lachen, ich koche Marmeladen ein, für Feinkostläden und Cafés.« Brombeere, Johannisbeere, Apfel mit Holunder, Mengen, fügt sie hinzu. »Und meine Salben, die verkaufen sich außerdem gut in Kinderboutiquen.«

Auf einem Trampelpfad neben dem Wäldchen bleibt sie an einem Rosenstrauch stehen und hält ihre Nase an eine Blüte, die, aufgequollen und an den Rändern welk, gelb leuchtet. »Schau mal, die hat bis jetzt durchgehalten.« Dann gehen sie weiter, vorbei an einem Stückchen Wiese, wo ein Strandkorb vor sich hin gammelt.

»Komm, ich zeig dir noch was.«

Er folgt ihr über den Pfad und ärgert sich. Björn taucht nicht auf, sondern scheint Maud den Rundgang zu überlassen. Ein Landmädchen wie aus dem Bilderbuch. Die beiden haben auch ohne Agentur eine Zielgruppe im Auge. Es würde ihn nicht wundern, wenn er mit einer Tube Windelcreme nach Hause käme und Isabell nur müde antworten würde, »kenn ich, liegt in der Wickelkommode, rechte Schublade.«

Obwohl er diesem Zauber hier misstraut, kann er sich von dem Verlangen, genauso zu leben, nicht losmachen. Mauds herzförmiges, blasses Gesicht. Einmal über ihre Wange streichen. Er wundert sich über sich selbst und stapft weiter über den Rasen. Hinter dem Wäldchen öffnet sich eine Lichtung, auf der drei Bauwagen und eine Holzhütte stehen. An der Seite ein Kreis aus Steinen mit den Ascheresten eines Feuers.

»Wir planen ab nächsten Frühling Leute aufzunehmen. Arbeit gegen Unterkunft und Mahlzeiten. Und wir wollen uns an sozialen Projekten beteiligen.«

»Was für Projekte?«

»Arbeit mit Behinderten. Oder mit Ex-Häftlingen. So

was in der Art. Da bekommt man auch Fördergelder. Ich bin gerade dabei, das herauszufinden.«

Aha, Fördergelder. Er hat eine Geschichte über ein deutsch-amerikanisches Paar gelesen, das alle paar Jahre einen neuen Fonds gründete und Spenden sammelte, meistens ging es dabei um Schulprojekte für Waisenkinder in Afrika. Sie reisten durch Kenia, stiegen in Fünf-Sterne-Lodges ab, fotografierten sich – dämlich genug – während Safaritouren oder an den Pools teurer Resorts und posteten diese Bilder in ihren sozialen Netzwerken. Sie wurden wegen Veruntreuung angeklagt. Acht Jahre lang hatten sie wunderbar kosmopolitisch und dabei scheinbar wohltätig gelebt, und gaben sich verletzt und entrüstet, als ihre *harte Arbeit* von der Justiz und den Medien *zerstört* wurde, wie sie sagten. Dann fällt ihm der sechsfache Vater ein, auf den er bei seinen Recherchen ebenfalls gestoßen ist, der mit seiner Familie nach Costa Rica ausgewandert ist, wo die Lebenshaltungskosten niedrig sind, und die Steuerabgaben auch. Seine Villa am Meer finanziert er durch Bücher über die Erfüllung seines Aussteigertraums, und damit, dass er seine Kinder dabei filmt, wie sie gebräunt und mit wildem Haar am Strand spielen, und diese Filme in seinen Youtube-Channel stellt. Vorweg Werbespots für Sahnejoghurt im Plastikbecher oder den SUV von Toyota. Am Ende jedes selbstgedrehten Clips richtet der Vater die Kamera auf sich selbst und schickt seinen Fans *gaaaaanz viel Liebe, Glück und Licht,* damit sie weiterhin seine Filme klicken und er nicht zurückmuss in seinen alten Versicherungsjob.

Björn nimmt ihm gegenüber am Holztisch Platz, aus den Tellern dampft Kürbissuppe. Georg schlägt seinen Notizblock auf und legt den Stift daneben. Maud holt eine Schale aus dem Kühlschrank und reicht ihm einen Löffel. Schmand, er lässt die cremige Masse langsam vom Löffel in den Teller gleiten und schaut einen Moment zu, wie sie auf der Suppe zerläuft. Björn holt sein Telefon aus der Tasche und legt es neben den Teller. »Ich versuche, einen Traktor zu ersteigern«, sagt er, »Ebay ist für arme Landsäue wie mich eine Fundgrube. Zwei Hektar könnte ich bewirtschaften.«

»Was willst du anbauen?«

»Wenn ich das wüsste.« Björn schaut wieder auf sein Telefon. »Wir sind naiv an die Sache gegangen. Man muss es machen und danach sehen, ob etwas funktioniert.« Er streckt sich, unter seiner Achsel klafft ein Loch im Pullover, wohlig schüttelt er sich kurz und löffelt weiter seine Suppe. Er wirkt gemütlich, sicher, wie jemand, der noch fünf andere Optionen hat, falls sich herausstellt, dass etwas nicht funktioniert. Er erzählt vom Ende seiner Firma, von dem Streit mit seinem Partner, und davon, wie er dieses Haus gefunden und gekauft hat. Einfach machen, sagt er und Georg denkt, wenn das so leicht wäre, es ist eben alles eine Frage des Geldes.

»Gibt es etwas, das du vermisst, seitdem du hier lebst?«

Björn schaut ihn geradewegs an, »Freunde nicht. Die Arbeit nicht. Das Nachtleben auch nicht.« Er überlegt weiter. »Du merkst, ich kann dir nur sagen, was ich nicht vermisse. Im Prinzip vor allem – dieses allgegenwärtige Vergleichen. Mich mit den anderen, und umgekehrt. Das bin ich los. Und daraus ergibt sich der Rest.«

»Was meinst du mit *Rest*?«

»Daraus ergibt sich, dass ich mir nichts mehr kaufen muss. Um dem Vergleich standzuhalten.«

Draußen erhebt sich ein leises Windrauschen, Tropfen prasseln gegen die Scheiben. Entschuldige kurz, die Auktion läuft, murmelt Björn und beugt sich über sein Telefon, Georg nutzt den Moment und macht Notizen. So sitzen sie eine Weile am Tisch. Das Geräusch des Kugelschreibers auf dem Block, Maud, die auf ihren weichen Ledersohlen umhergeht, mal etwas aus einer der Glasdosen in den Regalen holt, dann im Ofenfeuer herumstochert und ihnen schließlich Apfelkuchen auf den Tisch stellt. Schweigend essen sie, er kritzelt weiter seine Eindrücke auf den Block, weil Björn noch immer etwas zu lesen scheint. Plötzlich hebt der den Kopf, »sag mal, du weißt schon, dass die deinen Laden dichtmachen wollen, oder?«, fragt er und deutet auf sein Telefon. »Im Netz steht, deine Zeitung wird eingestellt, warte, oder verkauft. Noch nichts davon mitbekommen?«

»Nein, wer schreibt das?«

Er überfliegt den Text auf Björns Telefon, »*womöglich* steht da«, sagt er und weiß, wie hilflos das klingt. Ziellos wandert sein Blick über den Tisch, die Teller mit den Suppenrändern, ein Tonschälchen mit groben Salzkörnern, sein Notizblock. Maud legt ihm ihre Hand auf den Unterarm und er wartet einen Moment, um sie mit einer beiläufigen Bewegung höflich loszuwerden. Er fühlt sich wie ein Patient, der nach einer schlimmen Diagnose mitleidig mit Zuneigung bedacht wird.

In der Hand hält er ein Stoffsäckchen mit drei Gläsern Marmelade und einer Tube Salbe. Isabell steht in der Tür. Unter ihrem offenen Mantel trägt sie ein Kleid, dazu Pumps, sie sieht aus, als hätte sie einen großen Auftritt. Mit Schwung hebt sie den Cellokoffer auf den Rücken. »Ich muss dir nachher was erzählen«, sagt sie. Ich dir auch. Er erwidert ihren Handkuss, doch sie sieht es nicht mehr. »Du darfst dir noch nicht Mattis Zimmer anschauen, versprich es mir«, ruft sie von unten.

Nachdem er das Kind in den Schlaf gesungen hat und dabei fast selbst eingenickt wäre – er könnte gleich im Bett liegen bleiben, hat er gedacht, sich aber doch aufgerafft – klappt er den Rechner auf, um im Internet nach Neuigkeiten zu suchen. Doch er findet nichts, vor allem keine Stellungnahme der Geschäftsleitung, er klickt und liest, gibt neue Suchbegriffe ein, doch es ändert nichts. Er hat Isabell versprochen, wach zu bleiben, doch irgendwann gibt er nach, einfach, damit dieser Tag endet. Aus dem Kinderbett neben sich hört er leise pfeifend Mattis Atem und geht in Gedanken wieder durch den dunkelgrünen Obstgarten im fahlen Novemberlicht. »Willst du nicht noch in Ruhe eine Tasse Tee trinken?«, hatte Maud gefragt, als er aufbrechen wollte. Da stand er schon in der Diele. Er nahm seinen Mantel vom Haken und dabei fiel sein Blick auf ihre Gummistiefel. Mit dickem Schafsfell waren diese Stiefel gefüttert. Ach so, dachte er, stimmt, da braucht man keine Strümpfe.

11 | Sie holt den Schnipsel hervor und meldet sich mit ihrer E-Mail-Adresse an, kurz darauf bekommt sie eine Kennnummer, um den Fragebogen anonym zu beantworten.

Fühlen Sie sich angespannt?

Zur Auswahl stehen: Nie, Selten, Manchmal, Häufig, Immer.

Manchmal, denkt sie, nein, Häufig, eigentlich: Immer. Sie klickt das Wort an.

Reagiert Ihr Körper auf plötzliche Veränderungen oder Anforderungen?

Ja. Also: Häufig.

Haben Sie Schlafprobleme?

Manchmal.

Empfinden Sie sich als traurig?

Selten, Manchmal, Selten, nein, Manchmal.

Fühlen Sie sich im Dunkeln verfolgt?

Nie, oder? Manchmal.

Wenn Sie allein sind, hören Sie Stimmen.

Wie bitte? Nie.

Haben Sie das Gefühl, dass andere versteckte Anspielungen auf Ihre Person machen?

Nie. Doch, schon, jeden Abend. Manchmal.

Sie halten es für möglich, dass Gedanken von außen in Ihren Kopf gepflanzt werden.

Im Ernst? Nie.

Fürchten Sie sich in Ihrer Wohnung vor Eindringlingen?

Nie. Sie denkt daran, wie sie beim Duschen die Tür abschließt. Okay, Manchmal.

Haben Sie das Gefühl, ein nicht sehr lebhafter Mensch zu sein?

Manchmal.

Haben Sie den Eindruck, dass Sie kaum Emotionen entwickeln, wenn wichtige Ereignisse geschehen?

Nie. Im Gegenteil.

Neigen Sie dazu, alles negativ zu sehen?

Manchmal. Immer.

Sie glauben, dass es keine Zukunft für Sie gibt.

Häufig. Ist ja anonym.

Fehlt Ihnen die Motivation für Erledigungen?

Manchmal.

Weinen Sie ohne Grund?

Manchmal.

Fehlt es Ihnen an Spontaneität?

Manchmal. Nein, Häufig.

Sie fühlen sich wegen irgendetwas schuldig.

Manchmal. Häufig.

Sie haben nur wenige Interessen oder Hobbys.

Nie.

Sie fühlen sich als Versager.

Häufig.

Sie vernachlässigen Ihre Körperpflege.

Nie.

Vielen Dank für Ihre Antworten.

12 | »Ich geh in die Cafeteria, soll ich jemandem was mitbringen?«

Sebastian reagiert gar nicht erst, Maggie murmelt, »nein, danke.«

»Dir vielleicht?« Alexander schaut künstlich erwartungsfroh, Isabell schüttelt den Kopf, seine Freundlichkeit kommt ihr aufgesetzt vor.

»Vielleicht ein Glas Rotwein?«, fragt er höflich wie ein Kellner. »Macht ruhige Hände.«

Sebastian und Maggie heben die Köpfe, schauen ihn, sich und Isabell irritiert, dann betreten an, stumme laute Aufmerksamkeit.

»Sicher, danke für den Hinweis«, ist alles, was sie zustande bringt.

»Alexander, mach, dass du wegkommst«, schnarrt Maggie leise und beugt sich wieder über ihr Buch, das vor ihr auf den Knien liegt. Alexander zuckt vergnügt mit den Schultern und geht.

»Ist kein Problem«, sagt Isabell leise, doch Sebastian und Maggie scheinen sie nicht gehört zu haben, oder tun zumindest so, sie reagieren nicht.

Leute kommen in den Vorraum der Toiletten, jemand rüttelt an ihrer Türklinke, bei jedem Geräusch zuckt sie innerlich zusammen, Stimmen, Gesang, die Spülung in der Nebenkabine. Stillhalten, denkt sie, einfach Augen zu und stillhalten. Die quietschende Tür des Waschraums fällt zu. Sie scheint wieder allein zu sein. Einen Moment, um durchzuatmen. Doch es ist aussichtslos, sie weiß nicht, wohin, sie kann vor den Kollegen nicht bestehen, ihr Problem lässt sich nicht kaschieren, natürlich nicht, wer weiß, sie besprechen sich hinter ihrem Rücken, tuscheln über ihre schlechte Intonation, dass es so kommen würde hat sie die ganze Zeit gewusst und trotzdem das Gegenteil gehofft. Einfach nach Hause gehen, den anderen nicht mehr unter die Augen treten, das Cello hierlassen, eine Krankheit vortäuschen, oder auch einfach so gehen, ohne Erklärung, ohne Rücksicht auf den Verlust. Sei vernünftig. Sie traut sich aus der Kabine, wäscht sich die Hände. Auf dem Weg zurück in den Graben kommt Maggie ihr entgegen und sie bereitet sich darauf vor, ein Wort zu wechseln, etwas zu erklären, doch Maggie nickt ihr flüchtig zu, »kurz auffrischen«, sagt sie, eine altmodische silberne Puderdose in der Hand.

Alexander zieht eine Augenbraue hoch, Sebastian blickt ihn finster an. Sie zwingt sich, in aller Ruhe zu ihrem Platz zu gehen. Flöte, Klarinette, Fagott, alle drei fehlen noch, am anderen Ende des Grabens beugen sich der Schlagzeuger und der Tonmeister über ein I-Pad. Sie hebt ihr Cello vom Boden und setzt sich.

»Mach dein Handy aus, sonst werden wir das mal offiziell mit der Teamleitung besprechen.«

Alexander pustet nur verächtlich. »Jeder hier hat es an«, er weist auf die leeren Plätze.

Erleichtert stellt sie fest, dass die beiden sich gar nicht um sie kümmern, sondern wieder über das alte Thema streiten. Alexander lässt die Streichersektion schlecht aussehen, weil er während jeder Vorstellung zu freizügig mit seinem Telefon hantiert, Nachrichten tippt und manchmal empfängt, ohne den Ton auszustellen, sogar Filmclips laufen lässt, deren Wispern und Zischeln die anderen irritiert und sie allesamt schlecht vor Sean dastehen lässt.

Ihre Finger wandern lautlos über das Griffbrett. Von der rechten Schulter aus zieht wieder der dumpfe Schmerz in den Arm und wirkt ermüdend auf das Handgelenk. Sie hat es mit dem Zimmerstreichen übertrieben, den Rest des Zimmers in weniger als drei Stunden. Sie legt den Bogen auf die Kante ihres Pults und lässt den Arm herunterhängen, um ihn zu entspannen. Alexander scheint sich nicht einmal Gedanken darüber zu machen, dass sein Telefon die Tontechnik stören könnte, unverfroren, als hätte er nichts zu verlieren; vielleicht hat er das auch nicht.

»Nicht jeder. Die meisten von uns achten noch auf die Orchesterregeln.«

»Reg dich ab, spiel deinen Pipikram und kümmere dich nicht um mich, okay?«

»Ich will keine Probleme mit Sean, nur weil du Nachrichten an die Sektmädchen schickst, damit du sie klarmachen kannst.«

Sebastian blickt Alexander durch seine kleinen runden Brillengläser herausfordernd an, auf seiner rechten Wange glüht ein roter Fleck, als hätte ihn ein Insekt gestochen, seine Nasenflügel wirken scharf, er macht einen erschöpften Eindruck.

»Haben sie deinen Vertrag schon verlängert? Mach *das* mal klar, dann bist du weniger frustriert. Ihr seid ja alle so verspannt!«

Alexander klopft Sebastian dabei gewollt kumpelhaft auf die Schulter, doch der rührt sich nicht.

»Was haben unsere Verträge damit zu tun? Du schaltest dein Telefon aus, oder wir sprechen uns bei der Teamleitung. Ganz einfach.«

»Sei kein Streber«, Alexander überlegt kurz, »du deutscher Cordhosenträger.«

Mit seinem Akzent spricht er es stoßweise aus, übermütig, als fände er sich großartig.

»Ich laufe wenigstens nicht mit einer offenen Hose herum«, antwortet Sebastian ruhig.

»Offen?«

»Ja, offene Hose, nie gehört? Dein Ding hängt raus. Du merkst es bloß nicht.«

Alexander schaut wie töricht an sich herab, ehe er versteht, dass Sebastian es nicht wörtlich gemeint hat. Seine Augenbraue schnellt wieder in die Höhe. Nach einem Moment beugt er sich zu Sebastian herab und wispert ihm etwas ins Ohr, sie kann nur die zischenden Silben hören. Danach wendet er sich wieder ab, klopft auf die Gesäßtaschen seiner Jeans und holt ein paar Scheine hervor. Er greift zu seinem Portemonnaie, das im geöffneten Geigenkasten liegt, da steht Sebastian auf und geht zu ihm, sie kann Sebastians Rücken sehen, schmale Schultern, sein schwarzer Wollpullover, Alexander dreht sich um, sein fragender arroganter Blick, und noch ehe sie richtig begreift, was da passiert, sieht sie, dass Sebastian nach Alexanders Oberarmen greift, eine schnelle Kopfbewegung macht, sie hört einen dumpfen Schlag und ein Klatschen, wie wenn Haut auf Haut trifft, kurz kneift sie die Augen zusammen, muss dann aber gleich wieder hinsehen, Alexander schreit und hält sich die Nase, ein Rinnsal Blut läuft ihm über das Kinn, es wird immer dichter, tropft auf den Boden.

»Das war's, du bist so was von gefeuert.« Alexander stolpert zur Tür, dabei kippt ein Stuhl um und reißt ein Kabel mit sich.

Der Moment stiller Fassungslosigkeit dehnt sich. Sie schaut sich um, die Kollegen am anderen Ende sind verschwunden. Sie starrt vor sich auf ihr Pult und die Noten, versucht zu verstehen, was da eben passiert ist. Sie hört wieder den dumpfen Schlag und das nackte Klatschen. Verstohlen sieht sie herüber zu Sebastian, der wie eingefroren auf seinem Stuhl sitzt, die Geige auf dem Schoß. Wann kommt endlich jemand, wo bleibt Maggie, wo die anderen? Lautlos übt sie die Griffe ihrer Melodie, tastet sich von Moment zu Moment durch die Situation. Sie werden einen Arzt rufen, oder Alexander ist schon auf dem Weg ins Krankenhaus. Eine Platzwunde, eine gebrochene Nase, sie konnte es nicht sehen, es ging alles zu schnell. Ihr ist übel und sie friert wieder. Sie stellt sich vor, wie Alexander in einer Notaufnahme sitzt, sofort würde sie mit ihm tauschen, nur, um hier wegzukommen, um einen echten Grund zu haben, nicht spielen zu können, einen Grund, den alle anerkennen, ohne sie als Musikerin zu hinterfragen. Noch immer regt Sebastian sich nicht, vielleicht hat er selbst noch nicht verstanden, was passiert ist, was er getan hat. Alexanders Vertrag wurde verlängert, wieso eigentlich jetzt schon? Wieso nur seiner? Was wird mit Sebastian passieren? Körperverletzung, das wird für ihn Konsequenzen haben, vielleicht wird jetzt gleich jemand von der Teamleitung kommen und ihn ins Büro bitten, heute Nacht wird Sebastian nach Hause kommen und nicht wissen, ob er morgen noch hier arbeitet, sie würde ihm gern zuflüstern, *sag ihnen nichts, ich werde es auch nicht tun*. Es kommt ihr vor, als hätte er sie vor Alexander beschützt, sie ist ihm dankbar.

Eine halbe Stunde später als sonst soll die Vorstellung beginnen, aufgrund technischer Probleme, wird dem Publikum gesagt. Auf die Schnelle ist sogar eine Vertretung für Alexander gekommen, eine Geigerin sitzt auf seinem Platz, die Isabell flüchtig kennt. Sie ist schon manchmal eingesprungen, für Sebastian, der Urlaub machte, oder für Alexander, der woanders Konzerttermine hatte. Die Frau soll auch in Fernsehshows zu sehen sein, bei *Champagnermelodien* im Playback-Orchester. Nach und nach haben die anderen sich gesetzt, doch niemand spricht mit Sebastian.

Die Klarinette löst die Flöte ab, und wie immer strömt das Gefühl von Unruhe aus ihrem Unterarm in die rechte Hand, bis in die Fingerspitzen, ein inneres Beben, das bald sichtbar wird. Einsatz Fagott, sie bringt sich in Position, achtet auf die Haltung, doch ihr fehlt die Kraft, sich gegen das Zittern zu widersetzen, sich zu verkrampfen, für ein bisschen Kontrolle. Ihr Einsatz klingt fragil und zaghaft. Sie lässt es geschehen, lässt alles geschehen. Hört hin, so klinge ich *wirklich*. Das bin ich. Im Augenwinkel sieht sie das Gesicht der Geigerin, sie spürt ihren neugierigen Blick, doch diese Frau kann ihr nichts anhaben. Niemand kann ihr zu nahe kommen. Sie spielt, verwundbar, fehlerhaft, und empfindet nichts als betörende Müdigkeit dabei. Sollen doch alle über sie herfallen, sollen sie tuscheln und urteilen, doch dann gelingt plötzlich etwas, ihr Klang wird sogar einen Moment so voll und klar, wie es ganz selten geschieht, wie sie es nicht erzwingen kann, wie es nur möglich ist, wenn sie das Risiko annimmt, das ganze Risiko, wenn sie Fehler und Schönheit eng miteinander verwoben sein lässt. Sie spielt und fühlt sich frei, weil ihr alles egal ist. Sie hat ihren Klang wieder mit Leben gefüllt. Nach dem letzten Ton ist sie einen Moment wie erschlafft. Dann wischt sie die nassen Hände an ihrer Hose ab und lehnt sich zurück, das Cello zwischen den Schenkeln senkt sich mit ihr. Sie lässt die Arme baumeln, ein dumpfer Schmerz strahlt von der rechten Schulter bis in den Unterarm, ihr Daumengelenk fühlt sich heiß an, vielleicht wird der Schmerz stärker werden, so stark, dass sie nicht mehr spielen kann, soll er doch, das käme ihr nur gelegen. Wie aus großer Entfernung nimmt sie die Stimmen der Schauspieler von oben wahr, im Graben ist es bedrückend still, und im Zentrum dieser Stille bleiben Sebastian und sie. Es ist vorbei, morgen wird sie hier nicht mehr sitzen.

13 | Langsam geht sie die Treppen hoch, wie eine müde Bergsteigerin, und schließt die Wohnungstür auf. Im Flur ist es dunkel, auch im Wohnzimmer, behutsam stellt sie ihren Cellokoffer ab, schlüpft aus den Schuhen und geht zum Kinderzimmer, leise raschelt die Folie über der Wickelkommode, als sie die Tür öffnet. Unentschlossen bleibt sie im dunklen Zimmer stehen und lässt den Abend an sich vorbeiziehen, ungläubig und doch erlöst.

Mit dem Satz »Es ist ein Chaos«, empfing sie Sean in seinem Büro und schaute bekümmert. »Du sollst als Einzige dabei gewesen sein. Kannst du mir sagen, was da wirklich passiert ist?«, fragte er, dann entschuldigte er sich gleich dafür, die Situation sei ihm furchtbar unangenehm, Gewalt im Orchester, undenkbar, sagte er mehrmals. »Es gab Streit«, antwortete sie, »aber ich weiß nicht, wer was gemacht hat.« Niemand konnte sie zwingen, etwas anderes zu behaupten. Sean sah sie wartend an, es schien ihm natürlich nicht zu genügen, »ich konnte es nicht genau sehen«, sagte sie noch und er nickte betrübt, aber auch entgegenkommend, als wäre der Vorfall im Graben eine Zumutung, die sie beide gleichermaßen belasten musste, »nochmals sorry, dass ich dich damit behelligt habe«, und weil er sie so zugewandt ansah, dachte sie plötzlich, das wäre der Moment, ihre Chance, »ich muss auch noch etwas mit dir besprechen, und es tut mir auch schrecklich leid«, fing sie vorsichtig an. Den *worst case* einer körperlich angeschlagenen Cellistin hatte sie für sich schon einige Male als Möglichkeit durchgespielt, um einen Ausweg aus der Situation zu finden. Sie konzentrierte sich auf die leichten Schmerzen in der Schulter und im Daumengelenk, stellte sich vor, sie wären kaum noch auszuhalten, damit sie Sean glaubhaft erklären konnte, dass sie an der Grenze ihrer Belastbarkeit wäre. Sie erzählte ihm etwas von einem Termin beim Orthopäden und bot an, sich gleich morgen früh um Ersatz zu bemühen, falls sie krankgeschrieben würde. Während sie das sagte, war sie auf alles gefasst, dass er sie anherrschen würde, womit sie ihm da kommen würde, er sehe doch genau, welche Probleme sie hätte, was überhaupt mit der Streichersektion los sei, allesamt nicht zu gebrauchen, dass er ihr direkt sagen würde, er könne unter diesen Umständen nicht mehr mit ihr arbeiten, doch nichts dergleichen passierte, er reagierte fürsorglich. »Das ist der Stress, so schlimm also?« Sie wich seinem Blick aus, beschämt von seinem Verständnis, »kümmere dich um deine Gesundheit«, sagte er und ging zur Tür, um sie aus seinem Büro zu lassen.

Sie schaltet das Licht an, geht zu der Wand mit dem Tresor und schiebt die Tapete ein Stück zur Seite, trocken knackt das beschädigte Papier, sie zieht, bis es an einer Stelle weiterreißt. Einen breiten Fetzen knickt sie um, trennt ihn ab, damit sie die Metallfläche besser sehen kann, das Schlüsselloch und die vielen Bohrlöcher, einige tiefer, andere oberflächlich. Sie stellt sich auf die Zehenspitzen und versucht zu erkennen, ob eines der Löcher ganz durch die Metallschicht geht. Doch jede Öffnung verliert sich im Dunkeln. Sie bräuchte eine Taschenlampe. Offenbar hat jemand versucht, das Schloss zu knacken oder zumindest einen winzigen Einblick durch eines der Bohrlöcher zu bekommen, aber schließlich aufgegeben. Als sie vor zwanzig Jahren mit ihrer Mutter in die Wohnung zog, gab es die Tapete schon, soweit sie sich erinnern kann. Sie fährt mit dem Finger die Ränder entlang, lückenlos ist das Fach in die Wand eingefasst. Es sieht nicht aus, als wäre es nachträglich eingebaut worden. War es um die Jahrhundertwende üblich, diese Art von Tresor beim Bau einzuplanen? Sie wird versuchen, mehr darüber herauszufinden. Sie muss an einen strengen Familienvater im Gehrock denken, den Schlüssel im schweren Eichenschreibtisch, an Bündel mit Banknoten, an goldene Taschenuhren, an Kriegszeiten, an verzweifelte Menschen, wie leicht geht da ein Schlüssel verloren. Doch wahrscheinlich wurde dieses Fach irgendwann einfach nicht mehr genutzt und für einen Schlüssel interessierte sich niemand mehr.

Der Orthopäde wird sie krankschreiben, zwei oder drei Wochen, er wird ihr Physiotherapie verordnen, wie das so üblich ist, mit Schwerpunkt Haltung und Bewegungsabläufe, er ist auf Musiker spezialisiert und kennt die richtigen Therapeuten; Abende ohne Vorstellungen, Tage ohne Gedanken an diese Abende, Matti ins Bett bringen, Zeit mit Georg verbringen, früh schlafen gehen, sie hat sich für den Rückzug entschlossen, besser eine Krankschreibung als sich den Ruf kaputtzuspielen, sie ist unsagbar müde und dankbar für den Aufschub.

Dieses so widerstandsfähige Türchen in der Wand. Ein berührbarer Beweis dafür, wie alt dieses Haus ist, wie viele Menschen hier gelebt haben, wie viele Geschichten diese Zimmer in sich bergen. Ein Trost auch, dass es diese Spuren gibt. Sie drückt die Handfläche gegen das Metall, streicht über die kalte Fläche. Auch wenn es leer wäre, wäre sie nicht enttäuscht, es genügt, dass sie dieses Fach entdeckt hat, in ihrem, in Mattis blauem Zimmer.

14

»Kein Wunder, wenn du fast ein ganzes Zimmer an einem Tag streichst.« Er bemüht sich, Ruhe auszustrahlen, aber eigentlich möchte er nur den Kopf schütteln. Das hätte sie doch wissen können.

»Normalerweise darf das kein Problem sein, ich hab das falsch eingeschätzt.«

»Besser, du hättest Pia mehrmals geholt und dir die Arbeit eingeteilt. Wäre doch auch gegangen.« Er kann sehen, dass sie sich sofort kritisiert fühlt.

»Ja, Georg, du hast bestimmt recht, wie immer.« Sie wirkt gereizt, wahrscheinlich ist sie noch enttäuscht, dass er den Tresor nicht so aufregend findet wie sie.

»Jetzt lasse ich mich für zwei Wochen krankschreiben, das ist doch kein Problem.«

»Wenn das geht, so kurz nach deiner Rückkehr.«

»Willst du jetzt, dass ich mich schlecht fühle?«

»Nein, ich finde nur, du solltest besser auf deine Hände achten. Sie sind dein Kapital. Und wer weiß.«

»Wer weiß was?«

»Wer weiß, vielleicht bist du von uns beiden bald die Einzige, die einen Job hat.« Er greift nach ihrer Hand, »ich mein ja nur, es könnte passieren«, drückt einen Kuss auf die Innenfläche, »vielleicht liegt ja ein Diamant im Safe, dann können die uns alle mal.«

15

»Hey.«
»Hallo! Wie schön!« Pause. »Wie geht es dir?«
»Gut.«
»Ja? Was machst du? Was macht Matti?«
»Er schläft schon.«
»Wie geht es dir?«
»Ich hab sein Zimmer gestrichen. Hellblau.«
»Schön.«
»Hellblau, wie meins früher.«
»Stimmt. Schön.« Pause. »Ist alles okay?«
»Ja.«
»Was ist los?«
Warten.
»Geht's dir gut?«
Pause.
»Ja, schon.«
Schweigen.
Die Geduld ihrer Mutter.
»Ich hab Armschmerzen und kann nicht spielen.«
»Schlimm?«
»Na ja. Ich muss aussetzen.«
»Bist du in Behandlung?«
»Ja, beim Orthopäden.«
»Und was sagt der?«
»Ich bekomme Krankengymnastik.«
»Bist du im Stress?«
»Weiß nicht.«
»Das wird wieder.«

»Mhm.«

»Willst du ein paar Tage zu mir? Mit Matti? Du kannst immer kommen.«

Pause.

»Oder ihr drei. Wir machen euch das Zimmer neben dem Atelier fertig.«

»Mal sehen. Georg kann jetzt nicht weg.«

»Geht es ihm gut?«

»Ja. Eigentlich schon.«

Pause.

»Wie schön, dass du angerufen hast.«

»Ja.«

Sie war klein, gerade eben ein Schulkind. Im Badezimmer hatten sie ein niedriges Korbregal, auf dem ein schwarzgrau melierter Pullover ihrer Mutter lag.

»Brauchst du was?«

»Nein, alles okay.«

Sie erinnert sich sehr genau, wie sie ihre Nase in die Wolle steckte. Der Pullover roch nach dem Parfum ihrer Mutter. Dieses Parfum war der einzig wahre, vollkommene Duft ihrer Kindheit.

»Möchtet ihr Weihnachten vielleicht zu uns kommen?«

»Weiß nicht. Wir haben noch nichts geplant.«

»Es wird sicher Schnee liegen.«

»Ja.«

»Kommt, wirklich. Wir könnten Pferdeschlitten fahren. Matti würde das gefallen.«

»Das klingt toll.«

»Du klingst müde.«

»Kann sein. Ich ruf dich wieder an.« Sie überlegt. »Wenn's was Neues gibt.«

»Immer.«

»Bis bald.«

»Bis bald.«

Der Pullover war aus weicher Mohairwolle und selbstgestrickt, und das Parfum vermischte sich mit dem Hautduft ihrer Mutter. Sie wünscht sich, dass es etwas geben wird, ein Geruch, ein Wort, ein Klang, irgendetwas, das Matti mit ihr verbinden wird, das zu seiner Erinnerung wird, eine Erinnerung in einem verborgenen, gut geschützten Kern.

16

Das Ende droht. Zittern in der Krise. Kurz vor dem Aus. Verkauf auf der Kippe. Er liest alles, was er im Netz finden kann, achtet auf jede Kleinigkeit. Das Untergangsvokabular wird inflationär und lustvoll verwendet. Schaut mal, ein Riesenschiff hat Schlagseite, es wird vielleicht sinken. Heute Morgen stand ein Kamerateam vor dem Eingang, um Stimmen einzufangen. Doch niemand von ihnen weiß Genaues, sie können nur mit den Schultern zucken und warten, was geschieht. Er kann sich nicht auf die Arbeit konzentrieren und flucht leise. Dann klickt er sich durch eine Reihe von Bauernhöfen in Ostseenähe. Er sucht sich wieder die teuersten Objekte aus und studiert die geräumigen hellen Zimmer. *Hängepartie, Zukunft, Perspektive.* Selbst die Chefredaktion scheint nichts zu wissen. Verkauf oder Insolvenz, das sei noch nicht entschieden. Ihm fällt auf, dass seine Art zu gehen sich hier im Haus verändert hat. Durch die hohen Flure zum Konferenzraum, von seinem Büro zum Café, durch das Atrium zur Kantinentheke. Mit einer Anspannung im Nacken, die ihn niederdrückt. Ertappt er sich dabei, macht er den Rücken gerade und die Schultern breit. *Qualität, Scoop, Auszeichnung.*

Er kürzt und überarbeitet den Text einer Christie's-Expertin zum Thema Schmuck als Wertanlage in Krisen oder Zeiten niedriger Zinsen. Ein Spezial über Sachwerte als Alternative zu überteuerten Immobilien. Diamanten, Gold, die Preise würden steigen oder blieben zumindest stabil. Man solle sich auf Objekte großer Marken konzentrieren. *Van Cleef & Arpels, Bulgari, für Zehntausend bekommen Sie bereits ein ansehnliches Armband*, schreibt die Frau. *Die maximale Wertsteigerung entsteht durch die Provenienz*. Objekte aus dem Nachlass historischer Persönlichkeiten oder Stars brächten die maximale Wertsteigerung, aber auch das größte Risiko. Eine Zweihundert-Dollar-Kette aus Kunstperlen, die Jacqueline Kennedy gehört hat, erreichte auf einer Auktion das Tausendfache ihres ursprünglichen Kaufpreises, im Prinzip aufgrund eines Fotos, auf dem sie ihren Sohn auf dem Arm hatte und er mit ihrer Kette spielte. Die neuen Besitzer machten ein Vermögen, weil sie nun das Recht hatten, Replikate genau dieser Kette herstellen zu lassen, die sich unter den amerikanischen Frauen sehr gut verkauften. Doch es gibt keine Gewissheit, dass mehr als einmal dieses Feuerwerk an Geboten für ein Objekt entsteht, nur weil das Wissen um seinen Besitzer die Leute beflügelt. Die Menschen in zwanzig, dreißig oder vierzig Jahren haben vielleicht kein Interesse mehr an den Kunstperlen einer ehemaligen Präsidentengattin. Er ist auf einmal nicht sicher: Ändern sich die Dinge in zwanzig oder dreißig Jahren drastisch? Oder tun sie es gerade nicht? Vor zwanzig Jahren hat er in diesem Gebäude ein Praktikum gemacht. Er erinnert sich an die ersten Momente in der Kantine. Die Stühle und Tische sind heute noch dieselben, auch die Bilder großer Reportermomente, die er sich damals ehrfürchtig und mit Vorfreude angesehen hatte, hängen noch an den Wänden. Die beigeweißen runden Lampen über der Essensausgabe und Salatbar. Das Atrium mit seinen Tischen hinter verschwiegenen Hecken, den im Sommer beliebtesten Plätzen. Nichts hat sich in diesen zwei Jahrzehnten verändert. Jetzt wieder ein Browserfenster zu öffnen und auf die Suche zu gehen, ob jemand da draußen mehr weiß über ihre Zukunft als sie hier drinnen, verbietet er sich. Stattdessen schaut er sich Landhäuser in Italien an, Toskana, Kalabrien. Dann wechselt er zu den Villen und klickt auf *Seeblick*, Gardasee, Comer See, die meisten Anwesen mit eigenem Bootsanleger, er hört das monotone Brummen eines Motorboots, plätschernde Wellen, italienische Wortfetzen aus geöffneten Fenstern hinter hohen Pinien.

Also, es geht weiter?

Ja, alles wie gewohnt.

Wäre ja schlimm, wenn.

Man muss abwarten, noch sitzen sie hier und arbeiten.

Matthias und er müssen Anrufer beruhigen. Sie selbst beruhigt niemand. Eine Mail aus der Chefredaktion: Es hätte von einigen die Bitte um ein Arbeitszeugnis gegeben. Dem werde selbstverständlich nachgekommen. Die Kollegen sollen bitte ihre Daten, Aufgabenbereiche, ihre wichtigsten Texte, Preise oder Projekte auflisten, damit die Anfragen gut abgewickelt werden könnten. *Vielen Dank, Kopf hoch.* An sein Zeugnis hat er noch nicht gedacht. Wie schnell manche sind, fangen jetzt an, Bewerbungen zu schreiben. Er ist offenbar zu langsam. Er schließt Italien und geht nach Mecklenburg-Vorpommern. Ein Hof in der Nähe von Stralsund sieht vielversprechend aus, kaum Renovierungsstau, großes Grundstück, guter Preis. Ohne Job würde er keinen Kredit mehr bekommen. Rundmail aus dem Hauptstadtbüro: Die SPD hat Weihnachtsgebäck zum Durchhalten geschickt. Im Bundestag wurde außerdem angeregt, das Zeitungssterben zum Thema zu machen. *Wenn das nicht unseren Einfluss auf die politischen Debatten unter Beweis stellt*, schreiben die Berliner. Sehr witzig, denkt er müde, doch muss trotzdem lächeln.

Antwort aus dem Frankfurter Büro: *Wir sind besser versorgt. Der Pressechef der Commerzbank hat Rioja und Prosecco rübergeschickt.* Rundmail: *Der hohe Norden bleibt unbestechlich.* Ida-Maria aus Stockholm besorgt den Blaubeerkuchen für sich und ihre Praktikantin selbst. Rundmail vom Vorstand: *Liebe Kolleginnen und Kollegen. Wir möchten Sie zu einer Informationsveranstaltung einladen.* Punkt. Er hält den Atem an. Hier ist es, das Zeichen, auf das sie alle gewartet haben. Er nimmt die Hände von der Tastatur. Eine Entscheidung wurde getroffen. Nun will man es ihnen offenbar mitteilen.

»Okay, das war's«, sagt Matthias, der sich keine Illusionen macht, dass er bleiben wird, so oder so sind wir draußen, war sein Leitsatz die letzten Tage.

Morgen, 10 Uhr, im Saal Panorama. Aha, denkt Georg, so kann man es also nennen: eine *Informationsveranstaltung*. Er blickt interessiert auf dieses eine Wort. Neutral, eigentlich sogar beiläufig wirkt es. Als könne es ihnen nichts anhaben. Liebes Team, folgende Information haben wir für Sie –

Rundmail aus New York: *Unser neues Büroschild wurde soeben angeschraubt. Wir erwägen, unter die Hausbesetzer zu gehen.* Er tippt New York Real Estate ins Suchfenster. In einem Maklerportal filtert er aus dem Angebot Objekte in Brooklyn und Harlem, er will jetzt robuste Backsteinhäuser sehen. Mit Schiebefenstern, Treppenaufgängen und riesigen Ventilatoren an den hohen Zimmerdecken. Er klickt durch die Bilder eines Hauses, saniert, rohe Mauern, Kunstdrucke an den Wänden, Designsofas aus Leder. Die Liste des Portals zeigt: Einige Häuser gibt es sogar unter zwei Millionen, das hätte er in New York nicht erwartet.

17

Süßkartoffelmedaillons, Minzcreme, Lammfilets, »ich wollte das Rezept seit einem halben Jahr ausprobieren«, sagt Isabell. Sie wirkt entspannt, wie sie Matti in seinem Kindersitz mit gestampften Süßkartoffeln versorgt und das Fleisch in der Pfanne wendet. »Krankgeschrieben zu sein ist ein bisschen wie Urlaub.« Sie wirkt erleichtert. Durch den Flur schwebt Streichermusik in die Küche. »Wenn gar nichts mehr geht, machen wir ein Café auf«, sagt sie und umfasst kurz seinen Nacken, schaut ihn dabei vergnügt an.

Der Satz klingt schön. Mach dir keine Sorgen, wir halten zusammen. Er nickt. Sie werden kein Café eröffnen.

»Oder einen Imbiss«, antwortet er.

Aber auch keinen Imbiss.

»Wahrscheinlich musst du tagsüber ab und zu Cellostunden geben und ich bin dein Hausmann«, sagt er.

Sie stellt die Gasflamme am Herd aus. »Lieber nicht.«

Er kann nicht deuten, wie sie das meint. Wäre er ein schlechter Hausmann? Oder wäre es schlecht, wenn er ein Hausmann wird?

»Wann fängt deine Physiotherapie an?«, fragt er und weiß, dass es ihre Laune dämpfen wird.

Er atmet auf, als er den Club betritt und Matthias trifft. Dreißig Minuten Ergometer, wie immer. Matthias macht auf dem Laufband weiter. Er an den Geräten, um etwas für den Rücken zu tun. Später sitzen sie nebeneinander in der Sauna. Danach schwimmen sie ihre Bahnen, jeder für sich. Durch die großen Bogenfenster kann Georg den Außenpool sehen, die Lampen unter Wasser lassen das Becken unter dem schwarzen Nachthimmel erstrahlen. Magisch angezogen von dem Leuchten schwimmt er nach draußen. Die Luft ist kalt und über dem beheizten Becken schwebt der Dampf wie dichter Nebel. Die Schwaden wabern lautlos über der Wasseroberfläche, die anderen drei oder vier Schwimmer kann er nur noch undeutlich ausmachen. Er dreht sich auf den Rücken und betrachtet den Halbmond und freut sich über diesen unverhofft schönen Anblick, die träge und durchdringende Stille dieser kalten Nacht. Dann schwimmt er los, das lichtdurchflutete Wasser funkelt, mit ruhigen Bewegungen gleitet er voran. Am Ende des Beckens angekommen, fällt sein Blick auf zwei hohe Tannen. Ihre Zweige und Spitzen verschmelzen mit der Dunkelheit, sie sind schon mit Weihnachtslichtern geschmückt. Er fühlt sich wie an einen weit entfernten Ort versetzt. Ein privilegierter Ort, an dem zu sein kein Selbstverständnis ist.

18

In kleinen Gruppen wandern sie durch das Foyer. Einige steigen in den Fahrstuhl, Georg nimmt, wie die meisten, die Treppen, knarzende Stufen, vier Stockwerke hoch bis zum Saal Panorama. Ein Ort für Feierlichkeiten. Der Abschied eines langjährigen Chefredakteurs. Jubiläumsausgaben, fünfundzwanzig, dreißig, fünfzig Jahre, fünfundsechzig Jahre. Podiumsdiskussionen mit Politstars, französischen Philosophen oder Umweltaktivisten aus Übersee, lange vor seiner Zeit. Für solche Anlässe wurde Panorama geöffnet.

Georg tritt durch die breite Flügeltür. Parkettboden und Kronleuchter. An der Wand stehen Tische für ein Buffet. Frühstück für die Mitarbeiter, denkt er, ein letztes Mal, bevor das Grandhotel entkernt, grundsaniert oder verlassen werden muss. Pumpkannen mit Teewasser und Kaffee. Belegte Baguettes, Croissants und Obst. Mineralwasser, Säfte, Cola, kleine Flaschen in langen Reihen. Viele Getränke für viele Menschen. Er nimmt sich ein Käsebaguette und eine Cola. Er hat heute noch nichts gegessen und ist nicht hungrig, nur eine dumpfe Übelkeit sitzt ihm im Magen. Doch er sollte etwas zu sich nehmen, sonst wird er Kopfschmerzen bekommen. Die breiten Fenster geben den Blick frei über die Innenstadt, den Weihnachtsmarkt, dessen Buden noch nicht geöffnet haben, bis hin zum Rathaus. Matthias sucht sich in einer der mittleren Reihen einen Platz, Georg setzt sich neben ihn. Vorn stehen ein Rednerpult und zwei Tische, eine Leinwand wurde heruntergezogen. Der Beamer bildet den Konferenzraum in

Berlin ab, die Übertragung wirkt verschwommen und der Raum in kühles Blau getaucht.

Dann kommen sie, nacheinander betreten sie den Saal, die Geschäftsleitung, ein älterer Herr mit Stock – der Letzte der Gründerfamilie –, einige Personen, die Georg nicht kennt, Vertreter der neuen Gesellschafter womöglich. Die Personalchefin sieht müde aus. Der Pressesprecher wippt beim Gehen, trägt eine dicke Mappe unter dem Arm und setzt sich in die erste Reihe. Ein Berater der Geschäftsleitung, mit dem sie nie direkt zu tun hatten, setzt sich daneben. Kollegen an der Flügeltür blicken suchend durch die Reihen. Die Plätze werden knapp. Auf einer Empore ganz hinten im Raum hantieren die Techniker mit der Telefonanlage. Durch die Lautsprecher links und rechts an den Wänden dringt das Tuten, bevor eine Leitung aufgebaut wird.

Er ist gespannt, als wäre er der Zuschauer einer skandalösen Theaterinszenierung, von der nur Schlechtes zu erwarten ist. Darin mischt sich eine eigenartige Vorfreude, weil sie nun endlich gemeinsam Tatsachen erfahren. Trotz allem hofft er ein wenig auf unrealistische Nachrichten: Der neue Besitzer wird mehrere Millionen in digitale Konzepte stecken und niemanden entlassen. Er muss an die Außenbüros denken. Die Kollegen in New York haben sich den Wecker gestellt, damit sie, nach ihrer Zeit vier Uhr morgens, am Telefon sitzen, und warten in diesem Moment wohl ebenfalls auf das erste Wort. Wie auch in Peking, Tokio oder Moskau, und wo sonst noch. Viele von denen sind Einzelkämpfer in Heimbüros. Die Versammlung erfüllt ihn mit traurigem Stolz. Er fühlt sich mit allen ungewöhnlich eng verbunden, niemand wird heute verschont, niemand muss sich verstellen. Die alte Ordnung löst sich auf, jetzt, während sie hier alle zusammensitzen, Menschen, die er nur flüchtig kennt, aus der Buchhaltung, dem Vertrieb, dem Marketing.

»Liebe Kolleginnen und Kollegen, wir möchten Sie herzlich willkommen heißen. Schön, dass Sie so zahlreich erschienen sind. Alle Standorte sollten uns jetzt hören können.«

Die Einleitung, freundliche, einstudierte Floskeln. Lange Phase der Verhandlungen, schwere Entscheidung, Tradition und Veränderung, große Herausforderungen. Formulierungen, die zu erwarten waren. Depressive Marktlage, neuer Besitzer, starke Investorengruppe, Visionen, Risiko, Einschnitte.

Er schaut zur Leinwand mit den Berlinern an ihrem Konferenztisch, es sieht aus, als würden sie direkt in den Saal zurückblicken. »Also Verkauf mit Personalabbau«, hört er Matthias wie ein Echo seiner eigenen Gedanken. Ein Käufer, der nicht alle retten wird.

Sie hätten die vergangene Woche der Unsicherheit eindrucksvoll bewältigt, trotz aller Spekulationen die Abläufe aufrechterhalten, großen Respekt. Für alle wäre das ein schwerer Tag. Aber auch eine Chance. »Die wirtschaftliche Lage zwingt uns zu dem Schritt, wir haben mit hohen Verlusten zu kämpfen, wir –«

»Entschuldigung?«, ruft jemand von hinten.

Georg dreht sich um, eine Technikerin winkt von der Empore.

»Es gibt ein Problem. Einige Standorte sind weggebrochen.«

Gemurmel erfüllt den Saal, einige stehen auf und holen sich Getränke und Brötchen vom Buffet, die meisten bleiben sitzen, ängstliches Warten in den Gesichtern.

»Brüssel und Berlin hören wieder«, ruft jemand von hinten.

Das Tuten dröhnt durch die Lautsprecher.

»London ist auch wieder drin.«

»München ist draußen.«

»München ist dabei?«

»Nein, ist *draußen.*«

»Ah, so.«

»Danke, wir sind wieder dabei«, hallt eine vom Hintergrundrauschen verzerrte Stimme aus den Lautsprechern durch den Saal. Vorn am Pult wird Wasser getrunken.

»Sie alle – jeder Einzelne von Ihnen – haben Außerordentliches geleistet. Mit *großer* Expertise, *großer* Hingabe. Und einem *großartigen* Stil –«

Abschied, denkt Georg, alles hört sich nach Abschied an. Er lehnt sich zurück, zwischen den Kollegen hier, inmitten der Erschütterung, fühlt er sich aufgehoben. Er möchte nicht an den Moment denken, wenn das letzte Wort gesprochen ist, sich die Menge auflöst, jeder zurück an seinen Schreibtisch geht. Einige halten ihre Telefone in die Luft und fotografieren in den Raum hinein. Vielleicht wird später jemand sagen, dies hier war ein wichtiger Tag. Eine Weichenstellung, eine notwendige, aber trotzdem für viele von ihnen keine gute. Er macht ebenfalls Bilder und schaut sie sich an, sieht die Hinterköpfe der Kollegen, vorn beliebige Gestalten, die Leinwand unscharf, nichts vermittelt ihm die Situation, wie sie sich anfühlt.

»In welchem Maß wird es Kündigungen geben?«, ruft jemand von der Seite.

»Dazu kommen wir gleich.«

Er will das nicht hören, ihm ist danach, sich wie ein trotziger Junge die Ohren zuzuhalten. Leise stellt er seine leere Flasche unter den Stuhl. Er beneidet jeden, der seine Laufbahn bald hinter sich hat. Laufbahn, Laufen, auf der für ihn bestimmten Bahn, ein Sprint, nein, ein Langstreckenlauf, bei dem ihm jetzt schon die Luft ausgeht. Sein Leben besteht aus Etappen, die vor allem davon geprägt sind: ständig zu spät zu kommen. Zu spät geboren zu sein, um den digitalen Wandel und die fragilen Kapitalmärkte als exotische Kosmen, irgendwo, weit weg, zwar wahrnehmen zu dürfen, aber sie nicht sofort aufs eigene Leben, auf die höchstpersönliche Existenz in den eigenen vier Wänden beziehen zu müssen. Zu spät, um an seinen Beruf glauben zu dürfen, ohne Angst vor Zahlen und Umstrukturierungen. Wie gut hatten die alten Kollegen es noch. Sie strahlten diese Sicherheit aus, den richtigen Job gewählt zu haben. Im Sommer ging's ins eigene Landhaus, Provence oder Toskana, und die Rente war auch komfortabel. Er fühlt sich jeden Tag ein wenig kleiner. Zu spät, um ein Familienvater zu sein, der etwas Bleibendes aufbaut. Eine Immobilie anschafft. Wohnen, Mieten, Kaufen, das Thema macht ihn zum Verlierer. Die Zeiten der vernünftigen Preise sind vorbei und werden nicht wiederkommen. Zu spät Vater geworden, schon in zwanzig Jahren wird er der rührende Alte sein, der zwischen Wänden aus Büchern, CDs und Platten wohnt, ein Zimmer, Kochnische, Duschbad. Isabell sieht er in dieser engen Welt erst gar nicht, sie ist rechtzeitig geflüchtet. Mit gut gemeinter Liebe wird er Matti helfen, BAföG-Formulare auszufüllen und ihm raten, was Anständiges zu werden. Lehrer, Arzt, Klimaforscher oder besser noch Biochemiker, mit dem Ziel, eine Methode zu finden, vergiftetes Grundwasser in trinkbares zu verwandeln. Falls Matti dann überhaupt Ratschläge von ihm annimmt. Er selbst war nur als Schuljunge stolz auf die Arbeit seines Vaters, auf den Laden, die neuen Fernseher und Musikanlagen. Damals waren sie bekannt im Viertel, weil man bei ihnen kaufte. Der Vater mit seinem Stahlkoffer erledigte treu und fleißig jede Reparatur. Auch abends, sogar an Samstagen und Sonntagen, gerade dann, weil die Leute ihre Unterhaltungsshows und Krimis nicht verpassen wollten. Später waren sie im Viertel bekannt, weil niemand mehr bei ihnen kaufte, und ihm war der Laden und der alte Koffer seines Vaters peinlich.

»Wir möchten Ihnen jetzt die Gelegenheit geben, Fragen zu stellen.«

Einige Kollegen heben die Hand. Von hinten wird ein Mikrofon durchgereicht. Souveräne, unaufgeregte Reporterstimme, mit resistenter Höflichkeit erfragt die Stimme die zukünftige Strategie der neuen Besitzer und bittet um Stellungnahme, welchen Spielraum es für weitere Verluste geben wird. Die Journalistenhaltung auch jetzt bewahren. Fragen, um gefragt zu haben. Eine Antwort gibt es nicht.

Georg spürt plötzlich Müdigkeit, sie macht ihm das Atmen schwer. Schon bald können seine Tage aus Bewerbungen und Warten bestehen. Warten und so tun, als müsste er um nichts bitten. Er ist zweiundvierzig Jahre alt und er hat es satt, ein Kostenfaktor zu sein.

Ein Baby quengelt. Die Kollegin mit dem Säugling vor dem Bauch lehnt an der Wand neben der geschlossenen Flügeltür. Sie wippt, um ihr Kind zu beruhigen. Matti im Arm halten und seine Stimme hören. Mannnnnnje, sagt Georg leise, ganz viel Manje.

Die Personalchefin nippt an einer Flasche Wasser. Angst vor Wasser, er muss an die Zeit denken, als Matti wenige Wochen alt war und Isabell sich auf einmal vor dem Leitungswasser fürchtete. Es sei mit Blei belastet. Kistenweise schaffte er Mineralwasser heran, weil sie es nun auch zum Kochen nahm. Zwei Flaschen für einen Topf Spaghetti. Geduldig trug er die Kisten in die Wohnung, in ihr Nest. Dann fand er heraus, dass er bei den Wasserwerken eine Probe abgeben konnte. Das Wasser wurde getestet und für einwandfrei befunden. Isabell benutzte trotzdem noch monatelang das aus den Flaschen zum Kochen. Er wird vielleicht lange keinen Job finden. Noch sitzen sie gemeinsam hier, bald werden sie alle auf den Markt geschwemmt. Dann werden sie um Gespräche und Festanstellungen konkurrieren. Er wochenlang zu Hause, ein Neuling in Isabells und Mattis eingespieltem Alltag. Wenn er nicht mehr arbeitet, kann er ihr wenigstens helfen, dann kann er *wirklich* einer dieser modernen Väter sein, die wochentags die Karre durch den Park schieben. Vielleicht findet er die Lösung, wie das alte Ding in der Wand aufgeht. Das Schließfach fordert Isabell und ihn geradezu heraus, sich etwas zu wünschen. Er sieht die Zeile vor sich: *Ehepaar findet antike Uhr im Wert von Millionen.* Oder: *Verschollene Aufzeichnungen von Mmmhmmhmm aufgetaucht.* Natürlich ist nichts im Tresor. Nichts als konservierte Luft, die vor vierzig, fünfzig oder noch mehr Jahren geatmet worden ist.

»Das ist eine Frage des Respekts.«

Applaus im Saal.

Verzögert: Applaus aus Berlin.

Gelächter im Saal.

Musik aus einer Warteschleife, »Please hold the Line.«

»Brüssel ist draußen.«

Auf dem Boden am Buffet zerplatzt Glas. Einige blicken sich erschrocken um.

»Wir bitten um Verständnis.«

Heiseres Lachen aus den Lautsprechern, verzerrt und hohl. Irgendwo, vielleicht Tausende Kilometer entfernt, verliert jemand an seinem Telefon gerade die Geduld.

»Berlin ist wieder drin.«

»Brüssel.«

»Ich möchte noch die Frage beantworten.«

»Wie war die Frage?«

Das Baby der Frau lallt. Jemand hebt die Hand.

»Ja, bitte.«

»Noch mal: Wird es Kündigungen geben?«

»Bis auf Weiteres wird sich nichts verändern.«

»Wird die Chefredaktion bleiben?«

»Wie gesagt, bis auf Weiteres wird sich nichts –«

»Wir finden, unsere Arbeit war wichtig. Welche Bedeutung hat unsere publizistische Relevanz für die neuen Eigner?«

»Wo bleibt Ihr Verantwortungsgefühl als Verleger?«

Es wird etwas vom Bedarf immenser Investitionen referiert, die sorgfältig überlegt sein müssen und gewisse Kürzungen an anderen Stellen erfordern. Immmennnnnnnsen Investitionen. Mannnnnnnje, Georg bewegt die Lippen.

Der Berater der Chefredaktion tritt ans Pult. »Ich spreche heute für die neuen Eigentümer.«

Georg wundert sich, dann versteht er, einer, der für sich persönlich geschmeidig den Übergang gemeistert hat.

»Wir haben alle Möglichkeiten durchgerechnet. In diesen harten Zeiten kann niemand weitermachen wie bisher.«

In den Reihen rumort es.

»Aber das muss Ihnen auch klar gewesen sein«, schiebt der Berater halblaut hinterher, der Satz rutscht flüchtig am Mikrofon vorbei. *Das muss Ihnen auch klar gewe-*

sen sein. Die Bemerkung klingt beiläufig, aber das ist sie nicht, im Gegenteil, sie birgt eine Gnadenlosigkeit, die als selbstverständlich gelten soll. Als wäre die Tatsache, dass sie hier arbeiten, dass sie auf eine Perspektive hoffen und nun im Ungewissen hier sitzen, nichts als ihr eigener dummer Fehler.

»Brüssel ist raus.«

»Nein, wir sind noch da.«

Lachen aus den Lautsprechern, das einige Leute im Saal ansteckt. Es soll noch dauern, er möchte nicht aufstehen, seine Arbeit fortsetzen, *bis auf Weiteres* abwarten und zusehen, wie alles zerfällt. In dieser Form, so, wie sie alle in diesem Saal zusammensitzen, wird es sie nicht wieder geben. Das hier ist ein leuchtender Moment. Der Auftakt zu einer magischen Zeit, den letzten Wochen, Monaten, wer weiß das schon.

»Brüssel ist draußen.«

»Brüssel ist jedenfalls drin.«

19 | Mit einem groben Rascheln gerät die Bauplane in Bewegung. Isabell spürt eine leise Euphorie, während sie die Schritte der Männer dumpf auf den Brettern hört. Sie hält Matti im Arm und tritt näher ans Fenster. Der Wind hebt die lockeren Kanten der Plane träge an, der Vorhang gibt einen Spalt frei. Vorgestern haben die Maler ihre Arbeit beendet. Sie streckt den Kopf, kann aber noch nicht viel von der Straße sehen. Begleitet von den lauten Anweisungen der Männer werden die Bahnen der Plane heruntergelassen. Auf einmal rutschen die Hüllen krachend ab, jemand schimpft von oben, ein anderer lacht, und sie steht mit Matti im kristallklaren Tageslicht. Die Helligkeit überrascht sie, es ist ihr fast zu viel. Sie blickt zum Regenhimmel, streichelt Mattis Wange, lässt den Blick ungläubig über die Straße wandern. Auch Matti schaut konzentriert aus dem Fenster, aufgerissene Augen, eindrucksverloren geöffneter Mund.

Einige Leute tragen Schirme. Kinder in bunten Jacken und Gummistiefeln kümmern sich um einen Hund vor dem Bistro, die Autodächer glänzen nass, hinter den Fenstern des Yogastudios bewegt sich noch nichts. Die nackten Äste des Ahorns, dunkel vom Regen, hinter dem Stahlgerüst. Solange es nicht abgebaut ist, gehört der Baum noch nicht ganz wieder ihr.

Falls es aufhört zu regnen, wird sie mit Matti einen Spaziergang machen, sie wird ihn in die Karre setzen und den Weg am Kanal entlanggehen, ein langer Weg am Ufer, der von einem Stadtteil in den anderen führt, sie könnte versuchen, die ganze Strecke zu schaffen, und noch ein Stück weiter, sie könnte sogar versuchen, bis zur Musikhochschule zu kommen, wie zufällig in die Gasse einbiegen und genauso zufällig vor dem Eingang stehen bleiben, nachsehen, ob die Dame mit der schweren Hornbrille noch am Empfang sitzt. Sie könnte hineingehen, sich kurz umschauen und zur Zettelflut am Schwarzen Brett gehen, die Anschläge studieren, wo Instrumente gefragt und angeboten werden, nach Mitspielern gesucht wird, wenn eine Band, ein Trio, ein Quartett gegründet werden.

Vielleicht sitzt Georg noch in der Versammlung, sie überlegt, ob sie ihn anrufen soll, um ihm eine Nachricht zu hinterlassen, ihm zu sagen, dass sie an ihn denkt, doch lässt es lieber. Sie würde ihn damit nur ihre Sorge spüren lassen. Wegfahren, denkt sie, nur ein paar Tage, wir sollten wegfahren, etwas Schönes erleben. Eine kurze Städtereise vielleicht, heiße Maronen essen und geschmückte Schaufenster betrachten. Keine Gedanken an Hände, die ein Rätsel sind. Und Jobs, die auf der Kippe stehen. Ein paar Tage Urlaub könnten sie sich erlauben, selbst jetzt. Sie holt einen Apfel, Teller und ein Messer aus der Küche, setzt sich mit Matti auf die Steppdecke im Wohnzimmer und beginnt zu schälen. Amsterdam wäre eine Möglichkeit, dort war sie mit Georg. Ihren ersten Musicalvertrag gerade in der Tasche, hat sie dort viel Geld für einen Kaschmirmantel mit besticktem Kragen und zwei Paar Stiefel ausgegeben, und Georg zu einem Fünf-Gänge-Menü eingeladen. Sie haben auf der kleinen Dachterrasse ihres Hotelzimmers gesessen, Martini getrunken und geraucht, damals haben sie geraucht, nur hin und wieder, zum Drink eine Zigarette, wie zum Espresso eine Praline.

Während Matti mit wund geröteter Haut um den Mund an einem Apfelstück lutscht, sie muss ihn unbedingt eincremen, klappt sie ihren Computer auf, schaut erst nach Zugverbindungen und versucht dann, das Hotel zu finden, in dem sie gewohnt haben. Sie kann sich an den Namen nicht erinnern, nur an die Straße. Sie klickt sich durch die Fotos und Tipps mehrerer Reiseberichte, findet aber keinen Hinweis. Sucht weiter und landet auf einer Seite mit privaten Urlaubsbildern. Eine Frau, zwei Kinder, an einem Holztisch im Hotelcafé, dort hat sie selbst mit Georg gesessen, glückselig erschöpft vom Verliebtsein. Das Café mit dem kleinen Hintergarten war nicht nur bei den Hotelgästen beliebt. Sie betrachtet die Frau. Anfang dreißig vielleicht, sie lächelt und ihre Augen blicken müde, aber nicht träge, sondern weit geöffnet. Sie trägt ein Ringelshirt und auf dem Schoß einen blonden Jungen, so alt wie Matti. Neben ihr am Tisch sitzt ein Mädchen. Isabell notiert sich den Hotelnamen und klickt weiter durch die Fotos. Im Garten eines Bungalows hantiert der Vater mit Brettern, seine Kinder spielen in einer fast fertigen Sandkiste, sogar den Standort kann man lesen, ein Vorort von Amsterdam, weiter, der Vater steht am Grill, Steaks und Mais auf dem Rost, eine altmodisch geblümte Kochschürze trägt er über einer orangefarbenen Jeans, weiter, beide Kinder schlafend auf einem Cordsofa, halb aufeinander, wie zwei Welpen, ein Bild in leuchtenden Blautönen über dem Sofa; Isabell wundert sich, dass jemand sein Leben auf diese Weise öffnet, ein Archiv aus intimen Momenten, weiter, die Frau in einem Trägerkleid, ihre Füße stecken in Sandalen mit dünnen Riemen, sie hockt vor einem Beet, reicht ihrer Tochter eine Blume, der Junge klammert sich an ihr Knie, doch die Aufmerksamkeit der Mutter gehört jetzt nur der Schwester, weiter, die Frau zupft Salatblätter, ein Glas Rotwein neben sich, das braune Haar zu einem Zopf geflochten, offene Küche, die Kinder sitzen vor bunten Tellern mit Tiergesichtern, ein grasgrüner Frosch, eine knallgelbe Ente, verblüffend, genau diese Teller hat sie vor ein paar Monaten für Matti gekauft, im Laden gegenüber, weiter, die Frau in einer blassblauen Trainingshose, mit engem Shirt und flachem Bauch auf einer Yogamatte im Wohnzimmer, hinter dem Fenster der Garten im trüben Morgenlicht, oder in der Nachmittagsdämmerung, nein, es ist Morgen, die Uhrzeit lässt sich nachlesen, als Nächstes ein Ultraschallbild, das dritte Kind, noch ein Geheimnis unter dem flachen Bauch; soll sie die Nächte jetzt buchen? Wird Georg sich freuen oder nur schwer seufzen, das sei nicht vernünftig, in ihrer Lage. Sie ruft die Seite des Hotels auf und liest als Erstes die Preisliste. Dann gibt sie ein Datum ein, zwei Nächte kommende Woche, oder drei Nächte, nein, zwei. Kurzerhand bestätigt sie die Summe für ein Doppelzimmer mit Zustellbett inklusive Frühstück. »Matti, wir fahren nach Amsterdam«, sagt sie. Er blickt sie aufmerksam an, wischt sich durch die Flusenhaare am Hinterkopf.

Vor dem Fenster greifen zwei Männer nach einem Stahlrohr, das von oben gereicht wird, und geben es langsam nach unten weiter. Immer wieder knallt Metall aneinander, es quietscht und knirscht im Gerüst. Sie stellt sich dicke Schrauben vor, die mit einem Kraftakt aus den Pfählen gelöst werden. Schließlich heben die Männer Holzbohlen von einem Stockwerk zum nächsten, Stück für Stück wandern die Bretter nach unten. Die Etagen werden also endlich abgebaut, das Gerüst wird bald verschwunden sein. Ein Mann mit strähnigen langen Haaren geht am Fenster vorbei und grüßt, indem er zwei Finger an die Augenbraue hält. Schon morgen vielleicht, oder übermorgen, wird sie diese Typen ein für alle Mal los sein, endlich. Und doch: Ihr wird etwas fehlen. Die Gegenwart der Arbeiter, die vertraute Tatsache, dass jemand zu ihrem Alltag gehörte, zuverlässig morgens auftauchte, mittags für eine Weile pausierte, dann wieder arbeitete, bis zum späten Nachmittag. Aufgedrängter Kontakt, an den sie sich gewöhnt hatte. Der Blick aus dem Fenster wird wieder frei sein, aber irgendwie auch nackt ohne das Gerüst, ohne die Latten, Bretter, und ohne den Mantel der Plane. Sie hat noch gar nicht darauf geachtet, in welcher Farbe die Fassade gestrichen wurde. Sie schaut wieder auf den Wecker, denkt an Georg, geht ans Fenster und sieht, dass es ein blasses Gelb ist.

Auf dem Balkon nebenan steht Norbert. Er schaut skeptisch an die Wand und schiebt mit dem Fuß Putzstücke auf eine Kehrschaufel, die vor ihm auf dem Boden liegt. Er ist der Einzige im Haus, der hier länger wohnt als sie. Kleine, sagt er noch immer zu ihr. Bei ihrer Mutter hatte er es mal versucht, aber konnte nicht landen, die fand ihn damals zu, ja, was, sie überlegt, wahrscheinlich zu schroff und verschroben. Morgens sieht man ihn mit dem Fahrrad ins Schwimmbad fahren, ein zusammengerolltes Handtuch auf dem Gepäckträger. Nachmittags steht er mit anderen Männern an der Boule-Bahn im Park und spielt. Filmprofessor an der Kunsthochschule im Ruhestand, keine Frau, keine Kinder. Georg versteht sich gut mit ihm, Norbert gibt ihm seinen Schlüssel, wenn er im Januar für zwei Monate nach La Gomera verschwindet. Früher hatte er häufig wechselnde Freundinnen, aber sie hat lange keine Frau mehr bei ihm gesehen. Eine, immerhin, tauchte manchmal noch auf. Als Georg einmal die Wohnungstür aufschloss, um wie immer während der Urlaubswochen Norberts Post in die Küche zu legen, motzte es aus dem Schlafzimmer, »was willst *du* denn schon wieder hier? Hau ab«, und Georg blieb überrascht stehen. »Hab die Post, wusste nicht, dass du schon zurück bist«, oder etwas in der Art sagte er wohl und Norbert antwortete fröhlich, »ach, du bist's, komm rein. Ich koch Kaffee.« Deine Mutter, jedenfalls, hat es richtig gemacht, sagte Georg zu ihr und lachte. Zum Vermieter ist Norbert ähnlich patzig wie zu den Frauen. Er schreibt Briefe und mindert sofort die Miete, wenn ihn etwas stört. »Hast du gesehen? Der hat Forbes abonniert, und noch einen Stapel Anlegermagazine. Ich glaub, der führt ein tiefenentspanntes Leben«, sagt Georg. Norbert wirkt nicht wie ein Rentner, mehr wie ein sehr zufriedener Privatier, und er scheint nicht zu befürchten, dass er eines Tages von niemandem vermisst wird.

Pünktlich zur Mittagspause der Männer füllt sie das Milchpulver, heißes und kaltes Mineralwasser in Mattis Flasche. Georg würde sie für verrückt erklären, das Leitungswasser ist *okay*, wie oft noch. Sie zieht im Schlafzimmer die Vorhänge zu. Matti legt sie nicht in sein eigenes, sondern ins große Bett. Auf ihrem Kissen wirkt sein Kopf noch kleiner. Sie schlüpft aus Jeans und Pullover, streift die Socken ab und kriecht zu ihm unter die Decke. Er liegt auf dem Rücken und saugt versessen an der Flasche, doch als er sie anschaut, öffnet er die Lippen zu einem Lächeln. Die Wundcreme um seinen Mund sieht aus wie ein großer Milchbart. Nachdem er getrunken hat, blickt er sie beharrlich an. Als wolle er sein Glück, nicht allein Mittagsschlaf machen zu müssen, noch länger auskosten. Mit dem Zeigefinger streicht sie langsam von seiner Stirn über die Schläfe, über die Wange, zum Kinn, über den Nasenrücken zurück zur Stirn, und immer weiter, immer im Kreis. Sie weiß, dem kann er nicht widerstehen, dieses Streicheln ist besser als jedes Schlaflied, noch einmal, und noch einmal, und seine Augen fallen zu. Eine weitere Minute und seine Zunge gibt kleine Sauglaute von sich, eben noch wach, jetzt träumt er schon vom Trinken. Vorsichtig rückt sie mit ihrem Gesicht ganz nah an seines, bis ihre Nase das kleine Stück Haut über seiner Oberlippe berührt und sie seinen Atem aus Milch und sauberen Zähnen riechen kann. Nach einer Weile schließt sie ebenfalls die Augen, rollt sich so zusammen, dass Matti in ihre Körperbucht passt. Das ist wieder einer dieser Momente, wenn etwas schmerzhaft schön ist und alles eine Einheit bildet. Sie, das Kind, die Wärme, die Ruhe, in solchen Momenten kann sie ein leises Ticken hören; dieser Moment wird nicht bleiben, sie wird ihn verlieren, vielleicht vergessen, sie und ihr Kind, das ist jetzt, nur jetzt, sie muss diesen Moment halten. Dieser gemeinsame Schlummer, diese Stunde wird ein Ende haben, es gibt nichts, was sie dagegen tun kann. Auch die Vernunft wird nicht gegen diese Sehnsucht ankommen, Matti, so wie er gerade neben ihr liegt, immer, immer bei sich zu haben. Stillstand, im schönsten Moment, das geht nicht, denn das hieße zu sterben. Was denkt sie für ein Zeug, immer dieser Abschiedsschmerz. Am liebsten würde sie Matti nehmen und mit ihm davonlaufen, sich verstecken, davor, dass immer alles weitergeht. Selbst der Mond vor dem Fenster kann sie nervös machen; wenn er über dem Ahornbaum hängt, kann sie ihn vom Sofa aus sehen, Stück für Stück wandert er, und sie verübelt ihm das. Nach Mattis Geburt fuhren sie im Taxi am Pförtner des Krankenhauses vorbei und sie wurde von einem Anfall Melancholie überrascht. Es war eine Trauer über das Ende der Schwangerschaft, ihr Körper kam ihr auf einmal leer und nutzlos vor. Sie fühlte sich verlassen, obwohl sie wusste, dass das Unsinn war, denn neben ihr im Kindersitz versank winzig der Säugling, für den sie sorgen musste.

Sie ist eine Greisin, mit genug Geld, sich das Reihenhaus ihrer Kindheit zu kaufen, zurückzukaufen, wieder zu holen. Unbesehen bezahlt sie dieses Haus, um von nun an allein darin zu wohnen. Ein Gefühl von Trotz und Überlegenheit erfüllt sie, das Haus gehört endlich wieder ihr. Zu Fuß wandert sie den Weg entlang der Autobahnen und Landstraßen bis in die Kleinstadtsiedlung, biegt in die Straße ein, hinter den Bäumen geht die Sonne unter, ein Sommerabend wie früher, es riecht nach vom Sprengen feuchtem Rasen. Als sie das Haus schließlich erreicht, bleibt sie erstaunt im Vorgarten stehen. Die Fassade ist über und über mit Zetteln bedeckt, Zettel wie an einer Pinnwand, an einem großen Schwarzen Brett. Sie streicht mit dem Finger über die Blätter, einige vergilbt, knittrig, hart von Regen und Sonne. Sie pflückt einen und noch einen herunter und liest. Nachrichten von Nachbarn, von Kindern, mit denen sie damals gespielt hat. Zettel mit Fragen: Wo warst du? Ich hab auf dich gewartet. Wann kommst du? Wozu brauchst du so lang? Nachrichten von Kindern, die zu Alten wurden, die vergeblich auf sie gewartet haben und allesamt nicht mehr leben. Schließlich wacht sie auf, benommen vom Traum und doch mit einem glasklaren Gedanken: Sie muss das Hotelzimmer stornieren.

2. TEIL

(Wir haben Frühling)

20 | Leah H. aus einem Dorf in Minnesota kam die Angst durch eine Entzündung im Hirn abhanden, während ihrer Kindheit. Gefühle wie Freude, Trauer oder Wut konnte sie seitdem noch empfinden, nur eben keine Angst. Mit diesem neurologischen Defekt zog sie vier Kinder groß, das fasziniert Isabell besonders an der Geschichte, eine Mutter ohne Alarmbereitschaft, ohne dieses nervöse Gespür für Gefahr, das sich in alltäglichen Situationen meldet, Autos, Höhe, Kanten, Scherben. Das Kind könnte im Schlaf aufhören zu atmen, während sie weit, weit weg in einem anderen Zimmer sitzt und seelenruhig fernsieht. Kein düsterer Drang, sich alles Schlimme in grellen Farben bis ins Detail vorzustellen. Ein Leben also ohne dieses mutwillige Flackern der Gedanken. Die Wissenschaftler zeigten der Frau Szenen aus Horrorfilmen und sie empfand Neugier. In ihrem Haus brachte sie einen Einbrecher aus der Fassung, weil sie ihm den Weg versperrte und empört sein Messer anglotzte. Amygdala, Mandelkern, heißt der Ort im Kopf, von dem die Angstsignale auszugehen scheinen, haben die Wissenschaftler durch diese Frau herausgefunden. Mit einem beschädigten Mandelkern, wie ihn Leah H. hat, würde ich wahrscheinlich brillante Soli spielen, vielleicht wäre ich mit diesem Defekt eine erfolgreiche Cellistin geworden. Sie faltet den Zeitungsausschnitt zusammen und legt ihn zurück in ihr Notizbuch. Den Artikel fand sie in einem Aufenthaltsraum im Psychologischen Institut der Universität, als sie auf ihren Termin wartete. Sie musste sich in einen

Liegesessel, ähnlich wie beim Zahnarzt, setzen und bekam Sensoren oberhalb der Brust und an die Rippen geklebt, die ihre Herzfrequenz aufzeichneten. Dann einen Gurt mit einem Messgerät für die Atmung. Kognitive Aufgaben, die sie schnell erledigen musste, sollten sie in Stress versetzen. Zwischendurch musste sie immer wieder Bögen ausfüllen, darüber, wie sie sich fühlte. Dann kam die Entspannungsphase. Die Studentin gab ihr ein Buch zu lesen, einen Roman über eine Frau, die allein nach Italien reiste, um sich selbst zu finden. Anschließend musste sie den gleichen Fragebogen noch mal ausfüllen. Dann wurden wieder ihre kognitiven Fähigkeiten geprüft, und das war's. Sie war enttäuscht und fragte, ob das alles sei. Die Studentin erklärte, es würde vier Teilnehmergruppen geben. Die erste sollte durch Autogenes Training in Entspannung versetzt werden, die zweite durch Atemübungen, die dritte durch Progressive Muskelentspannung, die vierte durch das Lesen eines Buches. Es ging darum zu belegen, dass durch gezielte Entspannung die Herzfrequenz beruhigt werden konnte. Das Lesen spielte in dieser Studie nur die Rolle, die Erfolge der anderen drei Methoden hervorzuheben. Sie bekam zum Trost eine Broschüre zum Thema Stressreduktion, die ganze Sache mit dem Fragebogen hatte sie kein Stück weitergebracht.

Sie klappt den Computer auf und sucht unter den Lesezeichen nach dem Fotoalbum der Amsterdamer Familie, nachsehen, ob sie neue Bilder gepostet haben. Sie haben. Ihre Fotos erzählen von einem Ausflug in ein Landhaus, allem Anschein nach besuchen sie die Großeltern der Kinder. Eine Kaffeetafel im Garten, eine Schichttorte wie ein Stapel Pfannkuchen mit weißer Creme, dekoriert mit Erdbeeren. Der Bauch der Frau ist nun kugelrund, Isabell rechnet kurz nach, Ende November ungefähr begann der vierte Monat, nun, Anfang Mai, kann der Stichtag nicht mehr weit sein. Dann klickt sie weiter durch Fotos, Urlaub, Mitte Februar, Relaxing in Samui Island, liest sie als Kommentar neben einem Bild, Thailand also, die Frau steht am türkisblauen Wasser, im Bikini, mit wunderschönem Babybauch und ihren zwei blonden Kindern an der Seite, die knietief im Wasser stehen, alle drei schauen direkt in die Kamera, Isabell kann von dem Bild kaum lassen, so perfekt ist die Szene, kurz verspürt sie Lust, der Frau eine Nachricht zu schreiben, ihr viel Glück für die Geburt zu wünschen, dann besinnt sie sich, wie albern das wäre, und vor allem wie beunruhigend für die Frau, Post von einer Fremden zu bekommen, die so tut, als wäre da etwas wie Bekanntschaft oder Freundschaft zwischen ihnen.

Sie geht zu ihrem Instrument und setzt sich, klappt ihr Notenheft auf. Das Telefon klingelt, schon wieder, sie geht nicht ran, der Anrufbeantworter ist auf lautlos gestellt. Sie kann Erika ohnehin nur sagen, dass Georg nicht da ist und zurückrufen wird. Wer ihr einen Job anbieten will, ruft auf dem Handy an. Es geschieht selten. In den letzten Wochen hat jemand angefragt, ob sie eine Woche Vertretung machen wolle, »My Fair Lady«, sie hat das im Repertoire, es wäre möglich gewesen, eigentlich, doch sie hat abgesagt, ihre Physiotherapie sei noch nicht vorbei, sie würde noch pausieren. Was im Prinzip ja auch stimmt. Hinten im Flur hört sie die Tür klappen und das leise Klatschen von Mattis Händen auf dem Holzboden, kurz darauf krabbelt er zu ihr ins Zimmer. Es scheint ihm besser zu gehen, in der Nacht hat er sich übergeben. Den Blick auf ihn gerichtet, spielt sie die ersten Takte an, »hey,

Matti, hast du genug geschlafen«, ruft sie ihm dabei zu, »bist du bereit für die Ostsee? Ein bisschen Sonne und Strand?« Sie spielt weiter, eine leichte, anmutige Melodie, und behält ihn im Auge. Er zieht sich an der Lehne des Ledersessels hoch, um zu stehen, angesteckt von der Musik wippt er mit dem Hintern, löst die Hände von der Lehne und dreht sich zu ihr um. Einen Augenblick steht er da, schaut sie erstaunt und angestrengt an, wankt, als würde er gleich umfallen, doch er löst seinen nackten Fuß vom Boden und macht einen Schritt, dann den anderen Fuß für den nächsten Schritt, bleibt stehen, macht noch einen, und noch einen, endlich. Wenigstens ihm scheint Musik zu helfen.

Das Telefon klingelt wieder, weiterspielen, Matti beim Laufen betrachten, der Moment gehört ihnen beiden, doch sie legt das Cello zur Seite und gibt nach. Niemand meldet sich, nur ein leises Schluchzen hört sie, und ein Wimmern. »Erika?« Dann ein Klappern und Rascheln, als wäre jemandem das Telefon aus der Hand gerutscht, sie schaut auf das Display, Erikas Nummer, »Hallo? Sag doch mal was«, ruft sie in den Hörer.

»Ist Georg da?« Verzagtes Stimmchen.

»Er ist unterwegs.«

»Ach so, na dann.«

»Warte mal, was *ist* denn?«

Erika schluchzt wieder und scheint einen Moment zu brauchen, um sich zu sammeln.

»Meine Zahnschmerzen.«

»Das tut mir leid. Warst du schon beim Arzt?«

Seit Wochen das Klagen über Zahnschmerzen. Erika wimmert und atmet in den Hörer.

»Was hast du gesagt?«, fragt sie.

»Ob du schon beim Zahnarzt gewesen bist?«

»Ich wollte mit Georg sprechen.«

»Aber der ist nicht da, soll er zurückrufen?«

»Ja, das wäre schön«. Erika legt auf, bevor Isabell noch etwas sagen kann. Sie hält das Telefon in der Hand und empfindet kein Mitleid. Sobald Erika etwas fordert, auf ihre bedürftige, bedrückende Weise, fühlt sie nichts, außer dem eisigen Wunsch sich zu distanzieren. Sie bereitet Matti einen Teller mit Bananenstücken und Reiswaffeln zu, stellt ihn auf den niedrigen Tisch vor dem Sofa, legt die offene Reisetasche ins Wohnzimmer, holt Shirts, Unterwäsche, Kindersachen aus dem Schrank und packt sie ein. Ein paar T-Shirts von Georg, genug Slips für eine Woche, drei Pullover, seine Lieblingsjeans, die ausgeleiert über dem Stuhl hängen, die Ferienwohnung ist gebucht.

Sie bleibt am Fenster stehen und betrachtet den Baum, die hellgrünen Blätter, dieses junge, frisch geschlüpfte Grün. So sind sie nur eine kurze Zeit lang und werden mit den Sonnentagen dunkler, bekommen ein sattes Schwarzgrün. Sie muss an die Bauplane im vergangenen Spätherbst denken, erinnert sich an einen Abend, als sie wieder angefangen hatte zu arbeiten, sie stellte sich die kahlen Zweige des Baums vor und dachte dabei über das Jahr nach, dachte daran, dass es bisher eines ihrer schönsten Jahre gewesen war, das da, während dieser dunklen Herbsttage zu Ende ging, dass dieses Jahr womöglich sogar *das* schönste gewesen war, angefangen bei Mattis ersten Monaten, diese von allen äußeren Dingen unberührte Zeit mit ihm, Spazierengehen, Schlafen, Schwimmen, Cello spielen, Stillen, Schlafen, Spazierengehen, Cello spielen; eine scheinbar endlose Kette aus gleichförmigen Tagen, ein Schweben wie in einer Seifenblase.

Sie packt für sich noch zwei warme Pullover ein und Mattis Strickjacke mit Kapuze. In der Küche legt sie ein Paket Tee, eine kleine Blechdose mit Zucker, Salz, Olivenöl, Spaghetti, ein Glas Pesto, ein Glas Oliven, Blaubeermarmelade, das frische Brot, Kakaomandeln und Ingwermarzipan in den Korb, dazu einige Gläser Gemüsepüree und Fruchtbrei. Den Rest können sie dort einkaufen. Dann stapelt sie Bettwäsche, Laken und Handtücher für drei und legt sie in eine zweite Reisetasche; was für ein Aufwand für eine Woche, im Hotel hätten sie das nicht gebraucht.

Als Georg die Tür aufschließt, stehen die Taschen im Flur bereit. Er zieht sich das Jackett aus, in seinem Anzug wirkt er wie verkleidet.

»Deine Mutter hat angerufen. Sie klagt wieder über Zahnschmerzen.«

»Immer noch?«

Er geht zum Schlafzimmer, sie folgt ihm.

»Sie sollte endlich zum Arzt gehen. Damit wäre allen geholfen«, fügt sie hinzu, der spitze Ton ist beabsichtigt, damit Georg gar nicht erst auf die Idee kommt, ihre Abfahrt für Erika zu verschieben. Er steigt aus der Anzughose und schaut missmutig in den Schrank.

»Ach, wirklich?«

»Ist doch so.«

»Glaubst du, ich hätte ihr das nicht schon selbst vorgeschlagen?«

»Und warum jammert sie anstatt zu gehen? Sie sagt, sie will erst mit dir *reden.*«

»Was weiß ich. Weil sie sich vor der Behandlung fürchtet. Weil sie nicht mehr gern rausgeht. Sie braucht eben ein bisschen Hilfe.«

Er zuckt mit den Schultern und sieht sich im Zimmer um, blickt zur leeren Stuhllehne. Im Wohnzimmer kracht etwas zu Boden, kurz darauf hört sie Mattis Weinen, sie läuft durch den Flur, Matti hat den Bücherstapel vom Tisch gestoßen, dabei die Vase am Boden umgeworfen, sie ist in zwei scharfkantige Teile gebrochen, Art déco, aus einem Antikladen in Paris, behutsam transportiert wie ein fragiles Ausgrabungsstück auf einer langen Zugfahrt vor gefühlt hundert Jahren. Matti scheint nichts passiert zu sein, sie tröstet ihn kurz, hebt ihn in seinen Laufstall und geht zurück ins Schlafzimmer.

»Und was sollst du jetzt machen? Im Wartezimmer Händchen halten?«

»Meine Jeans«, spricht er zu sich selbst. Sie geht in den Flur, zieht den Reißverschluss der Tasche auf, wühlt in den Sachen, holt die Jeans hervor und gibt sie ihm.

»Sie wartet auf deinen Anruf. Bestimmt möchte sie, dass du zu ihr kommst. Weiß sie eigentlich, dass wir gleich losfahren wollen? Ist sie vielleicht *deshalb* jetzt wieder krank?«

Seit einigen Wochen genügt ein Anruf, damit er kurz darauf bei seiner Mutter im Laden steht. Weil er ja unendlich viel Zeit hat, weil er *immer* zu Hause ist, weil er verfügbar scheint, *greifbar*, sie sieht Erikas nervös nestelnde Hände vor sich.

»Entspann dich«, haucht er ironisch, ungewöhnlich scharf, »schaffst du das?«

Einen Moment ist sie sprachlos. »Nein, offenbar schaffe ich das nicht«, sagt sie dann gewollt bitter. »Wundert dich das?«

Er krempelt mit strengen Bewegungen einen Hemdsärmel hoch.

»Verstehe. Und dafür bin wahrscheinlich ich verantwortlich. Richtig?«

Er lässt sie stehen und setzt in der Küche einen Kessel Wasser auf, sie geht hinter ihm her.

»Du bist jeden Tag zu Hause, sie nutzt das aus.«

»Inwiefern nutzt sie das aus? Indem sie mich anruft?«

»Du bist *immer* hier –«

Hör auf, immer hier zu sein.

»– und sie gewöhnt sich daran.«

»Was soll ich stattdessen tun? Im Park spazieren gehen? Fühlt es sich dann besser für dich an?«

»Ihr sagen, dass du Dinge zu tun hast.«

»Aha, Dinge.«

»Sag ihr, dass du arbeitest.«

»Ich arbeite aber nicht«, sagt er langsam, als wäre sie schwer von Begriff. »Er weint«, fügt er leise hinzu.

Die Mittagssonne scheint gnadenlos auf die verstaubten Kakteen im Schaufenster, Georg steigt aus, mit der prall gefüllten Plastiktüte in der Hand, und geht rein. Er hat Erika einen Arzttermin besorgt und für sie eingekauft. Isabell bleibt mit Matti im Wagen, die Gedanken an den dunklen Raum, den herben Geruch, die muffigen Geleekekse in der Schale auf dem Tisch genügen ihr schon.

Drei Stunden später fahren sie die vertraute Landstraße entlang, immer noch schweigend. Hinter den Wäldern verbirgt sich die Küste, schon von Weitem sieht sie das Schild des Strandhotels, dort sind sie die letzten Jahre im Frühjahr und manchmal im Herbst in die Allee gebogen, haben ganz oben, im dritten Stock, ihr Zimmer bezogen. Vor einem Jahr, als sie im Restaurant mit dem schlafenden Matti in der Tragetasche zu Abend aßen, entdeckten sie das Spielzimmer mit Kinderbetreuung, wie gut für die kommenden Urlaube hier, dachten sie.

Die schmale Wohnstraße, in der die Ferienwohnung liegen soll, kennt sie von Spaziergängen, sie führt am Wald entlang auf eine verschlafene Strandpromenade, die aus einem Eisstand, einem Souvenirlädchen und einem Pizzarestaurant besteht. Georg parkt in der Einfahrt der geduckten Villa, Matti schläft, sie lässt ihn in seinem Sitz. Eine Bogentür zwischen Garage und Haus führt in den Garten, sie späht kurz um die Ecke, sieht lange Unterhosen, die schneeweiß an einer Wäschespinne baumeln. »Guten Tag«, hört sie Georgs Stimme, »wir sind die, die das Dachgeschoss gebucht haben.«

»Herzlich willkommen«, eine rundliche Frau bittet sie herein, ein schwerer Teppich verschluckt ihre Schritte.

»Ich zeige Ihnen alles.«

Isabell überlegt, Matti nun doch aus dem Auto zu holen, doch Georg raunt ihr zu, sie solle ihn schlafen lassen, sie würden doch ohnehin gleich die Taschen holen.

»Hier unten«, die Frau zeigt auf zwei geschlossene Türen, »sind Privaträume, aber Sie können die Küche mitbenutzen, folgen Sie mir.« Links und rechts Einbauschränke, eine Tüte mit Brennnesseltee und eine Glaskanne mit grünlich schimmerndem Wasser auf der Ablage, hinten am Fenster steht ein weißer Holztisch, von irgendwo schlägt eine Uhr zweimal, es muss halb fünf sein.

»Wohnen Sie hier?«

»Nein, ich mache nur sauber und kümmere mich um Gäste, wenn welche da sind. Kommen Sie, wir gehen nach oben.«

Unter dem Teppich quietschen die Stufen, Isabell sieht

die Waden der Frau, blickdichte Strumpfhosen in einer bräunlichen Hautfarbe.

»Da hinten ist das Bad mit WC und Dusche, das Sie mitbenutzen können, und oben haben Sie ein Waschbecken.«

»Ein Bad gehört nicht zu unserem Apartment?«, fragt Georg.

»Doch, Sie können dieses benutzen, es ist nur nicht auf Ihrem Stockwerk.«

Die Frau vorweg, steigen sie eine enge Treppe zum Dachgeschoss hoch. Sie betreten ein Wohnzimmer, das Isabell von den Fotos kennt, gewischte Wände in Apricot. Sofort steuert sie das runde Fenster an, von dem aus das Meer zu sehen sein soll, sie blickt in die Baumwipfel und erkennt knapp dahinter einen dünnen Streifen Blau. Wenn sie und Georg ins Hotelzimmer kamen, holten sie sofort die Badesachen aus der Tasche, schlüpften in die bereitliegenden Frotteemäntel und fuhren mit dem Fahrstuhl ins Spa-Geschoss, um im Meerwasserbecken unter gedimmter Beleuchtung zu schwimmen.

»Das Wetter soll uns ja verwöhnen die nächsten Tage«, sagt die Frau, »ich lasse Sie jetzt allein, die Schlüssel lege ich Ihnen auf den Tisch.«

Kurz darauf hört Isabell wieder die knatschenden Schritte auf der Treppe. Sie steht auf der einen Seite des Doppelbetts, Georg auf der anderen. »Ist doch schön hier«, sagt sie versöhnlich und setzt sich auf die Kante der Matratze. »Die Aussicht ist toll, schau mal aus dem Fenster.«

Sie ist nicht überzeugt, aber wenn sie erst am Strand sind, wird es so, wie es sein soll.

Zurück am Auto, hängt Georg sich die große Tasche über die Schulter, greift sich die andere und verschwindet im Haus. Isabell holt Matti aus dem Wagen und zieht ihm die Strickjacke über, jetzt, am späten Nachmittag wird es am Wasser kühl sein. Zur Sicherheit drückt sie ihre Nase an seinen Hintern, alles in Ordnung, dann geht sie mit ihm in den Garten und lässt ihn herunter. Zweifeln, denkt sie plötzlich, auch das Zweifeln ist ja eine Folge der Angst, der Befürchtung, dass *es*, ein Solo, ein Probespiel, das Geldverdienen, das Zusammensein, oder selbst eine Woche in dieser Dachgeschosswohnung, nicht gelingen wird. Leah H. wusste wohl nicht im Ansatz, wie sich das Zweifeln anfühlt; wie mochte dieser blinde Fleck für sie sein, als könnte ihr nichts und niemand etwas anhaben?

Das Hotel hat seinen eigenen Strandabschnitt, mit kleinem Café und einem Holzschiff für Kinder. Von Weitem können sie es sehen und wandern einvernehmlich in die entgegengesetzte Richtung. Der Strand hier ist rauer, mit struppig bewachsenen Dünen. Sie zieht sich die Schuhe und Strümpfe aus, krempelt die Jeans hoch und trippelt ins flache Wasser, stößt die Zehen in den Schlick, die leichten Wellen schwappen ihr um die Knöchel, es ist noch sehr kalt, fast stechend kalt, sie macht einen Schritt aus dem Wasser, die Luft fühlt sich warm auf der feuchten Haut an. Gemeinsam klettern sie eine Düne hinauf und bleiben in einer geschützten Senke, von der aus sie den Strand überblicken können. Matti interessiert sich sofort für den Sand und ein paar Steine. Sie legt ihre Beine über Georgs Oberschenkel, um seine Laune zu testen, doch er rührt sich nicht, sondern schaut nur aufs Wasser.

»Mein Gespräch heute war übrigens gar nicht so schlecht«, sagt er und lässt Sand durch die Finger rieseln. Etwas trotzig klingt er dabei, als wolle er sagen, zerbrich dir mal nicht den Kopf, weil ich tagsüber zu Hause rumsitze. »Sie werden ihr Team ausbauen, müssen aber noch mit zwei Leuten den Vorruhestand aushandeln.«

Sie hat schon im Auto an seinen Termin gedacht, aber nicht gefragt. Auch ohne Streit hätte sie versucht, nicht nachzufragen. Entweder Georg erzählte von allein, oder nicht, und wenn nicht, wusste sie, dass es nichts zu erzählen gab. Sie ist ihm dankbar, dass auch er aufgehört hat, ständig nach den Fortschritten ihrer Physiotherapie zu fragen.

»Das klingt doch gut, also eigentlich könntest du den Job haben?«

»Ich bin da vorsichtig.«

Er zieht eine blütenweiße Feder aus dem Sand und reicht sie Matti. »Aber die Chemie stimmte, sie finden, ich würde zu ihnen passen.«

Matti wirft die Feder in die Luft, Georg sammelt sie auf und kitzelt ihn damit an der Nase, dann im Ohr. Er ändert seine Sitzposition und schiebt dabei beiläufig ihre Beine von seinen Schenkeln, als wären sie eine Last, die er nun lange genug getragen hat. Etwas beklommen zieht sie die Knie an und kauert sich zusammen. Das Ankommen, der Spaziergang, ein pragmatisches Überdecken der ungeklärten negativen Schwingungen.

»Mal abwarten«, fügt er hinzu, knapp und vernünftig, wie um einen möglichen Anflug von Zuversicht gleich einzudämmen. Jaaaaaaa, mal abwarten, denkt sie, die Formulierung zieht sich wie ein fahler Kaugummi, sie steht auf und klopft sich den Sand von der Hose, schaut auf die Wolken, auf das rosige Violett, das sich in den Himmel mischt. In der Pizzeria nicht weit vom Strand gehen sie etwas essen, Matti werden Nudeln mit Butter serviert.

»Möchtest du Dessert?«, fragt Georg, nachdem die Kellnerin die Teller wieder abgeräumt hat.

»Nein, ich glaub nicht.«

»Ich auch nicht.«

Ein Versuch, zehn Euro zu sparen und herauszufinden, ob solche kleinen Einschnitte Auswirkungen auf die Stimmung haben, genau wie das Dachgeschoss ein Versuch ist.

Später, im Dunkeln, hört sie von unten gedämpfte Musik, Streicher, die eine langsame, schwofende Melodie spielen, abgelöst von weich klingenden Blechbläsern, wie für einen Tanzabend in den zwanziger oder dreißiger Jahren. Vor einigen Tagen hat sie in ihrem Bildband des London Symphony Orchestra durch die historischen Fotos geblättert, die Musikerinnen dieser Jahrzehnte posierten in langen, glitzernden Abendkleidern zwischen den Herren, wenige Frauen waren es, und sie stachen selbstbewusst hervor.

Sie zählt, es sind noch sechsundzwanzig Tage bis zu ihrem Vorspieltermin. Die Musik klingt, als müssten da unten Leute in weichen Ledersesseln sitzen, Martinigläser in den Händen, sie würde am liebsten aus dem Bett steigen, die Treppen herunter in den Garten huschen und durchs Fenster schauen. Auf einmal wird ihr klar, wie gern sie diesen Job hätte, wie durchdringend gern sie ihn hätte, nicht nur, weil sie wieder Geld verdienen muss; sie hatte gedacht, ein Tanzorchester wäre nichts für sie, hatte trotzdem dort angerufen, um sich zu bewerben, denn was zu ihr passte, entschieden vor allem die Umstände und Möglichkeiten. Dann bekam sie den Termin für das Probespiel. Sie wird üben und sich nicht mehr schonen, sie wird sich ein elegantes, altmodisches Kleid kaufen, etwas Besonderes mit ihren Haaren machen, sie wird sich nicht verstecken. Und dann: Sie bräuchte eine kaputte Amygdala, um ein Probespiel zu überstehen.

Georg schläft, seine Augenhöhlen wirken im grauen Halbdunkel unheimlich, wie schwarze Öffnungen, die Gesichtskonturen verschwimmen zu einer Fratze, sie will sich wegdrehen, aber mit diesem Bild wird sie nicht einschlafen können. Noch einmal sieht sie genau hin, zwingt sich, nichts Düsteres erkennen zu wollen oder auch nur flüchtig an etwas Düsteres zu denken. Das ist Georgs Gesicht im Halbdunkel, mehr nicht.

21 | Sie atmet bemüht gleichmäßig, um sich für Georg unberührbar zu machen: Lass mich, ich schlafe, bitte, wir haben Urlaub, schenk mir noch eine Stunde. Erfolgreich, sie hört, wie Georg Matti im Nebenzimmer anzieht und dabei mit ihm flüstert, sie hört, wie die beiden nach unten ins Bad gehen, und stellt sich vor, wie Georg jetzt eilig duscht, mit dem Blick auf das Kind neben der Wanne. Sie legt sich auf die Seite und zieht sich die Decke über das Ohr, auf den Tag freuen sollte sie sich, doch das Gefühl, sich freuen zu müssen, macht sie umso müder. Aus dem kleinen Plastiketui nimmt sie die Stöpsel, knetet sie kurz und schiebt sie sich in die Ohren, sie zieht sich ihre Schlafhose aus und legt sich das eine Hosenbein über die Augen, still und dunkel ist es jetzt, so unwirklich still, als wäre dieses Zimmer eine dicht verschlossene Kapsel. Die Flucht gelingt, Stunden später wacht sie auf, schaut auf die Uhr, der Vormittag hat sich in Nichts aufgelöst.

»Tut mir leid, ich scheine das gerade zu brauchen«, sagt sie wie ein verschlafenes Teenagermädchen, das verlegen aus seiner miefigen Deckenhöhle hervorgekrochen ist, als sie Georg und Matti am Strand findet und sich, vor Sonne blinzelnd, zu ihnen in den Sand setzt.

Auch am nächsten Morgen kann sie sich dem Sog der Lustlosigkeit nicht entziehen. Wieder stellt sie sich schlafend, wieder spielt Georg mit und kümmert sich leise um Matti. Doch sie weiß, dass er nun unten am Tisch sitzt und auf sie wartet. Sie rührt sich nicht, will sich nur vergraben, fühlt sich zu nichts zu gebrauchen, nicht in der

Lage, vor einem Teller zu sitzen und ein Brötchen aufzuschneiden, das Strandwetter zu bewundern, sie sieht es durch den Vorhang blitzen, den alten Mann freundlich zu begrüßen, wenn er zu ihnen in die Küche kommt, sich seinen Brennnesseltee aufgießt und Matti den Kopf tätschelt. Wie lange wird Georg unten warten, bis er enttäuscht hinnimmt, dass sie selbst heute keine Ausnahme macht? Hey, Geburtstagskind, hört sie seine Stimme und es wirkt wie ein Betäubungsmittel, sie kann nicht. Stunden später wacht sie mit Kopfschmerzen auf, wieder hat sie es geschafft, Zeit zu vernichten, hat einen halben Tag weggeschlafen, sie fühlt sich benommen. Aus dem Garten dringen Stimmen, sie steht auf und schlüpft in ihre Jeans und ein Shirt. In der Küche fällt es ihr schwer, den Tisch zu betrachten. Aus einer Kristallvase ragt eine rote Rose, um die herum Geschenke drapiert wurden.

An der Hausecke auf dem Weg zum Garten bleibt sie stehen. Georg hockt auf einer Decke neben Matti über ein Bilderbuch gebeugt. Er pustet ihm in die Flusenhaare, Matti spricht unfertige Worte, die sie genau versteht, Georg antwortet ihm, hin und her geht es, wie zwei Erwachsene ernsthaft vertieft in ein Gespräch; sie hat den Urlaub mit ihrem Schlaf boykottiert, diesen Tag besonders, sie fühlt sich schäbig.

»Na so was, Geburtstagskind«, sagt Georg, es klingt vertraut, wie an allen Geburtstagen, und doch ist da ein Unterton, der sich auch in seinem Gesichtsausdruck wiederfindet, fragend blickt er ihr einmal direkt in die Augen, bevor er sich wieder Matti zuwendet. Wie eine Besucherin lässt sie sich neben den beiden auf der Decke nieder.

Später, am Tisch, wickelt sie die Geschenke aus. Eine weiche Strickjacke, Kaschmir, in einem hellen, wässrigen

Lindgrün, wie für sie gemacht, federleicht liegt sie auf der Haut und passt. Eine CD, Beethovens Cello-Sonaten und einiges von Schumann, alte Aufnahmen von Jacqueline du Pré, neu aufgelegt. Um interessiert zu wirken, zieht sie das Booklet hervor, blättert und liest darin. Als Nächstes holt sie eine DVD aus dem Papier, die Doku über die Proben und die Tournee des New Yorker Guarneri Quartetts, die sie vor längerer Zeit vergeblich versucht hat bei einem ausländischen Anbieter zu bestellen, als sie meinte, den Film dringend zu brauchen, was ihr jetzt wie aus einer weit entfernten Zeit vorkommt. Georg kann nicht ahnen, wie fern ihr die Geschichten über die kreativen Auseinandersetzungen der vier Musiker, ihr edles, anspruchsvolles Ringen um Harmonie und Kooperation inzwischen sind. Oder doch, vielleicht ahnt er genau das und will sie darauf aufmerksam machen, vielleicht will er ihr sagen: Das wird wieder, glaub an deine Fähigkeiten; doch vielleicht ist da noch ein anderer Gedanke, der in diesem Geschenk mitschwingt: Streng dich mehr an, kümmere dich.

22

Wohin er will, weiß er nicht. Einfach los, mit seinem Kind abhauen. Irgendwohin fahren, nicht auf Ortsschilder achten, in seinen Gedanken spielen sich Roadmovie-Szenen ab, als er Matti in seinem Kindersitz anschnallt und kurz darauf den Motor anlässt. Denn hier hält er es nicht mehr aus, keine weitere Minute. Er hat Matti heute Morgen an der Promenade Förmchen und eine Schaufel gekauft, hat im Nieselregen für Matti, der in Regenmontur durch den Sand stapfte und kroch, eine Burg am Strand gebaut, hat mit ihm noch einen Abstecher zu einem Waldspielplatz gemacht, hat in der Küche gesessen und gewartet. Matti wanderte an den Schränken entlang, tastete sich torkelnd voran wie ein Seekranker, und er saß herum wie ein Idiot, hatte die Butter auf dem Tisch stehen lassen, damit sie für Isabells spätes Frühstück weich war. Er nahm plötzlich diese lähmende Ruhe im Haus wahr. Nichts, keine Tür, keine Schritte, diese Stille sagte ihm höhnisch, dass er ein Trottel war. Worauf wartete er? Dass sie, wie die letzten Mittage, schlaftrunken herunterkam, mit diesem reumütigen Ausdruck in den Augen? – *Tut mir leid, ich weiß nicht, was los ist, ich brauchte das wohl.* Er merkte, dass er gar keine Lust mehr hatte, sie zu sehen.

Während er über die Landstraße fährt, fällt ihm ein, dass er nichts dabeihat, außer Geld und sein Telefon. Keine Wasserflasche für Matti, keine Reiswaffeln, geschweige denn ein Gläschen. Nicht mal eine Ersatzwindel. Kurz überlegt er umzukehren, doch er fährt weiter.

Der graue Himmel wirkt undurchdringlich. Wahrscheinlich hat auch Isabell das gesehen und sich gleich wieder zurück ins Bett gelegt. Soll er doch das Kind durch den zähen Vormittag bringen. Wären sie im Hotel, würde das Wetter ihr nichts ausmachen. Sie würde mit ihm ins Restaurant gehen, einen Mittagssnack bestellen, sie würden schwimmen gehen und abwechselnd in die Sauna, sie würden sich Massagen buchen. Isabell schläft, weil sie all das nicht bekommt.

Sie haben das Apartment gemeinsam ausgesucht, doch aus ihrer Sicht ist es bestimmt nur seine Idee gewesen. Wenn er umkehren und sie wecken würde, komm, wir packen und ziehen um, was soll der Quatsch hier, dann wäre alles gut. Der Gedanke ist verlockend und gerade das frustriert ihn.

Was will sie ihm sagen? Das hier ist nichts wert.

Urlaub ist ein Gradmesser dafür, wie gut oder schlecht es läuft. Alles wird zum Indiz. Ob es die enge Ferienwohnung mit Kunstledersofa ist oder das Strandhotel mit Meerblick und Kinderbetreuung, ob das Ziel mit dem Auto zu erreichen ist oder eine halbe Weltreise entfernt liegt, ob nur im Sommer verreist wird oder es im Winter noch in den Schnee oder irgendwohin, wo Palmen wachsen, geht, alles ist verräterisch. Der billige Urlaub ist ein Blick in den Spiegel oder eine tagelange Vergegenwärtigung der begrenzten Möglichkeiten. Ein Vormittag auf der Hotelterrasse, den zweiten Obstsalat und den dritten Kaffee vor sich, während das Zimmermädchen die Betten macht, besiegelt das beruhigende Gefühl: alles so, wie es sein soll. Er dachte, sie könnten sich über so was hinwegsetzen. Aber da hat er sich geirrt.

Dabei hatten das Haus und sein Gastgeber ihren Reiz.

Hans kochte einen Kaffee, der so gut war, wie Georg ihn lange nicht mehr getrunken hatte. Er mahlte die Bohnen mit einer alten elektrischen Mühle, die bei der Arbeit schrecklich aufheulte, dann goss er jede Tasse einzeln auf, immer wieder frisch, guter, alter Filterkaffee, pur und ohne Milchschaumblödsinn. Am ersten Tag war Georg noch innerlich zurückgezuckt, als er in die Küche kam und am Tisch ein älterer Herr im Schlafanzug saß. Wie aus einer Gewohnheit, sich von Fremden gestört zu fühlen, und umgekehrt zu glauben, er störe Fremde, wollte er sofort umkehren. Der Mann nickte ihm zu, zeigte Schwarzbrot kauend auf den freien Stuhl gegenüber. Georg setzte sich zuerst nur aus Höflichkeit an den Tisch, sah dem Mann zu, wie er seine grüne Plörre trank, dann bekam er den Kaffee angeboten.

Sie hätte dem Ganzen nur eine Chance geben müssen, angefangen damit, versuchsweise mal ihren Gastgeber kennenlernen zu wollen. Hans verdankte er es, dass er morgens ein halbes Stündchen in Ruhe Zeitung lesen konnte. Am zweiten Morgen hatte der alte Mann seine Hand nach Matti ausgestreckt und gefragt, ob er dem Kind den Garten zeigen dürfe. Isabell hätte jetzt sicher *Nein* gesagt, und wenn sie doch zugestimmt hätte, dann wäre sie mitgegangen oder den beiden nach dreißig Sekunden gefolgt. Er selbst hatte das Bemühen, alles abzuwägen, satt. Er hatte keine Lust darüber nachzudenken, ob Hans, den er nicht kannte, mit einem Kleinkind, das nur wackelig laufen konnte, umzugehen wusste. Deshalb ließ er die beiden gehen. Hans zog sich eine Strickjacke über den Schlafanzug und Matti folgte ihm neugierig, ohne zu quengeln. Georg zog die Ostseezeitung zu sich heran, die noch ungelesen auf dem Tisch lag.

Und Isabell stand nicht auf.

Er schaut in den Rückspiegel, Matti ist eingeschlafen. Er stellt sein Telefon lautlos und folgt weiter der Landstraße, vorbei an einigen geduckten, baufälligen Häusern. Vorhin, beim Frühstück las er etwas von einem Antik- und Trödelmarkt in der Zeitung, auf einem Hof, nicht weit von ihnen. Er hat gedacht, das könnte er ihr vorschlagen. Sie mag Flohmärkte, sie hat eine Gabe, geduldig die Augen über Nippes wandern zu lassen, um die schönen Dinge dazwischen zu entdecken. Außerdem kann sie gut verkaufen. In der ersten Zeit nach ihrem Kennenlernen war sie für ihn nicht die *Cellistin* gewesen, sondern sie war die *Frau am Flohmarktstand*. An einem Samstag, auf dem Platz hinter dem alten Schlachthof, sind sie sich begegnet. Die Geschichte dazu könnte man romantisch nennen. Anfangs erschienen Isabell und ihm die Details geradezu magisch. Das führte dazu, dass sie im Freundeskreis viel zu oft davon erzählten. Aus der Begegnung war eine Anekdote geworden, die von Bekannten immer wieder abgerufen wurde. Er muss an eine Dinnerparty denken, es war einer dieser Pärchenabende. Isabell und er gingen zerstritten dorthin. Eisern ignorierten sie sich, unterhielten sich umso engagierter mit den anderen, um die Stimmungslage zu überdecken. Irgendwann landete das Tischgespräch beim Thema Kennenlernen und irgendjemand forderte ihn fröhlich auf, wieder mal die Flohmarktszene zu erzählen. Er tat es folgsam und fühlte sich unwohl. Durch den Streit kam er sich vor Isabell wie ein schlechter Schauspieler vor. Er hatte das Gefühl, die Geschichte zu entwerten, obwohl er für die Situation nichts konnte. Er denkt an besagten Wintertag, an die junge unbekannte Frau hinter dem Tapeziertisch voller Sachen. Sie trug einen weißen Wollmantel. Er sieht noch ihre Hände in den fingerlosen Handschuhen vor sich, die ständig in Bewegung waren, am Haar zupften, etwas auf dem Tisch ordneten, mit einem Feuerzeug spielten, sie rauchte damals. Ihr Gesicht war blass. Sie wirkte ätherisch und dabei rotzfrech in der Art, wie sie mit den Leuten Preise aushandelte. Er musterte einen alten Fernseher, nicht weil ihn das Ding interessierte, er tat nur so, um in ihrer Nähe zu bleiben. Von wann das Gerät wäre, fragte er und gab einen Tipp ab, Mitte, Ende der Achtziger. Damit kannte er sich schließlich aus, ob er wollte oder nicht. Zwanzig Euro, sagte sie forsch, dann wäre der Fernseher seiner, und er lachte und sagte, er würde ihr das Teil gratis zum Sondermüll tragen, wenn sie einen Tee mit ihm trinkt. Hab schon einen, antwortete sie nur und zeigte auf eine Thermoskanne. Und Sondermüll, was für eine Frechheit, sagte sie, der Fernseher würde einwandfrei laufen und wäre mädchenzimmererprobt. Dieses Wort wühlte sein Herz auf. Mädchenzimmererprobt. Beim Händler um die Ecke gekauft, fügte sie hinzu, bei *Radio und Fernsehen*, nix Discounter. Er sagte ihr, in dem Laden wäre er aufgewachsen. Sie sah ihm prüfend ins Gesicht und antwortete dann, wie großartig, das bist also *du*. Stimmt, das *bist* du, wiederholte sie. Der hübsche Junge hinterm Tresen, ich war die Zwölfjährige mit ihrer Mutter, die ihren ersten Fernseher bekam, aber du wirst dich nicht an mich erinnern, sagte sie. Er musste sich zusammenreißen, sie nicht fasziniert anzustarren. An einem der Abende, die sie bald darauf zusammen verbrachten, erzählte sie ihm, dass sie beim Vorbeigehen noch oft in den Laden und nach ihm geschaut hätte. Manchmal hätte sie ihn gesehen, dann seltener, und irgendwann wäre Räumungsverkauf gewesen. Die Geschichte kommt ihm auf einmal unwirklich vor. Als wäre die Frau im weißen Mantel nicht Isabell, und der Typ an ihrem Stand nicht er, sondern Figuren aus einem Liebesfilm. Einem Film, den er fast vergessen hätte, obwohl er ihn vor langer Zeit einmal sehr gemocht hat.

Über die Ironie, die ihm gerade klar wird, muss er bitter lächeln. Isabell, die früher am Schaufenster vorbeiging und nach ihm suchte, und die heute einen Bogen um das Geschäft macht, wenn sie kann. Ein lästiges Anhängsel, das Schwiegermutterding. Dass seine Mutter aus dem Laden ein Wohnzimmer gemacht hat, schrullig natürlich, für alle sichtbar, konnte er nicht verhindern. Nach dem Tod seines Vaters hatte er versucht, sie von einer Zweizimmerwohnung mit Garten zu überzeugen. Sie sträubte sich. Er lässt sie. Als wäre seine Mutter eine schauerliche Irre, sitzt Isabell unnahbar am Kaffeetisch. Für sie ist das Ganze eine Zumutung. Je länger er darüber nachdenkt. Sie spielt die Anrufe seiner Mutter hoch, bläst sie auf zu einem Riesenproblem, und weist ihn hinterrücks darauf hin, dass er immer noch ohne Arbeit ist. Du sitzt selbst jeden Tag und jeden Abend zu Hause, Isabell, vergiss das nicht.

Gestern, bevor Hans mit Matti zurückkam, überflog er die Immobilienanzeigen. Doch gedruckt, ohne die virtuelle Galerie, interessierten sie ihn nicht. Die Seite mit den Todesanzeigen konnte er, wie immer, nicht überblättern, ohne einen Blick auf die Namen, Jahreszahlen und die Begleittexte zu werfen. Aus den wenigen Informationen, die solche Anzeigen preisgeben, muss er sich ein Schicksal zusammenreimen. Das ist die Aufgabe. Friedlich eingeschlafen oder nach langer Krankheit. Tapfer ertragenes Leid oder erfülltes Leben. Jahreszahlen, nach denen jemand viel zu jung starb oder beruhigend alt geworden ist. Eine

Liste Namen von Kindern, Enkeln, Urenkeln, oder keine Namen und nur das Wort *Angehörige*. Gestern las er: *Das Paar, das wir nicht halten konnten*. Das ließ ihn nicht los. Was war da passiert, ein gemeinsamer Suizid? Bevor er umblätterte, zwang er sich, eine Anzeige zu finden, die ihm den Eindruck vermittelte, hier hätte jemand ein gutes Leben und einen recht passablen Tod gehabt.

Auf einmal verlässt ihn die Lust, ziellos mit seinem Kind herumzufahren. Was hat er sich dabei gedacht? Er fährt rechts in einen Feldweg und schaut auf seinem Telefon nach, wie er zu dem Erdbeerhof kommt, von dem Hans ihm erzählt hat. Mit Streichelzoo. Dort wird er Matti einige Stunden bei Laune halten können. Sein Handy vibriert. Jetzt ist sie also wach. Er legt das Telefon auf den Beifahrersitz. Eine halbe Stunde später parkt er neben dem Hof, wartet noch einige Minuten und weckt Matti vorsichtig. Wieder vibriert das Telefon. Mit seinem Kind auf dem Arm betritt er das Gelände, zahlt Eintritt und lässt sich ein Faltblatt mit den Angeboten und Attraktionen geben.

»Dann schauen wir uns doch mal die Ferkel an«, sagt er mehr zu sich selbst und geht mit Matti zum Gehege mit den Wollschweinen. Das Telefon summt in seiner Tasche und er spürt Genugtuung. Weiter wandern sie zu den Schafen. Matti wankt hinter den Lämmern her, und er steht am Zaun der kleinen Weide, betrachtet seinen schnaufenden Jungen. Mattis Nasenflügel beben vor Aufregung.

Vor einem Lehmhäuschen mit Bäckerei, in der angeblich wie im Mittelalter gearbeitet wird, setzt er sich danach an einen der Holztische und bestellt Kaffee und Streuselkuchen. Zwei Gänse watscheln um die Tische und schnattern heiser. Das Telefon summt. Matti fällt in eine

Pfütze und macht sich den Hintern nass. Natürlich hat er keine Ersatzhose für ihn dabei. Isabell würde jetzt sagen, wir müssen zurück, das Kind erkältet sich, Blödsinn, er fragt den Mann am Backofen nach einem Geschirrhandtuch und wischt den Matsch von der Hose. Im Gänsedreck stecken Keime, da wird das Kind krank, hört er sie sagen und lässt Matti auf dem Boden herumrutschen. Er lässt ihn mit schwarzen Fingern Apfelstücke essen, bis der Schmutzbart ihm bis über die Wangen wächst.

Zäh hält er zwei weitere Stunden aus, isst vier Stück Kuchen, zählt die Lämmer durch, kauft ein Kilo Erdbeeren und registriert fünfundzwanzig Anrufe in Abwesenheit.

23 | Sie werden einen Mittagstisch nehmen und die Zusage feiern, Georg will ein mindestens sechs Wochen gereiftes Steak essen, sie wird Rotwein trinken, Rotwein am Mittag, sie wird den Tag mit einem angenehmen Schwindel verbringen, ein weiches, warmes Gefühl der Sicherheit wird sie sich heute genehmigen. Was für eine Erleichterung, er hat eine Zusage.

Auf dem Weg zum Restaurant schiebt Georg Matti in der Karre vor sich her, dann nimmt er ihre Hand, wie lange sind sie nicht mehr Hand in Hand irgendwohin spaziert. Sie streckt ihren Kopf und drückt die Lippen auf seine Wange. Sie bleibt stehen, ihr Mund auf seiner Haut, und schließt die Augen, es kommt ihr sogar verwegen vor, ihr Mund auf seiner Haut, so einfach geht das, verblüffend, *wie* einfach, obwohl die Kluft zwischen ihnen unüberwindbar schien.

Die Kellnerin stellt ihnen einen Korb warmes Brot, eingebettet in eine gestärkte Serviette, auf den Tisch, ein Schälchen Butter dazu. Gleichzeitig nehmen sie jeder eine Scheibe aus dem Korb und ihre Buttermesser von der weißen Tischdecke. Sie kauen und schweigen, aber es ist ein zufriedenes Schweigen. Für Matti bestellen sie Kartoffelstampf, so steht es als Beilage auf der Karte, und sie benutzt brav das Wort Stampf, nicht Brei. Sie lässt den Blick über die Leute an den anderen Tischen schweifen. Überwiegend geschäftliche Zusammenkünfte, Anzugträger oder betont Lässige mit Pulli, Jeans und teuren Turnschuhen. Ein anderes Paar, das, wie sie, zusammen den Mittag hier verbringt, vielleicht arbeiten sie beide in der Nähe. Sie nippt am Rotwein, die anderen sind ihr endlich wieder wunderbar egal, die anderen, denen es gut geht, die hierher gehören, die sich keine Gedanken darüber machen, ob sie auch in einem Jahr, in fünf Jahren hier essen gehen können, mit denen kann sie nun einvernehmlich hier sitzen.

Die Bezahlung sei gut, mehr als gut, sagt er und nickt dabei. Sie sieht, dass er sich freut, und sie muss gleich die Hände um sein Gesicht schließen, weil es sie rührt, dass er seine Freude versucht im Zaum zu halten, aber nicht dagegen ankommt. Wehe, er sagt jetzt wieder, *aber mal abwarten*. Ein Dämpfer in jeder Situation, sie kann es nicht mehr hören, *mal abwarten*. Er sagt es nicht.

Sie sitzen am Küchentisch, Georgs Gesicht bleibt maskenartig ernst, sie bräuchte einen zugeneigten Blick von ihm, ein Lächeln wäre gut, oder eine winzige Regung als Zeichen, damit sie sich weniger schuldig fühlt. Schuld an etwas, das Georg ihr wortlos vorhält, während er Tee trinkt und ins Leere starrt. Seine Zusage hat sich zerschlagen, ein Anruf ließ sie in Enttäuschung, Wut und Angst zerspringen. Wie seine Freude konnte Georg auch seine Ernüchterung nicht verbergen. Es solle nicht sein, sagte er, als hätten sich nicht greifbare Kräfte gegen ihn verbündet.

Sie überlegt, was sie ihn fragen könnte, ob er diesen oder jenen Artikel gelesen hätte, ob die Zahnpasta noch reiche, ob er zum Sport gehen werde, ob, ob, ob, sie muss ein Gespräch in Gang bringen, um eine wenigstens vorgetäuschte Leichtigkeit zu schaffen, sie wie ein dünnes Pflänzchen aus dieser drückenden Stimmung zu ziehen.

»Alles in Ordnung?«, fragt sie und versucht fürsorglich zu klingen, doch sie spürt einen Anflug von Aggression. Muss er da so sitzen, nichts sagen, nichts tun?, sie erträgt das nicht.

»Komische Frage«, antwortet er, sie erkennt ihn nicht wieder. »Alles in Ordnung, nicht wirklich, oder?«, sagt er sehr leise.

Er kratzt mit quietschendem Messer ein leeres Marmeladenglas aus. Matti ordnet versonnen seine Häppchen auf dem Brett, zwischendurch schaut er mal sie, mal Georg erwartungsvoll an, für ihn ist jeder ihrer Blicke, jedes Wort der Impuls für ein kleines Feuerwerk aus Reaktionen, er nimmt seine Umwelt ungefiltert auf. Immer wieder schaut sie ihn an, lächelt, in der Hoffnung, dass er die Stimmung am Tisch nicht spürt. Mit den Händen einfach über den Tisch fahren, denkt sie, links und rechts das Geschirr mit Wucht zur Seite wischen, dass es knallt und scheppert, den ganzen Tisch abräumen, dass die Scherben nur so durch die Küche fliegen, die Messer, die Tassen, die Marmeladengläser. Dem reglosen Georg alles um die Ohren fliegen lassen. Doch sie hält die Hände ruhig, für Matti, alles für Matti, langsam, sehr langsam greift sie zur Kanne und schenkt sich eine Tasse Tee ein.

24 | Wie ein Paar, das zur Arbeit muss. Georg hält ihr die Tür auf, sie tritt auf die Straße, einen Termin zu haben, egal was, und sei es nur bei der Physiotherapie, gibt dem Vormittag eine Form, sie kann die alten Leute verstehen, die sich entlang ihrer Arztbesuche durch die Woche hangeln. Matti wird in die Kita gehen, wie ein Kind, dessen Eltern zur Arbeit müssen. Der Anruf von der Erzieherin, es sei ein Platz zu haben, kam nach der Ostseewoche. Sie erinnert sich, dass sie während des Telefonats die beiden Briefe vom Arbeitsamt auf dem Schreibtisch betrachtete, einer für sie, einer für Georg, wann sie zum nächsten Vermittlungsgespräch kommen sollten. So ein Gespräch hatte sie vor einiger Zeit schon geführt, mit einer Frau, jünger als sie, die still und ratlos ihren Bildschirm ansah, um dann muffig diverse Umschulungen vorzuschlagen, an deren Sinn sie womöglich selbst nicht glaubte, doch etwas anderes konnte diese Frau ihr nicht bieten, wie auch? Isabell kennt ihre Möglichkeiten immer noch besser als jede Sachbearbeiterin, wahrscheinlich dachte diese Frau das auch. Doch sie beide mussten so tun, als könnte dieser Termin einen wirklichen Zweck erfüllen. Für diesen Anlass hatte sie sich auch noch zurechtgemacht, den dunklen Glockenrock angezogen und die teuerste Handtasche mitgenommen, die sie hatte, um klarzustellen, dass sie hier nichts verloren hatte, dass dies hier nur ein Intermezzo war; dann die Überraschung: Die anderen Wartenden sahen auch aus, als hätten sie dort nichts verloren.

Noch acht Tage bis zum Probespiel.

Den Kitaplatz nahmen sie an, denn die Situation konnte, musste sich jederzeit ändern, außerdem sollte Matti sich an andere Kinder gewöhnen und nicht Tag für Tag in seiner geschützten Häuslichkeit verbringen. Geschützte Häuslichkeit, so drückte es Georg aus. Nun hat wenigstens einer von ihnen einen Alltag außerhalb der Wohnung.

Anfangs war ihr nicht wohl dabei, Matti in einem Dschungel aus kratzenden, beißenden Kindern zu lassen, denen Schnodderfäden wie hellgrüne Raupen aus den Nasenlöchern krochen. Er weint noch immer, wenn sie geht. Sie vermutet, dass es an ihr liegt: Ihr fällt der Abschied schwerer als ihm, und damit bringt sie ihn erst dazu, sich an sie zu klammern. Würde sie leichtherzig gehen, oder eilig, unter Zeitdruck, wie andere Mütter, die in ihre Agentur, Firma oder Praxis hetzen, wäre er wahrscheinlich längst mit Bauklötzen beschäftigt; beschützte Häuslichkeit.

Georgs und ihre Tage laufen nach einem festen Muster ab, sie stehen auf, ziehen sich an, einer geht mit Matti aus dem Haus, wenn es Georg ist, holt er auf dem Rückweg Brötchen beim Selbstbedienungsbäcker am Bahnhof, die seien gar nicht schlecht, sagt er, nein, sogar ziemlich gut, viel besser, als er gedacht hätte. Wenn das Telefon klingelt und er rangeht, achtet sie auf seine Stimme, sie kann nicht anders, sie hofft, der Anruf habe etwas mit seinen Bewerbungen zu tun, doch meistens ist es doch nur wieder Erika oder ein Callcenter. Georg kann stundenlang vor dem Computer sitzen, dann schaut er sich Bilder mit Häusern und Gärten im Immobilienportal an; willst du umziehen?, hat sie ihn einmal betont beiläufig, wie zum Scherz, gefragt, nein, nein, ich guck nur so, ich spinn ein bisschen rum, hat er gesagt; wenn er jetzt merkt, dass sie in der Nähe ist, schiebt er etwas anderes vor das Fenster, als wolle er sich nicht erwischen lassen, als hätte er sich statt Häuser Pornos angeschaut. Manchmal putzt er übertrieben sorgfältig das Bad oder die Küche, oder hängt, langsam wie eine Schnecke, Wäsche auf, sie versteht schon, er tut das alles, um sich und ihr zu beweisen, dass seine Zeit nicht nutzlos verstreicht. Damit sie sich nicht ständig in die Quere kommen, sich nicht gegenseitig beobachten und in Verlegenheit bringen, zieht sie sich ins Schlafzimmer zurück und versucht dort zu üben, geht ihr Repertoire für das Probespiel durch, doch trotz der geschlossenen Tür hemmt sie seine Anwesenheit. Erst wenn er unterwegs ist fühlt sie sich wirklich frei in der Wohnung. Regelmäßig klingelt der Paketbote bei ihnen. Auch er scheint inzwischen zu wissen, dass bei ihnen meistens jemand zu Hause ist und er hier seine Lieferungen für die Berufstätigen loswerden kann, sie sind zu einer beliebten Anlaufstelle für die Päckchen der Nachbarn geworden.

Sie verabschieden sich vor der Haustür und sie wünscht ihm Glück für seine Termine. Bevor sie in den Hinterhof biegt, um ihr Fahrrad zu holen, bleibt sie mit Matti auf dem Arm noch einen Moment stehen und schaut Georg hinterher. Nach einigen Schritten dreht er sich zu ihr um, als hätte er ihren Blick gespürt, sie winkt ihm und zu ihrer Erleichterung wirkt er gut gelaunt, er winkt zurück; in dem weißen, schmal geschnittenen Hemd und der gut sitzenden dunklen Hose, den Trench über den Arm gelegt, die alte, wunderschön zerschrammte Ledertasche umgehängt, sieht er aus, als müsse man sich um seine Zukunft keine Sorgen machen, er wirkt nicht wie jemand, der die

Minuten und Stunden zu Hause sortiert und verschiebt wie eine unübersichtliche Menge von Puzzleteilen.

Auf dem Weg von der Kita zur Physiotherapeutin macht sie einen Schlenker durch die schmale Straße, die in sanften Kurven bergab führt, hier fahren selten Autos. Sie tritt zweimal in die Pedale, dann beginnt der Abhang, sie wird immer schneller, lässt die Beschleunigung zu, ohne abzubremsen. Der Fahrtwind rauscht in den Ohren und schirmt alle anderen Geräusche ab, der Wind kühlt die Wangen, vor sich sieht sie die Schattenfelder der Bäume auf dem Asphalt. Ein wohliges Ziehen im Magen, während sie das Bremsen weiter hinauszögert, sie schließt die Augen, fahren, fliegen, an nichts denken, wirklich an nichts, nur das Rauschen hören, durch den kühlen Wind gleiten; dann drückt sie leicht die Handbremse mit dem Gefühl, sie hätte sich noch ein bisschen mehr trauen können, das Tempo einen Moment länger ausreizen können. Vor dem Neubau mit der Apotheke stellt sie ihr Fahrrad ab.

Die Sprechstundenhilfe am Tresen, ein Telefon zwischen Ohr und Schulter, empfängt sie mit einem Nicken und zeigt zum Wartezimmer. Auf dem Tisch liegen, wie immer, alte Ausgaben von *Das Orchester*, dazwischen Broschüren, *Mich macht krank, was ich liebe*, Workshops zur Prävention von Berufskrankheiten, Therapien, Qi Gong, Feldenkrais, Osteopathie, über siebenhundert Euro für zehn Sitzungen. Sie blättert das Heft zu einem Musikergesundheitstag durch, eine Ankündigung mehrerer Vorträge von Experten, das Veranstaltungsdatum liegt über einen Monat zurück.

Noch acht Tage. Dann wird sie vor der Tür eines Proberaums warten.

Ihre Therapeutin geht mit ihr die Übungen für die Rückenmuskulatur und die Dehnung der Schulter durch, wiederholt ihre gut gemeinten Hinweise, achte auf deine Schulter, wenn du spielst, zieh sie nicht nach vorn, erinnere dich daran, trotz Konzentration, dass auch mit wenig Kraftaufwand ein intensiver Ausdruck erreicht werden kann. Danach machen sie zusammen die Atemübungen zur Entspannung, die ihr immer schwerfallen, regungslos auf der Matte liegen und die Luft tief durch die Brust in den Bauch strömen lassen, das hat für sie nichts mit Entspannung zu tun. Wie immer bemüht sie sich, mit geschlossenen Lippen presst sie den Atem durch die Nase in den Körper, doch nach vier oder fünf Zügen hält sie es nicht mehr aus und saugt durch den Mund gierig Luft ein, als wäre sie zu lange unter Wasser gewesen.

»Ich glaube, du brauchst keine weiteren Termine«, sagt die Therapeutin zum Abschied, sie solle auf ihre Körperdisposition und ihre Atmung achten, spult sie wohlwollend ihre Empfehlungen noch einmal herunter, mit einer Zuversicht in der Stimme, die Isabell ungläubig versucht anzunehmen wie ein zu groß geratenes Kompliment. Ihre Schmerzen in der Schulter schienen schon vor Monaten überwunden, dann schlichen sie sich wieder ein, sie ignorierte die Beschwerden so lange, bis sie zu schlimm wurden, und ging wieder zur Therapie, dann sah es ein weiteres Mal aus, als wäre der Arm wieder gesund, doch die Schmerzen kamen zurück, und so weiter, wie gern würde Isabell der Therapeutin glauben, es sei jetzt alles in Ordnung; sie ringt mit sich, denn sie weiß: Da ist noch etwas anderes. Doch der passende Moment ist lange, lange verstrichen, sie hat es von Sitzung zu Sitzung vor sich hergeschoben, inzwischen ist es zu spät. Sie wollte nicht die

Person sein, deren Hände zittern, und nun will sie nicht die Person sein, die es verschwiegen hat.

Die Sonne steht günstig über den Bistrotischen vor dem Feinkostladen, einige Leute lesen, einige essen, es ist kurz nach zwölf, eine Frau hält mit geschlossenen Augen ihr Gesicht ins Sonnenlicht, zwei Mütter unterhalten sich leise, während ihre Säuglinge unter dem Verdeck der Kinderwagen schlafen, wie oft hat sie selbst hier mit Matti so gesessen.

Sie studiert die Tageskarte auf der Schiefertafel neben der Tür, Penne mit Gorgonzola und Walnüssen, Rotbarsch mit Fenchelgemüse und Safranreis, Rote-Bete-Suppe. Ein Tisch ist noch frei und sie setzt sich. Nur die Suppe, denkt sie, mehr muss nicht sein, und den Kaffee danach, den kann sie sich zu Hause kochen – doch der Versuch, ein klein wenig sparsam zu sein, gibt ihr nicht das Gefühl, sich dieses Mittagessen in der Sonne, in diesem immer leicht überteuerten Bistro erlauben zu können, im Gegenteil, mit diesen Gedanken fühlt sie sich erst recht fehl am Platz; als die Kellnerin an den Tisch kommt, bestellt sie den Rotbarsch und dazu hausgemachte Ingwerlimonade mit frischer Minze.

Sie zupft an einem Stückchen Baguette und beobachtet die Leute, eine Frau grüßt im Vorbeigehen, sie kennen sich vom Spielplatz und flüchtigen Begegnungen beim Windelkauf. Norbert radelt vorbei, auf dem Gepäckträger sein zusammengerolltes Handtuch, seitdem das Wetter ihn wieder lässt, schwimmt er täglich seine Bahnen im Freibad. Sie schaut ihm hinterher, streckt dann die Beine aus und legt den Kopf ein wenig zurück.

Es dauert nicht lange und die Kellnerin serviert das Essen. Noch während Isabell das Besteck aus der Papierserviette wickelt, bleibt jemand an ihrem Tisch stehen.

»Na, wie schön, *dich* mal wieder zu sehen«, sagt Maggie, eine Tüte aus dem Feinkostladen in der Hand. »Geht es dir gut? Ich will dich gar nicht stören. Möchtest du allein essen? Sonst würd ich mich kurz auf einen Kaffee zu dir setzen.«

»Setz dich gern«, sagt sie, obwohl sie sich natürlich gestört fühlt. Ihr ist jetzt nicht danach, jemanden aus dem Musical zu treffen, sie wäre lieber allein, stattdessen muss sie sich nun auf die üblichen Fragen gefasst machen: Wie läuft es so? Wo spielst du jetzt? Hast du was Neues gefunden? Maggie bestellt einen Espresso und pflückt sich ein Haar vom Jackett, ihre weiße Bluse ist streng bis zum Hals zugeknöpft, am Kragen sitzt eine Brosche, schillernd wie ein Käfer. Isabell drapiert sehr langsam ein paar Karottenstäbchen zu einem Stückchen Fisch und schiebt alles zusammen auf die Gabel, sie fragt sich, welche Rolle sie für Maggie spielen soll, die Gelassene, die das Musical kaum vermisst? Die kein Problem damit hat, dass sie zurzeit nicht arbeitet? Maggie weiß, dass ihr Vertrag im Februar nicht verlängert wurde.

»Wie läuft es bei euch?«, fragt sie, um Maggie zuvorzukommen, und achtet darauf, dass sie fröhlich klingt.

»Sie haben die Streicher abgeschafft – wie heißt es? *Digitalisiert*!«, Maggie verzieht bei dem Wort ironisch das Gesicht und zuckt mit den Schultern, als würde sie etwas bedauern, das nicht direkt mit ihr zu tun hat, »bis auf die erste Geige, die darf bleiben. Aber Alexander macht es nicht mehr, er ist gegangen.«

»Sebastian ist auch nicht mehr dabei?«

Maggie schüttelt den Kopf, mit ihrem dramatischen

Lidstrich und dem toupierten Pony erinnert sie Isabell an Juliette Greco, die heutige, kürzlich sah sie ein Foto in der Zeitung, vielleicht denkt auch Maggie an die Greco, wenn sie sich zurechtmacht.

»Sie wollen im alten Musicalpalast ein zweites Stück auf die Bühne bringen. Sebastian und ich müssen aber wieder vorspielen, um engagiert zu werden. Obwohl Sean für den Anfang die Leitung haben wird, später wird er an einen Neuen übergeben.«

»Und – wirst du dich bewerben?«, fragt Isabell.

»Es ist noch nicht entschieden, was sie auf die Bühne bringen wollen. Wird es *Tarzan*, nein, dann nicht, für *Les Miserables* spiele ich noch einmal vor.« Maggie lässt ein Stück Zucker in ihren Espresso fallen.

»Wie ist es mit dir? Hättest du nicht Interesse?«

Isabell tupft mit einem Stückchen Brot etwas Soße auf, »mal sehen«, murmelt sie nur. Um vom Thema abzulenken, erzählt sie von der Physiotherapie. Die hätte ihr gutgetan, die Auszeit wäre nützlich gewesen, um sich zu orientieren. Das Schulterproblem sei langwierig geworden, sie hätte das unterschätzt, hätte zu früh wieder angefangen zu spielen und insgesamt mehrere Therapiezyklen gebraucht, all das kann sie mühelos erzählen, denn es ist im Prinzip ja auch die Wahrheit, bei jedem Satz nickt Maggie langsam.

»Ich habe einiges über Atemtechnik gelernt«, fügt Isabell hinzu, als wären die letzten Monate für sie ein Gewinn gewesen.

»Dann hast du also an deinen Stressproblemen gearbeitet? Das ist gut«, sagt Maggie und klingt dabei ernst und freundlich zugleich, als wäre sie eine Psychotherapeutin, die eine Patientin lobt und sie dabei gleichzeitig unbeeindruckt auf das eigentliche Thema lenkt.

»Mein Problem waren vor allem die Schmerzen im Arm.«

Sie bemüht sich, weiterhin zufrieden zu wirken. »In einer Woche habe ich ein Probespiel.«

»Ach wirklich? Wofür?«

»Ein Tanzorchester. Kein Vollzeitjob, aber mehrere Wochen Tournee im Jahr und viel hier in der Stadt.«

»Das hört sich interessant an. Bist du aufgeregt?«

»Nein, eigentlich nicht. Ich nutze die Zeit, um mich gut vorzubereiten.«

»Was ich dazu noch sagen wollte – ich finde ja, Lampenfieber und Auftrittsängste sollten kein Tabuthema sein. Wir alle müssen offensiv damit umgehen, damit wäre vielen geholfen, damit wäre auch dir geholfen gewesen.«

Das kommt ausgerechnet von Maggie, denkt Isabell, Maggie, die sich im Graben aus allem rausgehalten hat, die ihr gerade an dem Abend, an dem Alexander seinen Scherz mit ihr gemacht hatte, im Flur vor dem Waschraum ausgewichen war, Isabell erinnert sich genau an das Gefühl dieses Abends, sich vor dem Solo mehr denn je zu fürchten und mit niemandem sprechen zu können. Ausgerechnet jetzt braucht Maggie nicht mehr damit anzufangen. Sie beschließt, nicht weiter auf das Thema einzugehen und sich nicht aus der Fassung bringen zu lassen.

»Dieses Vorspiel wird sogar ein bisschen Spaß bringen. Ich hab Tanzklassiker aus den Zwanzigern und Dreißigern vorbereitet«, sagt sie und holt ihr Portemonnaie aus der Handtasche, damit sie gleich zahlen und gehen kann. Sie schiebt den Teller mit dem halb aufgegessenen Fisch ein wenig zur Seite.

»Tanzklassiker, wie unterhaltsam. Da wünsche ich dir viel Glück«, antwortet Maggie und schaut auf die Uhr, dann holt sie ebenfalls ihr Portemonnaie aus der Tasche, ein schweres Etui aus schwarzem Lackleder, mit einer energischen Bewegung zieht sie einen Zwanziger heraus. »Darf ich dich einladen?«, fragt sie und geht, ohne eine Antwort abzuwarten, in den Laden, um am Tresen zu zahlen. Isabell wehrt sich gegen das Gefühl, Maggie hätte Mitleid mit ihr.

25

Ein Ortsschild an der Landstraße holt ihn aus der Lethargie gleichbleibender Geschwindigkeit. Kurzentschlossen bremst er, wendet an einer Bushaltestelle und biegt ab. Das Gerät fordert ihn auf umzukehren, die Stimme lässt ihm fünfzig Meter, dann fordert sie ihn wieder auf, und wieder. »Kehren Sie, wenn möglich, um.« Wie beunruhigt die Stimme durch die monotone Wiederholung klingt, »Kehren Sie –«, drängend, »– wenn möglich, um«, sogar ängstlich, geradezu hysterisch.

»Halt's Maul«, entfährt es ihm, »ich fahr, wohin ich will.« Grob stellt er das Gerät aus. Langsam rollt er durch das Dorf, vorbei an der Kirche, und entdeckt die Straße, an der er abbiegen muss. Er ist richtig, alles kommt ihm bekannt vor, er fährt weiter, ein paar Kilometer sind es noch. Er verlässt das Dorf und kommt vorbei an Maisfeldern, vorbei an der Kuhweide und dem Hof mit den hohen Eichen. Schließlich erreicht er den holprigen Feldweg und fährt kurz darauf im Schritttempo an der Einfahrt vorbei. Das Tor ist geschlossen, vielleicht ist niemand zu Hause, ein Auto sieht er zumindest nicht. Er stellt den Motor ab und wartet.

Sein Blick fällt auf die Zigarettenschachtel im Fußraum vor dem Beifahrersitz. Diese Schachtel begleitet ihn seit vierzehn Tagen. Nicht im Auto, denkt er, der Geruch bleibt in der Kleidung hängen, das könnte man beim nächsten Gespräch riechen. Er steckt sich eine an und öffnet die Fahrertür. »Bewerbungen von Leuten wie Ihnen überraschen mich nicht mehr, bei der Marktlage«, hat der Mann mit wohlwollendem Trübsinn in der Stimme zu ihm gesagt. Georg war ihm dankbar, er musste sich also nicht dafür rechtfertigen, dass er siebzig Kilometer gefahren war, weil er ein Lokalreporter – vorerst ohne Festanstellung, aber mit Aussichten auf mehr – werden wollte. Seine rahmengenähten Schuhe glänzten unanständig. »Sie haben ein Auto?«, fragte der Mann, ja hatte er, noch zumindest.

Er steigt aus, öffnet die Pforte, geht zum Haus und klingelt. Bevor er wie ein Eindringling über das Grundstück spaziert, sollte er sichergehen, dass Björn und Maud nicht zu Hause sind. Er achtet auf Geräusche, doch alles bleibt ruhig. Durch das Türfenster schaut er in die Diele. Dort ist es dunkel, es stehen keine Schuhe herum. Er geht zur anderen Hausseite, an der Mauer lehnen zusammengeklappte Gartenstühle. Leicht bewegt sich sein Hosenbein und er zuckt zusammen, eine graue Katze schmiegt sich lautlos an ihn. Nicht, denkt er, und verjagt sie mit einem kleinen, angedeuteten Tritt. Seine Allergie, rote Augen und ein Kribbeln in der Nase, kann er heute nicht gebrauchen.

Eine Weile bleibt er auf der Terrasse stehen und achtet auf das Rauschen der Bäume. »Wir zahlen mittelmäßig, das sag ich Ihnen lieber gleich«, ohne Umschweife hat der Mann ihm einen Betrag genannt, das war immerhin direkt und fair, Georg rang sich ein sportliches Lächeln ab. Eigentlich hätte er lachen müssen, wie über einen schlechten, nein, einen gelungenen Scherz, er war zu qualifiziert und auch zu alt, um mit dem Angebot einverstanden sein zu dürfen. Aber was half es, fünf Monate lang hatte er versucht, sich nicht unter Wert zu verkaufen, mit dem Ergebnis, dass er sich gar nicht verkauft hatte. Beim Gehen legte er sich den Mantel über den Arm und hängte sich die Tasche um, auch da war sein Auftritt zu geschliffen. Der Mann sah ihn freundlich, vielleicht sogar belustigt an, »Ich kann Ihnen nicht verübeln, wenn Sie lieber woanders arbeiten.«

Die Anstellung ließe sich nicht mit Isabells und seinem Lebenskonzept vereinbaren. Die Redaktion liegt zu weit außerhalb, das Pendeln wäre zu teuer bei der Bezahlung. Sie müssten dort leben. Er stellt es sich vor: Dort, in einer beliebigen Kleinstadt, in einem kleinen Haus zu wohnen, das höchstwahrscheinlich einen Spottpreis an Miete kosten würde. Eine Möglichkeit, die ihnen theoretisch offensteht. Er kann diese Variante in Ruhe drehen und wenden, wie einen ungewöhnlichen Gegenstand, einen seltsam und schön gefärbten Stein oder ein deformiert gewachsenes Gemüse. Die Möglichkeit fasziniert ihn sogar, wie es faszinierend ist, eine völlig abseitige Idee zum ersten Mal ernsthaft in Erwägung zu ziehen. Er sieht wieder die kleine Einkaufsstraße vor sich, dort würden sie die Karre mit Matti entlangschieben. Drei Läden standen leer. Die blinden Fenster und vergilbten Schilder mit Telefonnummern sahen nicht aus, als würde sich an dem Zustand bald etwas ändern. Doppelhaushälften, denkt er, Wochenendeinkäufe bei Discountern in Industriegebieten, Bescheidenheit, Verzicht auf –? Im Prinzip auf alles, was sie gewohnt sind. Die Kleinstadt ist ihm fremd. Was konnten sie dort finden? Sorglosigkeit. Sicherheit. Freiheit. Eine Freiheit, die nur er verstehen würde. Die Freiheit, ein kleinbürgerliches, überschaubares Leben zu führen. Ja, überschaubar! In einem Rahmen, der ihn nicht überforderte. Der ihn nicht dazu zwang, nachts wach zu liegen und sich um die immer selben Fragen zu drehen. Wie lange würden sie so durchhalten? Was würden sie machen, wenn es nicht mehr ging? Wo würden sie eine Wohnung finden? Wer würde sie überhaupt nehmen? Zwei Arbeitslose. Alles, was er wollte, war sein Herz zu erleichtern. Ein überschaubares Leben führen. Wie er sich danach sehnte. Ja, es war kleinkariert. Sollte es doch. Nach außen hin würde er wie die anderen Spießer hier leben, aber nur scheinbar. Denn eigentlich wäre er inkognito. In Wirklichkeit ein Aussteiger. Einer, der sich dem Leistungsprinzip der Großstadt verweigert und entzieht. Der Selbstgefälligkeit der Leute, die in seine Nachbarschaft gezogen sind. Die nicht wissen, wie es dort vor dreißig Jahren ausgesehen hat. Die es gar nicht wissen mussten. Denn es bedeutete nichts! Das alles würde er hinter sich lassen. Freiwillig! Die Mittelmäßigkeit der Provinz wäre *seine* Form der Autonomie, *seine* Alternative, *sein* Ausgang. Diesen Ausgang wenigstens schon mal im Blick zu haben, damit kommt er auch seiner Idee von Freiheit näher. Diesen Entwurf könnte er in der Hinterhand haben. Für alle Fälle. Ob Lokalreporter oder nicht. Wenn es sein muss, auch als Nachtwächter oder sonst was. Er müsste Isabell davon überzeugen. Denn im Prinzip sucht sie doch auch nach einem Ausgang, sie weiß es nur noch nicht.

Mit welcher Haltung sie ihren Beruf ausüben wollten, das sollten sich viele in dieser Branche wieder fragen, hat ein ehemaliger Kolumnist der Washington Post nach dem Verkauf in einem Essay gefordert. Im Hinblick auf seine eigene Situation kann er diese Anregung nur frustrierend finden, oder, damit es sich leichter anfühlt: amüsant. In jedem Fall sehr weit entfernt von seiner Realität. Vorhin war er jemand, der versuchte, an bodenständigen Lokaljournalismus zu glauben, in knapp zwei Stunden, beim nächsten Termin, wird er ein anderer sein müssen.

Zwischen Mauer und dichtem Gestrüpp drängt er sich um die Hausecke zu den Gemüsebeeten. Sie sehen gepflegt aus, frische dunkle Erde, junge Pflanzen. Die Glasscheiben vom Gewächshaus sind geputzt. Jemand hat fleißig, kontinuierlich sein Werk fortgeführt. Liebevoll. Er blickt runter, sieht seine Spuren in der Erde und hebt einen Zweig auf, um seine deutlichen Schuhabdrücke am Rand des Beets zu zerkratzen. Also wohnen die beiden noch hier. Sie leben wirklich noch hier. Sie haben das weder vorgetäuscht, noch haben sie aufgegeben. Sie tun es einfach und es gelingt ihnen. Langsam wandert er zu den Obstbäumen. Ein Windstoß schickt weiße Blüten durch die Luft, Kirsche oder Apfel, er weiß so was ja nicht genau. Wie auch immer, die Blüten sehen schön aus. Wären die Beete doch voller Unkraut und die Reste im Gewächshaus vertrocknet. Die Zimmer unbewohnt und die Fenster schmutzig. Dann würde es ihm jetzt besser gehen. Ihm fallen die Bauwagen ein. Über den Trampelpfad erreicht er die Lichtung. Die Holzwagen sind bunt bemalt, anders als bei seinem letzten Besuch. Er setzt sich auf eine verblichene Korbbank, rupft ein paar Grashalme ab, zerreibt sie zwischen den Handflächen und riecht das säuerlich scharfe Grün. Als er Isabell – nur zum Spaß – die Fotos eines preiswerten Bauernhofs im Internet gezeigt hat, lachte sie ihn aus. »Echt? Aufs Land? Du holst dir doch schon ein Pflaster, wenn du dich an einem Blatt Papier geschnitten hast.«

Seine Manschetten kommen ihm plötzlich eng vor und er würde sich gern die Ärmel hochkrempeln, doch das würde Falten im Stoff geben, die könnte man später sehen. Also lässt er es lieber. An einem Türgriff hängt ein Springseil mit roten Griffen, er zieht es zu sich heran. Jemand hat ihm mal gezeigt, wie ein Henkersknoten funktioniert. Er fragt sich, ob er es noch kann. Die klobigen Griffe machen es nicht leicht, aber der Knoten gelingt. Er schaut sich um und überlegt, wo er den Strick platzieren könnte, für einen kleinen makabren Scherz. Ein irritierendes, fast leicht zu übersehendes Detail, das verrät: Irgendjemand ist hier gewesen.

Was machte er hier?

Er sieht Mauds herzförmiges Gesicht vor sich. Björn und ihr Landleben, ein gescheitertes Experiment. Das hätte ihm gutgetan. Wenn die beiden es nicht geschafft hätten, müsste er es doch gar nicht erst versuchen. Aber das muss er ohnehin nicht. Was denkt er sich hier zusammen? Die Kleinstadtfantasien funktionieren vielleicht noch, aber das hier, wie sollte er Isabell davon überzeugen? Er selbst hat doch keine Ahnung, was da auf sie zukäme. Sei vernünftig. Langsam löst er den Knoten wieder, schaut auf die Uhr, legt das Seil ins Gras und schiebt es mit dem Fuß zurecht, damit es wie zufällig hingeworfen aussieht.

Als er im Auto sitzt, meint er im Augenwinkel einen Van näher kommen zu sehen. Schnell lässt er den Motor an, der Wagen macht einen Ruck, er hat den Gang dringelassen. Er startet nochmals und fährt, so schnell er kann, in die falsche Richtung davon, damit er den anderen nicht begegnet.

Eine schüchterne Assistentin stellt das Teegeschirr für ihn auf den Tisch, der Löffel zittert unter dem Henkel der Tasse. Vier Ausgaben liegen aufgefächert vor ihm. Er nimmt eines der Hefte, auf dem glänzenden Titel eine Fensterfront, durch die man auf Dünen und Meer blickt. *Sylt oder Hamptons? Die schönsten Küstenlagen.* Auf der ersten Seite ein Foto der Firmenchefin mit ihrem Begrüßungstext an ihre Kunden. Danach eine Bilderstrecke über architektonisch herausragende Swimmingpools in verschiedenen Stilen, dann eine über Gartenarchitektur mit Beispielen aus unterschiedlichen Klimazonen. Ländertipps mit weißen Stränden und türkisblauem Meer, dicht bebauten Skylines und kühnen Holzkonstruktionen mitten in Urwäldern. Er riecht verstohlen an seiner Achsel, scheint okay zu sein, er schwitzt nicht. Dann gießt er sich eine Tasse Tee ein und schaut sich um. Vor dem fünf oder sechs Meter hohen Fenster steht ein Tisch mit einer gigantischen Vase, darin Blumen größer als Honigmelonen. Er blättert weiter. Die zweite Hälfte der Broschüre ist dem Angebotsportfolio des Maklers vorbehalten. Bauhaus, Gründerzeit oder neureiche Architektenprotzerei in den Speckgürteln der Großstädte. Dann Südeuropa, USA, Südamerika, Afrika, Asien, diverse Inseln. Penthäuser in Manhattan. Die nächste Krise wird noch schlimmer. Wolkenkratzer in São Paolo. Überbevölkerung. Moderne Siedlungen in Hong Kong. Smogalarm. Luxus-Lodges in Ostafrika. Getreidespekulation. Villen auf den Malediven. Klimawandel. Alles, alles wird untergehen. Kredite, Zinsen, Beton, Flugmeilen, mehr, mehr, mehr. Potentiale. Lagen. Investitionen. Renditen. Alles wächst und wächst, und wird am Ende doch kollabieren. Wenn Menschen wie er wenigstens schon mal ihre Kaufkraft verlieren, kein Flugzeug mehr besteigen können, ihre Reisen nach Thailand, Neuseeland oder auf die Malediven für sich abhaken können, den Skiurlaub ebenfalls, das Auto am besten auch noch, überhaupt eine Menge für sich abhaken können, dann kann das nur gut sein für die Welt. Für Mattis Welt.

So oft ist er an diesem Haus vorbeigefahren und hat immer einen angewiderten Blick auf das große Goldschild neben der Pforte geworfen. Sorgfältig pflegt er seine Verachtung für Luxusmakler. Für Leute, die mit ihren Käufen und Verkäufen, ihrer Wertsteigerungsmentalität das Wohnen für Menschen wie ihn zu einem Problem gemacht haben. Zu einem unwägbaren Faktor in der eigenen Zukunftsplanung. Zu einem Lebensthema. Hat sein Vater je über Immobilien nachgedacht, wie er es jeden Tag tut? Mit einer dumpfen Unzufriedenheit und dem Gefühl, alles falsch gemacht zu haben? – Und nun sitzt er hier auf Empfehlung eines Kollegen, wurde in einer Mail von der Geschäftsführerin ausdrücklich zur Bewerbung ermutigt, weil sie ihn für ihr Team so passend fände; seine Haltung für jetzt, vierzehn Uhr dreißig: Er sollte vorgeben, mit den Zielen dieser Branche vollkommen einverstanden zu sein. Er sollte vergessen, dass er dieses Milieu zum Kotzen findet.

Im Eingangsbereich wird jemand verabschiedet, kurz darauf kommt die Inhaberin in den Salon und bittet ihn in einen anderen Salon. Als er ihr gegenübersitzt, denkt er sofort: Sie ist der Feind. Er schlägt die Beine übereinander und lächelt sie an. Ihre blonden Haare sind zu Wellen geformt, doch wirken, anders als auf dem Foto, zerschlissen. Sie würde jemanden für ihr Kundenmagazin suchen. Sie hätte mit einer Agentur zusammengearbeitet, sei aber nicht mehr zufrieden. Die Fäden wolle sie nun selbst in der Hand haben. Er nickt freundlich. Etwas stimmt mit ihrem Mund nicht. Er braucht einen Moment, dann weiß er es. Ihre Mundwinkel sind nicht symmetrisch. Eine Seite sitzt einen Tick höher als die andere. Fäden in der Hand. Er muss an die unsichtbaren Fäden von Marionettengliedern denken und stellt sich vor, dass bei ihr nur etwas an einem Mundwinkel geruckelt werden müsste, damit das

Gesicht wieder in Form ist. Er schenkt sich ausgesprochen bedächtig ein Glas Wasser ein, um Gelassenheit zu beweisen. Zudem wäre ein englischsprachiges Mitarbeitermagazin als E-Paper geplant, das an alle Büros weltweit gehen solle. Das Büro in Rio de Janeiro solle die Erfolge der Kollegen in Sydney kennen.

»Warum interessieren Sie sich für unsere Publikation?«

Vor dieser Frage hat er sich gefürchtet, er faselt irgendwas von soliden Rahmenbedingungen für mehr Qualität der Geschichten und blickt sie mit den wachen Augen des Enthusiasten an.

Was machte er hier?

Ihre Klientel sei anspruchsvoll. Der Job wäre eine Herausforderung. Sie würde viel verlangen. Ihre Hände sehen schrumpelig aus, ihre Wangen wirken wie aus Gummi. Für ihn würde die eigentliche Herausforderung darin bestehen, seinen Ekel unter Verschluss zu halten. Er verachtet, wie hier mit jedem Detail Überlegenheit inszeniert wird. Dass diese Inszenierung tatsächlich auf ihn wirkt, ihm ein leichtes Gefühl von Minderwertigkeit gibt, verschlimmert die Situation. Seinen Ekel *und* seinen Komplex müsste er unter Verschluss halten. Er kann hier nicht arbeiten. Er *darf* hier nicht arbeiten. Er würde alle seine Ideale verkaufen. Es wäre wie Aufgeben. Etwas Besseres als *das* hier musste doch möglich sein. Mit dem kleinen Finger tastet sie die Innenseite ihres rechten Nasenflügels ab. Sie popelt, er schaut diskret zur Tür. Auch wenn sie es mit dieser eleganten Fingerbewegung anders aussehen lassen will, popelt sie. Nach seinen Arbeitsproben zu urteilen, spricht sie weiter, scheine er sich mit Kunst auszukennen. Er überlegt und weiß nicht, wie sie darauf kommt. Das sei gut, lobt sie, der Kunstmarkt interessiere ihre Kunden außerordentlich für die Einrichtung ihrer Häuser. Die Kunst solle auch einen Platz im Magazin bekommen. Außerdem dürfe sich nicht jeder, der Großes gestaltet, auf eine wunderbare Weise als Künstler sehen? Auch ihre erfolgreichen Kunden dürften das, auch sie selbst, in aller Bescheidenheit. Wenn sie an ihre vielen Mitarbeiter denke, an die Dependancen in aller Welt, etwas derart Komplexes zu entwerfen sei doch auch schon eine Form der Kunst, was sie vollbracht habe, sei die Erschaffung einer einzigartigen sozialen Skulptur. Er muss sich verhört haben.

26 | Anstatt nach Hause zu gehen, sucht sie im Feinkostladen langsam die Regale ab, studiert in Ruhe Risottomischungen in durchsichtigen Tütchen, nimmt sich einen Einkaufskorb, legt getrocknete Wildfeigen und ein Glas Rosenkandis hinein, sie hat keine Eile. Biohonig mit Lavendelblüten, Pfefferschokolade, Maronenaufstrich, den Georg mag, und das noch und das noch und das noch, ohne auf die Preise zu achten, ohne Summen im Kopf zu addieren, Himbeeressig und Gewürzmischungen für Pastagerichte. Zufrieden beobachtet sie, wie die Zellophantüten und die schweren Gläser in einer mit Schnörkelschrift verzierten Jutetasche verschwinden, erst ab einer bestimmten Kaufsumme gibt es diese Stofftaschen, Maggie hatte eine aus Papier. Sie fragt sich, was Sebastian nun macht; und sie, sie wäre nun also auch nicht mehr in diesem Ensemble, selbst wenn sie jeden Abend vorbildlich gespielt hätte, sich nicht hätte krankschreiben lassen und die Rückkehr weiter und weiter aufgeschoben hätte. Tröstlich kann sie das nicht finden, ein einzelner Violinist, daran ist nichts Tröstliches.

Sie beschließt, weiter durchs Viertel zu spazieren, biegt in eine Seitenstraße, ein Auto fährt donnernd über das Kopfsteinpflaster, diese Ecke mag sie besonders, einige Häuser sind in Bonbonrosa und Türkis gestrichen, die Farben haben etwas eigensinnig Kindliches, viele Balkone sind überwuchert, die Pflanzen wachsen aus bunt bemalten Töpfen, schlängeln sich durch die gusseisernen Geländer bis über die Wände, die kleine Straße hat etwas Verwunschenes.

Aus einem offenen Fenster schwebt Klavierspiel, in einem Souterrain hat sich vor Kurzem eine Galerie eingerichtet, Isabell bleibt vor dem Fenster stehen, schaut hinein und kann einige Fotografien erkennen, Bilder von Wäldern und Lichtungen, dünne Pfade, die im dichten Grün verschwinden, die Bilder spielen mit Schärfen und Unschärfen, sie wirken auf verlockende Weise geheimnisvoll. Sie geht weiter zur Polsterei, bei der ihre Mutter vor zwanzig Jahren Stühle hat polstern und beziehen lassen, der Inhaber ist nun alt und findet keinen Nachfolger, hier vor dem Laden hat sie gespielt, Kästchen hat sie gemalt und ist auf einem Bein gehüpft, und er kam aus seinem Laden und hielt ihr eine Schale mit klebrigen Kirschlollis, Brausepulver und anderem Zeug hin, aus der sie sich was nehmen durfte. Drei Mädchen malen mit bunter Kreide Bilder auf die Steinplatten, sie weicht aus, um nichts zu verwischen, geht noch ein Stück die Straße entlang, bleibt kurz vor der Boutique stehen, dann geht sie hinein.

Das Kleid der skandinavischen Designerin, knielang, mit einem Rock aus Plissees und einem dünnen Lackgürtel scheint wie für ein Vorzimmerfräulein aus einem Sechziger-Jahre-Film gemacht, es sieht umwerfend aus. Sein Preis liegt jenseits der Schmerzgrenze, wie vieles in dieser Boutique. Sie betritt den Laden normalerweise nur, nachdem der Schlussverkauf begonnen hat. Angezogen sieht das Kleid noch besser aus, es kostet eine Viertelmonatsmiete; die Miete ist Anfang des Jahres erhöht worden, sie erinnert sich an den Tag, als im Briefkasten die Post vom Verwalter lag. Ein runder, schillernder Kronleuchter hing wie ein Überraschungsgeschenk im Eingangsbereich von der frisch gestrichenen Decke und wollte nicht in das Bild passen, das sie von ihrem Haus hatte, dem ergrauten, unscheinbar hübschen Altbau, der nun nicht mehr grau war, sondern blitzblank hellgelb die Straße anstrahlte. Allgemein galt das wohl als Bereicherung, für das Stadtbild und für die Mieter, die nun von sich sagen konnten, in einem wirklich ansehnlichen Haus zu wohnen. Ein Elektriker schraubte die alten Klingelknöpfe neben den Wohnungstüren ab und tauschte sie gegen goldene aus, als wollte der Vermieter ihnen zeigen, sehen Sie, für Ihr Geld bekommen Sie auch was. Sie dreht sich zur Seite und schaut über die Schulter den Rücken herunter, dann stellt sie sich wieder gerade vor den Spiegel. Sie hätte sogar passende Schuhe. Bis Februar nächsten Jahres noch ALG I, sie ist also bis Ende Februar versorgt, sie könnte auch sagen, bis Anfang März, wenn sie es nicht so genau nimmt, oder: beinahe bis zum nächsten Frühling, weil das schöner klingt. Wenn sie wollte, könnte sie deshalb sagen: Bis dahin ist es noch eine lange Zeit. Wenn sie das Kleid nimmt, sollte sie das Preisschild verschwinden lassen. Nein, sie sollte das Kleid eigentlich gar nicht erst kaufen. Bevor sie es zurück auf die Stange hängt, zögert sie noch einen Moment, es zurückzuhängen ist vernünftig, doch vielleicht ist es auch nur mutlos, sie ist ein Feigling.

Mit einem Gefühl der Ernüchterung, das sie oft beschleicht, wenn sie etwas anprobiert, aber nichts gekauft hat, verlässt sie das Geschäft. Auch kommt sie sich der Verkäuferin gegenüber wie eine Schummlerin vor, eine, die sich alles ansieht, die sorgsam gefalteten Shirts zerwühlt, doch keinen Euro bringt.

Da hat sie jetzt eine Viertelmonatsmiete gerettet, ist das nun viel oder wenig? Es ist natürlich viel, und es ist doch verdammt wenig. Ob sie dieses Kleid kauft oder nicht, ändert nichts an der Gesamtsituation. Nur ein geglückter Vorspieltermin kann diese Situation retten; und auf einmal packt sie eine panische Vorahnung, dass sie das Probespiel nicht schaffen wird. Sie braucht dieses Kleid.

Sie klammert sich an Äußerlichkeiten, anstatt an ihrer Musik zu arbeiten, würde Georg vielleicht sagen. Was für ein fantasieloser, altväterlicher Einwand, was weiß er schon? Sie geht die zwei Stufen zur Ladentür wieder hoch und steuert zielstrebig die Plisseefalten an. Sie wird sich etwas Teures kaufen, denn *noch* kann sie sich etwas Teures kaufen. Mit einem Seufzen, in der Art, ich konnte doch nicht widerstehen, legt sie das Kleid auf den Tresen. Das Gefühl von Erleichterung mischt sich mit der Gewissheit, nun doch das Richtige zu tun. Ein Paar Ohrringe mit graublauen Steinen, aus einem mit Samt ausgekleideten Glaskästchen neben der Kasse, legt sie dazu. Sie zahlt mit Karte. Das Kleid wird in Seidenpapier gewickelt und vorsichtig in eine große Papptüte gelegt, als wäre es eine Palette empfindlicher Baisertartes. Schau, da stehst du, wirst zuvorkommend behandelt, trägst dieses wunderschöne Kleid nach Hause, was willst du noch?, denkt sie und kostet diesen Moment, dieses *Gerade etwas gekauft haben*, aus.

Weil es noch nicht vorbei sein soll, macht sie einen Abstecher in den Kinderladen, entscheidet sich für eine karierte Schirmmütze aus biologischer Baumwolle, nimmt dazu zwei Hemdchen aus Seide und Wolle, Wolle von Demeterschafen.

Zurück in der Wohnung, geht sie in die Küche, füllt einen Eimer mit heißem Wasser, gibt Putzmittel dazu und streift sich Gummihandschuhe über. Im Sonnenlicht sind die Türen wie aus dem Nichts von schmutzigen Spritzern und

Abdrücken übersät. Sie hockt sich vor die Wohnzimmertür und beginnt mit dem Schwamm kräftig zu reiben, arbeitet sich über die Fläche einer halben Tür, bis ein Schweißrinnsal ihren Rücken herunterläuft. Erschöpft geht sie zur nächsten Tür und entdeckt Abdrücke von Mattis Fingern, kleine schmutzige Hände, die sich dort verewigt haben. Sofort hat sie Sehnsucht nach ihm, halbherzig wischt sie, wischt um die Spuren seiner Hände herum. Sie sollen bleiben, sie erinnern schon jetzt daran, wie klein er gewesen ist, obwohl er noch klein ist; erinnern daran, wie er an den Wänden und Türen Halt gesucht hat, während er mit unsicheren Schritten die Wohnung erforschte, obwohl er all das noch tut. Diese Handabdrücke sind für später, wenn schon wieder etwas unwiederbringlich vorbei ist.

Sie muss an die Familie aus Amsterdam denken. Gestern Abend hat sie nachgeschaut, ob die Frau ihr drittes Kind bekommen hat. Sie wurde nicht enttäuscht. Krankenhausbilder, ein rotes Säuglingsgesicht an der Brust einer erschöpften Mutter mit weichen, mädchenhaften Gesichtszügen, die Geschwister lehnten an der Bettkante und wirkten verlegen. Ein Foto vom Vater, das Frischgeborene über der Schulter, ein Würmchen an einem kräftigen Mann. Sie stellt sich vor, wie die Frau nach Hause kommt und mit ihrem Baby langsam in den Alltag zurückfindet. Sie könnte sich die Bilder sofort wieder ansehen, aber widersteht dem Impuls.

An der Bodenleiste über dem Parkett löst sich der vergilbte Lack an einigen Stellen, während sie genau hinschaut, scheinen die Stellen sich zu vermehren, auch an Türrahmen und Leisten ist der Lack gebrochen. Sie hockt sich im Flur auf den Boden, pult abgesprungene Splitter von der Leiste und studiert das unversehrte Holz darunter.

Sie kratzt so lange, bis einige daumenlange Stellen freiliegen. Als würde sie ein wertvolles Kunstwerk restaurieren, begutachtet sie die brüchigen Lackschichten, unter dem Weiß noch älteres Weiß, darunter Rotbraun, dann eine hauchdünne, letzte, hellgraue Schicht, schließlich das rohe, trockene Holz, der konservierte Originalzustand. Sie fährt über die fein geschliffenen Zierkanten eines länglichen freigelegten Stücks und bewundert die mühevolle Hinwendung, mit der damals offenbar eine einfache Bodenleiste bedacht wurde. Aus dem Werkzeugkasten holt sie einen dicken Schraubenzieher und macht sich daran, den Lack weiter abzukratzen, vorsichtig, um das Holz nicht zu beschädigen. Es kommt ihr vor, als müsste es nach den Jahrzehnten Verborgenheit empfindlich und verwundbar sein.

Der Boden ist übersät mit weißen Splittern, über die Leiste im Flur verteilen sich mehrere Inseln aus fein gemasertem Holz. Zufrieden betrachtet sie ihr Werk. Sie wird es so lassen, erst einmal, beides erhalten, die schwere, poröse Lackschicht und das entblößte Holz. Müssten sie ausziehen, würde der Verwalter wahrscheinlich wieder die Handwerker schicken, alle Türrahmen, Fensterbänke und Bodenleisten abschleifen lassen, das Holz stilvoll einölen oder weiß lackieren, damit alles wieder schön glatt ist.

Abends liegt Georg im Dämmerlicht auf dem Sofa und starrt das Fenster an. Theatralische Schwermut, denkt sie, lehnt sich an den Rahmen der Flügeltür und beobachtet ihn. Beim Abendbrot hat er die Maronencreme nicht angerührt, natürlich nicht, er saß am Tisch und schwieg und schwieg, er bestrafte sie mit seinem Schweigen. Er hüllte alles in Grau und erst damit erfüllte sich sein Vorwurf:

Das Geld war verschwendet, für Einkäufe, an denen sich niemand mehr freuen kann. Er bestrich sich einen trockenen Knust mit Butter, nicht sein Ernst, dachte sie und beobachtete, wie er ausdruckslos das harte Brot kaute. Einkäufe, mehr war es nicht, Feinkost, sie bekennt sich schuldig; ob er ihr erzählen mag, wie es heute gelaufen sei, fragt sie in die Stille. Sie wagt dabei einen spöttischen Unterton, obwohl sie spürt, dass sie keine Energie für Streit, nein, nicht einmal Energie für dieses Schweigen hat. Wenn es nach ihr ginge, soll die Stimmung nicht feindselig zwischen ihnen sein, jetzt, bevor sie schlafen gehen, er hätte ihr zuliebe diese Maronencreme essen können, um sie zu beruhigen, alles okay, mach dir keine Sorgen, und bald, ganz bestimmt, können wir uns wieder sicher sein, dass alles bleibt, wie es ist. Doch er lässt sie warten, oh, wie gut er das kann, und sein Gesicht, dieser Ausdruck!, Schwermut wie eine ansteckende Krankheit, kaum auszuhalten, doch sie wird nicht nachgeben, sie wird hier stehen bleiben, so lange, bis er etwas sagt.

27

In der Wohnung gegenüber leuchtet ein Flatscreen. Von irgendwoher kommen Sirenen. Kurz flimmert draußen Blaulicht auf und wird durch die Dämmerung an die Wand geworfen. Der Wagen scheint über die Kreuzung gefahren zu sein. Wie gern würde er nur hier sitzen und in Ruhe darüber nachdenken dürfen, was er mit diesem Abschiedsgefühl anfangen soll. Als wäre ein Vorrat aufgebraucht. Oder warten dürfen, bis dieses Gefühl wieder vergeht.

»Wie verzweifelt du aussiehst, meine Güte. Warum lässt du mich hier so stehen? Sag mir doch einfach, wie es heute war.«

Erstaunt blickt er auf und schluckt trocken. Er kann nicht sagen, wie lange sie schon im Türrahmen steht. Wie es heute war. Ihre Frage lässt sich so einfach nicht beantworten. »Ich kann's dir nicht sagen.«

»Was sagen?«

»Wie es gelaufen ist. Ich kann's dir nicht sagen.«

»Wieso nicht?«

»Weil ich es selbst nicht mehr weiß. Schlecht – wahrscheinlich. Ja, schlecht ist es gelaufen.«

»Beide Gespräche?« Nun hört sie sich wieder ängstlich an. Sie befürchtet wahrscheinlich, dass er nicht gut bei den Leuten angekommen ist. Es graut ihr davor, er könnte als Verlierer herumlaufen.

»Nein, die Gespräche waren okay. Nett.« Kurz wagt er es, sie anzuschauen. Sie scheint die Luft anzuhalten, so gespannt steht sie vor ihm »Ich weiß nur nicht. – Ich weiß nicht, wo da mein Platz ist.« Er dreht sich wieder zum Fenster, wenn er sie nicht ansieht, kann er sich besser konzentrieren. »Ich finde meinen Platz nicht, es scheint ihn nicht zu geben. Ich bräuchte Zeit. Aber Zeit haben wir nicht. Es muss ja alles weiterlaufen, oder?«

»Was meinst du damit. Wo *da* dein Platz ist?«

Er überlegt, wie er es ihr erklären soll. Er könnte bei dem Termin in der Villa anfangen. »Ich saß heute bei der Chefin einer internationalen Makleragentur, eine Frau mit blondierten Haaren und irgendwie operiert, bei der ich Kundenmagazine machen könnte. Für Leute, die wissen müssen, ob sie den Bungalow in Miami kaufen sollen, das Loft in Hong Kong oder lieber – was weiß ich.« Er lässt es, denn sie schaut ihn verständnislos und doch fordernd an. Er weiß nicht, was er noch sagen soll.

»Und, ist das so schlimm? Ist ja nicht so, dass Musical mein großer Traum gewesen ist. Aber es war gut bezahlt.«

»Ich weiß.« Er würde es ihr gern erklären, seine Sehnsucht nach dem Ausgang, dem *anderen*. »Diese Villa und diese Frau. Dieser Markt, um den es sich da dreht. Alles dort hat mich angewidert. Aber das allein ist es noch nicht. Ich frage mich, wie lange es hier so weitergehen kann. Ich fühle mich wie unter Wasser. Ich tauche, ich halte die Luft an, eine Weile wird es noch gehen, aber ich weiß, lange halte ich es nicht mehr durch. Der Zustand ist endlich, verstehst du? Gehören wir eigentlich noch hierher?«

»Wie meinst du das?«

»Könntest du dir vorstellen wegzuziehen?« Er erzählt ihr von der kleinen Stadt, von den Möglichkeiten, die er hätte. Er rechnet ihr vor, was ein Leben dort kosten würde.

»Ich weiß, wie es dort ist, Georg. Ich bin in so einer Gegend aufgewachsen. Es ist öde, wirklich öde, Tag für Tag, das halten wir nicht aus. – Und überhaupt«, sie klingt, als wolle sie gleich auf ihn losgehen, »wo komme ich in deinen Überlegungen eigentlich vor? Hast du dich mal gefragt, was da aus mir werden soll?«

»Ich hätte dort einen Job. Hier, allerdings, wie es aussieht, nicht. Und du offenbar auch nicht.«

»Ich habe bald einen Vorspieltermin.«

»Ja – einen. Und was, wenn daraus nichts wird? Du hast dich ewig mit deinen Armbeschwerden beschäftigt.« Sie hat so viel Zeit verstreichen lassen, hat ihre Therapie nicht konsequent durchgehalten. Hat nicht um ihre Stelle beim Musical gekämpft. Aber das darf er ihr so deutlich ja nicht sagen.

»Wie redest du mit mir? Willst du mir das letzte bisschen Selbstvertrauen nehmen?«

»Nein, aber ist dir die Lage nicht klar?« Er kennt ihre Körpersprache. Jetzt zieht sie die Schultern hoch und wehrt sich gegen aufkommende Tränen. Wie er das hasst und liebt. »Kennst du nicht dieses Gefühl? Wenn man sicher weiß, dass sich etwas ändern muss, etwas ändern wird, ob man nun will oder nicht? Und man keine Ruhe hat, bevor man die Alternative gefunden hat?«

»Ich suche keine Alternative. Ich will nicht, dass sich etwas ändert.«

»Aber es passiert doch schon die ganze Zeit. Wir bekommen Geld – auf Bewährung.«

Sie schaut schuldbewusst, wie ein kleines Kind.

»Wir zahlen diese Wohnung – auf Bewährung. Bald können wir es vielleicht nicht mehr. Bald müssen wir uns was Neues überlegen. Und wenn nicht bald, dann später. In zwei oder drei Jahren kommt die nächste Mieterhöhung. Und dann wieder und wieder. Immer weiter – bis zum Ende der Fahnenstange. – Bei dir ist das alles noch nicht angekommen, oder? Aber ich versichere dir: Da gehen jeden Tage Beträge von unserem Konto ab, immer weiter und weiter, während du hier sitzt und das nächste Sushi bestellst.« Er breitet die Arme aus. »Das hier wird nicht bleiben. Kann es nicht. Wer weiß – wir schaffen es vielleicht nicht.«

Ihn durchströmt ein Hochgefühl. Ja, es fühlt sich gut an, diesen Satz auszusprechen. Wir schaffen es nicht! Vier Wörter, die zu einem Tabu geworden sind. Sie auszusprechen ist verboten, streng, streng, streng verboten. Aber jetzt ist es auch egal. Er kann sich endlich locker machen. Wir schaffen es nicht! Warum mussten sie immer so tun, als wäre es nicht so?

»Du kommst doch noch viel weniger klar als ich. Gib es doch mal zu. Du wartest und wartest. Gehst ein bisschen Gymnastik machen. Dann tut der Arm wieder weh. Dann spielst du ein bisschen Schumann. Dann tut der Arm wieder weh. Du weißt doch selbst nicht, wohin du willst. Aber wenn die Sonne scheint, dann gehst du – einkaufen! Meinst du, das hilft?« Er muss lachen. »Und am Ende überlässt du es mir, der Idiot zu sein, der es ausspricht – entschuldige, ich hab da mal ne Frage, hast *du* eine Idee, wie das alles so gehen soll?«

Er wartet, bis sie das Bad benutzt hat und im Schlafzimmer verschwunden ist. Vorher hat er sich sein Bettzeug geholt und es zum Sofa getragen. Beim Zähneputzen beobachtet er sich im Spiegel. Putzen gegen den Verfall, der eines Tages zu teuer werden könnte. Putzen gegen alle Zahnprobleme, für die ihm im Alter das Geld fehlen wird.

Wie bei seiner Mutter, die sich vor den Kalkulationen des Arztes fürchtet und deshalb gar nicht erst hingeht. Wer nicht gründlich schrubbt, wird später eine arme Gestalt, bei der sich unten links schwarz die Lücke zwischen den wackeligen Resten absetzt. Zähneputzen, ein Akt der finanziellen Vorsorge. Wie es ihn ankotzt, dass er gegen diesen Gedanken nichts tun kann.

28

Nach fünfzehn Minuten bricht er ab und nimmt sein Handtuch vom Lenker des Ergometers. In der Umkleide holt er seine Badehose aus dem Spind und geht ins Schwimmbad. Langsam zieht er seine Bahnen. Nach einer Weile steuert er die Öffnung mit den Plastiklamellen an und taucht ins Außenbecken. Vor einigen Wochen hat Matthias in Stuttgart bei der Landesmesse angefangen zu arbeiten. Seine Familie ist hiergeblieben, vorerst abwarten, ob *Kommunikationsmanager Industrie und Technik* das Richtige ist. Matthias ist der Arbeit hinterhergezogen. Georg hat keine Antwort darauf, womit er in Zukunft sein Geld verdienen soll, das Gewimmel um ihn herum, die Mails von Kollegen, *meine neuen Kontaktdaten*, machen ihn nervös. Ihnen scheint alles so mühelos zu gelingen, weitermachen, neu anfangen, der nächste Job ist immer der beste. Er streckt die Arme, lässt den Kopf sinken, pustet den Atem ins Wasser, teilt das Wasser, kommt wieder hoch, atmet ein. Er nimmt die klare, weiche Luft und den frühsommerlichen Himmel aufmerksam, dankbar wahr. Aber das Gefühl hält nur einen Moment. Etwas stimmt mit ihm nicht. Wenn er an Matthias und die anderen denkt, fühlt er sich kränklich, beschädigt, disqualifiziert, und das selbst verschuldet.

Fondsrente ruhen lassen, Lebensversicherung auch, nur den Sparvertrag für Matti nicht anrühren. Auf Kino, Restaurantbesuche, Lieferservice und diese dämliche Biokiste verzichten, im Sommer Zucchini, Zucchini, Zucchini, jede Woche, eine größer als die nächste, im Winter monatelang Rotkohl, bis drei, vier lila Köpfe in der Speisekammer herumrollen. Kein Biowein mehr, keine Milch aus der gläsernen Molkerei, keine Brote, Quarkspeisen oder Käsesorten aus Manufakturen oder Werkstätten. Überhaupt: Genauer rechnen beim Einkaufen wird er jetzt. Andere machen so etwas ihr Leben lang, dann werden er und Isabell das wohl eine Weile lang aushalten. Weniger Strom und Wasser verbrauchen, sowieso. Es ist wie eine Probe. Sie werden etwas herausfinden. Über sich als Paar, als Familie. Oder irrt er sich? Radiert er mit all diesen Maßnahmen den Alltag aus? Höhlt ihn aus, um die Fassade zu retten? Wenn er das wüsste. Er braucht eine klare Richtung, eine Zukunft. Er will endlich wissen, wohin, ohne dieses Gefühl der Enge in der Brust, und wenn, und wenn, und wenn.

Bevor er geht, fragt er die Frau an der Rezeption nach einem Zettel und einem Stift. *Hiermit kündige ich meine Mitgliedschaft zum nächstmöglichen Zeitpunkt.* Datum, Unterschrift, fertig. Auch das ist nicht schlimm, nur eine Kleinigkeit, andere haben wirkliche Probleme, er nicht. Das hier, das ist kein Problem, nur ein kleiner Verzicht. Er muss nicht *hier* Sport machen, er kann im Park joggen gehen, das kostet nichts. Viele Leute joggen durch den Park, nicht weil sie sparen müssen, sondern weil es schön ist.

Auf dem Heimweg schaut er wieder in die Fenster der anderen, dringt mit seinem Blick in ihre hellen Räume ein. Früher haben er und Isabell das oft gemeinsam gemacht. Zusammen schauten sie in fremde Zimmer. Bei abendlichen Spaziergängen wurden sie zu Voyeuren. Regalwände voller Bücher, geschmackvolle Deckenlampen, moderne, offene Küchen, die bunten Vorhänge der Kinderzimmer. Signale gesicherter Existenzen, die ihnen immer ein wohliges Gefühl gaben. Das eigene Leben in den fremden Wohnungen erkennen. Inzwischen freut er sich, wenn irgendwo vergilbte altmodische Gardinen oder rebellisch schmutzige Bettlaken in den Fenstern hängen. Dann denkt er: Da verteidigt ein alter Mann trotzig seinen dreißig Jahre alten Mietvertrag und will und will nicht sterben. Oder, da wohnen ein paar glückliche Kiffer, denen Wohnkultur am Arsch vorbeigeht. Doch ansonsten lässt ihn seine Nachbarschaft im Stich. Sie stößt ihn davon. Die gesicherten Existenzen mit ihren geschmackvollen Wandfarben sagen alle dasselbe: *Wir können, du nicht*.

29 | Sie lässt die Füße aus den Sandalen gleiten. Der Himmel leuchtet blau und es ist warm, das Licht kommt ihr böse strahlend vor, die Wärme lähmt sie, sie reibt sich die Schläfen und kneift die Augen zusammen. Seine reglose Maske hat Georg für heute abgelegt, er bewegt die Lippen zur Musik und scheint sich sogar zu freuen, er glaubt gewonnen zu haben, weil sie mit ihm in dieses Kaff fährt. Wie ausgeglichen er auf einmal wirkt, so vergnügt, dass sie ihm ins Gesicht schlagen möchte, er hofft, sie hätten zur Abwechslung einen schönen Tag vor sich, einen harmlosen Ausflug, nur sie beide, ohne Kind, mitten in der Woche, zwei Freigänger, die Thermoskanne mit Tee gefüllt, eine Flasche Wasser und Obst im Korb. Er hat sogar einen Kuchen gebacken, einen Kuchen!, und das soll sie beachtlich finden. Seine Emsigkeit in der Küche, seine Begeisterung, Backen sei ja so einfach, und vor allem: so günstig, was man da sparen würde, immer das teure Zeug aus der Konditorei, Petits Fours, drei Euro fünfzig das Stück, das müsse nicht sein, wieder eine lebensverändernde Erkenntnis gewonnen. Und dann diese neue, übertriebene Hilfsbereitschaft, einkaufen, kochen, entscheiden, was wir brauchen und was nicht, entscheiden, was wir uns noch *leisten*. Er vergleicht die Einnahmen und Ausgaben, damit er ihre Kosten unter Kontrolle hat, Bevormundung, in Fürsorge verpackt.

»Soll ich die Klimaanlage anschalten?«

»Nicht nötig.« Und wenn doch, wird sie es selbst machen.

Sie fahren eine Weile.

»Ist die Musik zu laut?«

Sie zuckt kalt mit den Schultern. Jetzt ist er mal derjenige, der mit hohlen Fragen ihre Nähe sucht. Besser, er spricht nicht mit ihr, vor allem soll er gar nicht erst versuchen, ihr etwas Freundliches zu sagen, sie *auffangen* zu wollen, ihr Misserfolg kommt ihm nämlich gelegen, der gibt ihm doch richtig Auftrieb, er braucht ihre Schwäche, die lenkt ihn vom eigenen Versagen ab.

Sie schmeckt etwas Blut und tastet mit der Zunge das Zahnfleisch ab, schluckt mehrmals, bis der Geschmack verschwunden ist. Sie hat die Zähne aufeinandergepresst, mit einer überraschenden Kraft, jetzt spürt sie die Spannung im Kiefer. Wie es wirklich gelaufen ist, hat sie ihm nicht erzählt, jemand anders hat die Stelle bekommen, fertig, das muss genügen. Die Wahrheit würde er nur benutzen. Er würde ihr wieder einen Vortrag halten, ganz im Ernst, so kann es nicht weitergehen, Isabell, wir müssen jetzt Entscheidungen treffen, wir können unsere Wohnung nicht halten, so würde er es sagen, in seiner sachlichen Art. Sein Blick, nachdem sie ihm von der Absage erzählt hatte, genügte ihr schon. Zum Schein verständnisvoll, aber in Wirklichkeit distanziert, siehst du, ich habe dich gewarnt, aus dem Probespiel ist nichts geworden und wir stehen immer noch beide mit leeren Händen da. Ja, Georg, wie recht du hast, bist du zufrieden? Sie schaut ihn an, seine entspannte Fahrhaltung, den Ellenbogen ans offene Fenster gelehnt, die Hand locker am Lenkrad.

Gestern Abend machte sie die Lampe am Fenster an, wie immer, weil das Licht am Fenster schön aussieht, weil das Licht am Fenster schon brannte und schön aussah, als es Georg in ihrem Leben noch gar nicht gab. Kurz darauf knipste er die Lampe aus, ein kurzes trockenes Klicken, Strom sparen. Er schaute sie nicht an, er kam nicht mal auf die Idee, dass sie diesen beiläufigen Handgriff bemerkt hatte. Lampe an, Lampe aus, was war schon dabei. Aber sie hatte es bemerkt, hatte ihn beobachtet, Lampe aus, hatte seine gebeugte Körperhaltung und sein leises, vorwurfsvolles Seufzen stumm verachtet. Wie er auf seinen ausgeleierten Strümpfen zum Sofa ging und sich selbstgerecht niederließ, Lampe aus, seine Strümpfe hingen wie leere Säckchen über den Zehen, warum zog er sie nicht hoch oder kaufte sich neue. Alle Achtung, Georg, da haben wir an diesem Abend null Komma null drei sieben, oder wie viel auch immer, Kilowatt, so heißt es doch, Strom gespart. Stell dir vor, ich habe viel Geld für ein Kleid ausgegeben, und es hat seinen Zweck nicht erfüllt. Ich werde es kein zweites Mal tragen, ein völlig überflüssiger Kauf. Da muss diese Lampe viele Abende dunkel auf der Fensterbank verstauben, um die Summe, die ich für das unnütze Kleid hingelegt habe, wieder reinzuholen.

Das Kleid. Sie sieht sich wieder im Bad vor dem Spiegel stehen. Lidschatten, Wimperntusche, Puder, Lippenstift, mit jedem Tupfer vergewisserte sie sich ihrer ruhigen Hände. Hände, Hände, Hände. Die Haare band sie zu einem Knoten im Nacken, viel Deo sprühte sie auf die frisch rasierten Achseln. Am Tag zuvor hatte sie das Cello nicht mehr angerührt, sondern ihr Repertoire nur in Gedanken gespielt, konzentriert und still. Sie hatte alles verinnerlicht. Zuversicht, darum ging es, sie musste zuversichtlich sein, davon hing alles ab. Sie war perfekt vorbereitet, sie *war* die perfekte Bewerberin, denn sie brachte alles mit, klassischen Hintergrund und Musicalerfahrung. Der Blick auf die Uhr wurde quälend, denn Minute um Minute kam die eine näher, in der sie losmusste, um die Bahn zu erreichen, zum Konservatorium, wo ein Raum gemietet war, vom Leiter des Tanzorchesters. Sie klappte den Cellokasten zu, sie stieg in die Pumps und der Faltenstoff des Kleides wippte lautlos und schön. Der Schlüssel klimperte in der Hand, die Tür fiel ins Schloss, die Absätze hallten im Treppenhaus. Mit dem Kasten auf dem Rücken achtete sie auf jede Stufe, den Augenblick des Stolperns konnte sie in den Knien spüren, sie war darauf gefasst zu stolpern, denn wenn sie darauf gefasst war, würde es nicht passieren. Die Fahrt mit der S-Bahn dauerte siebenundzwanzig Minuten. Vom Bahnhof aus konnte sie das Gebäude schon sehen, zweiter Stock, Zimmer zweihundertfünf. Sie war zu früh, pünktlich, aber viel zu früh, im Nebenzimmer saßen fünf wartende Leute mit ihren Celli, vier Frauen, ein Mann, keines der Gesichter kam ihr bekannt vor. Der Mann hatte keine Chance, allein die schütteren langen Haare, dieser Zopf, diese Stirnglatze, zu alt, keine Chance, egal, wie er spielen würde. Aussehen zählte, obwohl das keiner zugeben wollte.

»Also«, aha, er räuspert sich, »wir hätten drei Besichtigungstermine. Wenn du möchtest.«

Wenn sie möchte, was soll *das* jetzt heißen?

»Wir sitzen seit über einer halben Stunde im Auto. Und jetzt fragst du mich, ob ich möchte?«

»Ich mein ja nur.«

»Was meinst du?«

»Nichts, Isabell.«

Er atmet laut aus.

»Wir schauen uns da um, das kann doch interessant werden. Es ist *eine* Möglichkeit, mehr nicht. Eine, über die man wenigstens nachdenken kann.« Er klingt traurig und müde. »Wir hatten doch schon darüber gesprochen.«

»Nein, du, *du* hattest darüber gesprochen.«

Er greift nach hinten und öffnet seine Tasche, die auf dem Rücksitz liegt. Ohne die Straße aus den Augen zu lassen, versucht er, etwas aus der Tasche zu holen, sie könnte ihm mit einem Handgriff helfen, doch tut es nicht. Sie will ihm wehtun, will es ihm schwer machen, will, dass er endgültig die Klappe hält. Schließlich legt er ihr eine Hülle mit Unterlagen in den Schoß und sie lässt sie unberührt dort liegen. Umdenken, nennt er es, wir müssen umdenken, so etwas sagt er ihr nachts im Bett. Danach liegt sie wach, während er mit gleichmäßigen Atemzügen davongleitet, sein Schlaf schützt ihn, sein undurchlässiger Schlaf. Umdenken, meint er damit die billigen Lebensmittel, die er neuerdings im Discounter kauft? Und den einen Bissen, den er gestern aus dem vergammelten Apfel herausgeschnitzt hat? Ein Akt der Sparsamkeit, für sie, die Gedankenlose, Verwöhnte. Was für ein Theater.

Sie möchte ihm vertrauen.

Die Wartezeit lag vor ihr wie eine schwer überwindbare Hürde. Sie hielt sich im Flur des Konservatoriums auf, um nahe der Tür des Vorspielzimmers zu lauschen. Sie hörte eine hastige Männerstimme, das war der Orchesterleiter, sie hatte zweimal mit ihm telefoniert. Eine Frau lachte. Dann hörte sie das Cello mit Klavier, dann Gesang, eine Sängerin war also auch dabei, das hatte man ihr nicht gesagt. Sie war irritiert und wies sich zurecht: Nicht jedes unvorhergesehene Detail musste eine Bedrohung sein. Sie ging zurück zu den anderen, zwei Frauen unterhielten sich flüsternd, der Mann starrte aus dem Fenster, als meditierte er. Sie öffnete den Cellokasten, holte ihren Kalender aus dem Fach und trug einen Arzttermin ein, den sie für Matti abgemacht hatte. Impfen, schrieb sie, dazu die Uhrzeit. Sehr langsam schrieb sie Wort und Uhrzeit, als käme es auf jeden Strich und jeden Punkt an. Sie musste an ihre Mutter denken, Impfen, in dem großen I, dem p und dem f erkannte sie die Schrift ihrer Mutter; die Zettel auf der Kommode neben der Wohnungstür fielen ihr ein, ihre Mutter schrieb Nachrichten und legte sie neben das Telefon, wo sie sei, wann sie wiederkäme, am Abend, in der Nacht oder am Morgen, wo sie erreichbar wäre, dazu zeichnete sie eine Sonne, eine Blume oder ein Herz.

Meine Bogenhand wird nicht zittern, schreibt sie unter den Arzttermin.

Mit dem Ortsschild beginnt die Fahrt durch eine Landschaft aus Betonquadraten. Möbelhäuser, Supermärkte, Baustoffe, Fast Food, eine Disco mit einem Chinarestaurant im Erdgeschoss. Nach einer Weile kommen sie zum Stadtkern, gegenüber vom Bahnhof liegt der Marktplatz, ein schmutzigbrauner Teich mit Eiscafé und Spielplatz, sie fahren weiter, und da kommt auch schon die Wohnsiedlung.

»Die Grundschule hat hier sogar einen eigenen Sportplatz, und alles ist nah beieinander.«

»Ich weiß, ich bin in einer Kleinstadt geboren, wie oft noch?«

Sie denkt an ihre Schule und ihre Spielstraße, an einen Eiswagen, der abends klingelnd vorfuhr, Zitrone und Schokolade, vierzig Pfennig die Kugel. Väter, die bedächtig ihre Autos parkten, das Wort: Feierabend. Grillgerüche aus den Gärten, die Stimmen der anderen Kinder. Scheinbar gleichgeartete Familien, die miteinander Geburtstage und

Silvester feiern. All das war für sie selbstverständlich, und dann nicht mehr. Ihre Mutter suchte etwas anderes und nahm sie mit, wie zwei Freundinnen lebten sie zusammen, beieinander und jede für sich. Wenn ihre Mutter nicht da war, gehörte die Wohnung ihr, wenn es zu still wurde, übte sie Cello. Sie wird es anders machen als ihre Mutter, sie wird gar nicht erst in diese kleinbürgerliche Falle tappen, sie hat in einem solchen Leben nichts verloren.

Der Mann spielte Haydn, sie hatte sich für Dvořák entschieden. An Elgars Cellokonzert hatte sie auch gedacht, als Hommage an die erste Aufnahme von Jacqueline du Pré, mit der Hoffnung, damit einen Weg zu finden, sich dem freien, instinktiven Spiel dieser Frau zu nähern, ein Versuch, sich dieses Gefühl, das Spielen sei ein natürlicher Akt, so natürlich wie ein Vogel die Flügel ausbreitet, ohne etwas über die Funktion seiner Flügel zu wissen, sich dieses Gefühl wenigstens vorzustellen; aber genau darin lag das unüberwindbare Problem: Sie näherte sich diesem Gefühl, sie stellte es sich vor, aber sie spürte es nicht, sie drehte sich nur um den Gedanken daran, es waren nur wieder Gedanken; und dann hatte sie Elgar selbstverständlich verworfen. Es war zu ambitioniert, lächerlich viel Gewicht für diesen Termin, peinlich übertrieben und außerdem: viel zu riskant. Sie hatte zu viel Zeit gehabt sich vorzubereiten, zu viel Zeit, alles mit Gedanken zu vergiften. Weil es ein Tanzorchester war, mussten sie auch etwas Unterhaltsames vorweisen, *By the Sleeping Lagoon* erklang hinter der Tür, das erkannte sie an den ersten paar Takten, Eric Coates hatte auf der Wunschliste des Leiters gestanden, sie hatte *Summer Afternoon* vorbereitet, sich sogar mehrere CDs mit *British Light Music* bestellt, sie hatte diese CDs gern gehört.

Georg fährt langsam in die Parklücke. »Wir sind zehn Minuten zu früh. Sollen wir aussteigen und etwas herumlaufen?«

»Wie du möchtest.«

Sie steht neben der offenen Autotür und nimmt nichts wahr, schaut sich nicht um, schaut ihn nicht an. Sie wollte den Job, sie wollte ihn unbedingt.

Die Kurzhaarige spielte das Thema eines Chansons, wieder und wieder und wieder. Die Luft war verbraucht von den Erwartungen aller. Die anderen strahlten Zuversicht aus, ihre Zuversicht strömte ihnen aus den Poren wie Körpergeruch. Darin lag der wirkliche Wettbewerb. Sie durfte sich nicht in die Enge treiben lassen, es war ein Kräftemessen, wer schaffte es, eine Melodie seines Repertoires so lange zu spielen, bis sie sich wie ein Korkenzieher im Hirn der anderen verhakt hatte?

Nun will Georg sich mit ihr vorstellen, hier zu leben; wie es ist, die Wohnung, an der sie hängt, aufzugeben, *das* sollten sie sich zuerst einmal vorstellen. Jeder Tag wäre kostbar, ein sonniger Nachmittag im Wohnzimmer, sie geht barfuß über das warme Parkett. Georg liegt auf dem Sofa, mit Matti auf dem Bauch, sie legt sich dazu, zusammen auf ihrem riesigen Schiff, sie leisten sich die Frechheit, drei Euro fünfzig teure Kuchenstückchen zu essen. Dann werden sie diese Nachmittage an zwei Händen, an einer Hand abzählen können, werden auf den letzten Tag zusteuern. Sie würde die Gegenwart dieser Wohnung einsaugen, doch es würde nie genug sein. Sie kann ihren Krimskrams in Kartons verstauen, aber nicht die Zeit, die sie in diesen Räumen gelebt hat, die Zeit bleibt dort, sie hat sich in die Wände eingeschrieben, und wenn sie die Räume verlassen, verblasst und verschwindet die dort gelebte Zeit, und die Zukunft, die sie zusammen vor sich gesehen haben, gleich mit.

Sie ist eine alte Frau im Körper einer jungen Mutter.

Sie würde diese ganze flüchtige Gegenwart ihrer Wohnung noch einmal fotografieren, ein Abschiedsfoto vom Schreibtisch und dem Blick auf den Ahornbaum, ein Foto von den wackeligen Kacheln in der Küche, von den Flügeltüren zu ihrem Musikzimmer, von Mattis Fingerabdrücken an den Fenstern, wenn sie ihm die Straße, die Bäume, die Autos erklärte, von der Polsterecke im Kinderzimmer, wo sie saß und ihn stillte, von der Speisekammer mit den alten Einbauten und den feinen Rissen in der Wand, von den zerschrammten Türrahmen, unter deren Lackschichten das alte Holz zum Vorschein kommt, vom verschlossenen Tresor.

»Vierhundertfünfundsechzig kalt, drei Zimmer und Garten«, sagt Georg, als sie in den Weg einbiegen, der markiert ist von Pforten und Mülltonnen in regelmäßigen Abständen.

»Das ist doch unfassbar, unter fünfhundert, wo gibt es das heute noch?« Seine Hand streift ihre und sie weicht kaum merklich zur Seite, sie will nicht von ihm berührt werden.

»Ich würde den Job annehmen und wir kämen bei der Miete sogar mit einem Gehalt klar, erst einmal, und du könntest in Ruhe –«, er spricht nicht weiter.

In Ruhe, was?

In Ruhe ihre Noten in den Keller tragen.

In Ruhe beim Bäcker Graubrot verkaufen.

In Ruhe Zeitung austragen.

In Ruhe Wäsche bügeln, die Betten machen, Unkraut zupfen.

In Ruhe verrückt werden.

»– überlegen, was du machen möchtest.«

»Was ich *hier* machen möchte?«, erwidert sie.

Er seufzt.

»Warum seufzt du jetzt?«

»Wie bitte?«

»Warum du seufzt? Du hast laut gestöhnt. So.«

Sie macht es vor.

»Ich habe nur geatmet.«

»Hör auf damit.«

»Zu atmen?«

»Hör auf so zu stöhnen, als wäre alles eine Last.«

Vor einer halb offenen Pforte bleiben sie stehen, da ist es, murmelt er. Bunte Metallkugeln ragen aus dem Beet, sie stecken auf Stäben in der Erde und erinnern an Weihnachtsschmuck. Sie hat im Wartezimmer der Musiktherapeutin von einem Gitarristen gelesen, der von einem Tag auf den nächsten seine Fähigkeit, Vibrato zu spielen verloren hatte. Der Defekt war psychisch bedingt, er war Vater geworden und kurz danach war seine Ehe am Ende gewesen, dann kam die Reaktion seiner Hände. Er war bei einem Therapeuten, doch das Problem löste sich nicht. Er ging nach Kanada und arbeitete dort als Holzfäller, die Geschichte war romantisch. Ausstieg, ganz und gar, und allein.

Sie ist nicht allein, sie *ist* ja nicht allein.

Wenn sie für sich spielt, hat sie ihre Hände unter Kontrolle, nein, dann braucht sie keine Kontrolle. Sie löst sich in der Musik auf und wird eins mit dem Cello. Das Zittern ist *ihre* Schwäche, *ihre* Schuld, sie entfacht es durch ihre

Gedanken, sie bemüht sich nicht genug, ein zuversichtlicher Mensch zu werden. Ein zuversichtlicher Mensch würde nicht mit den Händen zittern.

Sie war bald dran, saß da mit ihrem Cello, doch wagte nicht, den Bogen in die Hand zu nehmen. Früher hatten sich einige an der Hochschule beschwert, man würde sie nicht richtig auf Probespiele vorbereiten, auf die psychologische Realität. Bei dem Gedanken fing sie an zu frieren, es schüttelte sie am ganzen Körper, sie blickte auf den Stoff ihres Kleides, doch er lag ohne ein Zucken auf ihren Beinen, sie streckte die Hände aus, doch auch sie schienen ruhig, das Beben war innerlich. Sie musste an ihr erstes Probespiel denken, sie war eine vielversprechende Kandidatin gewesen, in ihrem Lebenslauf reihten sich die Namen der richtigen Lehrer aneinander, eine von fünfzehn aus zweihundert Bewerbern, für eine freie Stelle an der Staatsoper. Sie saß verborgen hinter einem schwarzen Vorhang, im Raum davor das versammelte Orchester, das Auswahlverfahren war anonym, die anderen durften sie nicht sehen. Sie saß hinter dem Vorhang und wartete auf den Einsatz. Sie hatte die Sonate mit einer zarten Interpretation vorbereitet, wenig Vibrato, wenig Dramatik, ein schwebender durchsichtiger Klang. Nach wenigen Takten glaubte sie, ihr Spiel würde hinter dem Vorhang verblühen, ehe die anderen seine Feinheiten wahrnehmen konnten, der Vorhang erstickte ihren Klang. Planlos änderte sie ihren Stil, spielte energisch gegen die schwarze Barriere an, doch ihr gelang nichts; der Rest des Vorspiels blieb verschwommen.

Ein Paar schlendert auf sie zu, etwa zehn Jahre jünger, sie wirken wie frisch von der Schule, Mädchen und Junge. »Hallo«, grüßt er brav, »habt ihr auch einen Termin?«

»Ja«, antwortet Georg, »da kommt sie wohl schon, die Maklerin«, er nickt mit dem Kinn zur Straße. Eine Frau, in Weiß gekleidet, mit einer Aktentasche in der Hand, eilt ihnen entgegen. Sie schließt die Tür auf und bittet alle herein, das Haus steht leer, die Zimmer wirken erstaunlich niedrig, durch das Fenster und die Terrassentür im Wohnzimmer sickert spärliches Tageslicht und verendet in zwei hellen Flecken auf dem Holzmuster des Plastikbodens. Sie stellt sich ihren alten Erinnerungsschrank vor, er würde hier wie ein trauriger Riese stehen, der sich verirrt hat.

»Dort wäre Platz für eine Essgruppe«, hört sie die Maklerin sagen. »Die Männer wollen sicher den Heizungskeller sehen. Möchten Sie schon mal nach oben gehen?«

Oben misst das Mädchen ein Zimmer mit energischen Schritten ab und bewegt dazu die Lippen. Das Fenster geht nach hinten raus, der Garten ist mehr ein schmaler Gang, der von der Terrasse zu einem Schuppen und einer mit Plane bedeckten Sandkiste führt.

»Ist schön, für Kinder«, hört sie das Mädchen hinter sich sagen, »und der Dachboden, der ist Ausbaureserve, man kann gut mit zwei oder drei Kindern hier wohnen.« Dann lacht sie, »erst mal eins kriegen«, sie hat ein entscheidungsfreudiges Püppchengesicht. Nacheinander gehen sie ins zweite Zimmer, Püppchengesicht öffnet das Fenster, ihr Shirt rutscht über den Jeansbund und entblößt einen gewölbten Bauch.

»Von den Büschen nimmt man was weg und sät an den Stellen Rasen, dann ist der Garten nicht mehr so mickrig.« So spricht eine zuversichtliche Person. Den Dachboden ausbauen, sie muss an Georgs blasse, feingliedrige Hände denken und lächeln; aber wozu auch ein Dachboden? Sie werden nicht, wie das Mädchen es vorhat, zwei oder drei Kinder haben.

Das Telefon surrt in ihrer Handtasche und sie zuckt zusammen.

Isa, ich bin nächsten Mittwoch in der Stadt, hast du Zeit für einen Kaffee? Miriam. P. S. Ich hoffe, das ist noch deine Nummer?! Sorry für den Überfall.

Sie starrt verblüfft und gleichzeitig ergriffen auf die Nachricht, Isa, niemand sonst nennt sie noch so. Diese Nachricht ist unwirklich, eben geschrieben, eben gesendet aus einer Parallelwelt. Sie versucht sich zu erinnern, wann sie Miriam das letzte Mal getroffen hat. Sie haben so gut wie nichts mehr miteinander zu tun. Nachdem Matti geboren wurde, schickte sie Miriam eine Mail mit Fotos, wie sie vielen ihrer Bekannten und Freunde diese Mail schickte. Der Kontakt lebte nicht auf, ihre Wege lagen weit auseinander, und doch freut sie sich über die Nachricht. Sie antwortet sofort und verabredet sich mit ihr. Die Vorstellung, mit Miriam in einem Café zu sitzen, gibt ihr umso mehr das Gefühl, hier sofort wegzuwollen.

Obwohl sie die Besichtigung über kein Wort mit Georg gewechselt hat, stellt sie sich nun doch neben ihn. Es könnte ihr egal sein, was die anderen denken, was ist los mit einem Paar, das nicht miteinander spricht, während es sich sein möglicherweise zukünftiges Zuhause anschaut? Es könnte ihr vollkommen egal sein. Aber wer will schon vor einem anderen Paar als unglücklich dastehen? Die Maklerin klappt eine Leiter aus und schickt die Männer auf den Dachboden, Georg lässt dem Jungen den Vortritt und klettert selbst nur einige Stufen hoch, gerade so, dass sein Oberkörper in der Luke verschwindet. Er scheint sich den Raum nicht gründlich ansehen zu wollen und sie empfindet augenblicklich Zärtlichkeit für ihn, jetzt hält sie es für möglich, seine Hand zu nehmen und zu flüstern, komm da runter, wir gehen, setzen uns an diesen schmutzigen Teich und essen deinen Kuchen. Kurz darauf klettert er weiter und sie hört seine dumpfen Schritte über sich.

Sie ging auf die Toilette, um Lippenstift nachzuziehen, nahm den Cellokasten mit, zur Sicherheit, denn außer ihr war niemand mehr im Warteraum, sie war die Nächste. Da stand sie wieder vor dem Spiegel, Hände, Hände, Hände, und hörte eine Tür klappen, dann rief der Leiter ihren Namen, sie stellte sich vor, wie er nun ins leere Zimmer ging, sie musste sich beeilen. Reglos blieb sie stehen und hielt den Atem an. Er würde warten, dachte sie, er würde jetzt höflich warten, vielleicht zurück ins Probezimmer gehen und mit seinem Pianisten plaudern. Dieser Moment, dieser Moment war es, auf den sie sich wochenlang vorbereitet hatte, auf den alles zulief, von dem alles abhing, jetzt musste sie nur noch in dieses Zimmer gehen und beweisen, dass alles in Ordnung war.

Die Maklerin verabschiedet sich, der Junge und das Mädchen loben die Ausbaureserve und den Garten. Georg stimmt mit einem Nicken zu, bemüht und doch abwesend. Da packt sie die kalte Panik, ihnen wird die Luft ausgehen, ganz egal, wohin sie ziehen, zusammen zu scheitern ist schlimmer als allein. Wer allein ist, wird nicht beobachtet, muss keine Haltung bewahren, muss sich nicht als Ursache für das nächstbeste Problem fühlen, und die Frage, wer recht oder unrecht hat, ist auch nicht mehr wichtig. Diese niedrigen Zimmer werden sie erdrücken, nichts, nichts bindet sie an diesen Ort. Sie geht vorweg zum Auto. Sie will Matti durch den Park schieben, Matti dabei ansehen, wie er erstaunt in die Baumkronen schaut, zum alten Mausoleum spazieren, hinter dem sie als Mädchen gespielt hat, mit Matti durch *ihre* Straßen gehen, vorbei an *ihren* Häusern, *ihren* Läden, den neuen und auch den anderen, die es nicht mehr gibt, aber die sie weiterhin sehen kann, und nach einem langen Nachmittag will sie müde die Haustür aufschließen, diese schwere alte Tür aufschieben, jedes Mal ein Kraftakt mit Kind im Arm, und nach den ersten Treppenstufen das gewohnte Geräusch des Zuklappens hören, ein gedämpftes Wummern. Schweigend sitzen sie im Auto und sie könnte lachen angesichts des Kuchens, der hinten im Korb auf sie wartet. Wie absurd dieser Ausflug ist, wie absurd die Vorstellung, sie könnten wie nebenbei in irgendeine Kleinstadt ziehen und es dort zusammen aushalten; es zusammen aushalten, wie absurd.

»Weißt du was, lass uns das Haus nehmen. Komm, wir machen das«, sie klatscht mit den Händen so fest auf die Schenkel, dass es schmerzt. Sie hatte im Konservatorium die ganze Zeit gewusst, es würde diesen Moment, die Erlösung ihrer Hände, nicht geben.

»Unter fünfhundert, du hast ja recht, bei dem Preis sind wir unsere Sorgen los.«

Sie verschluckt sich und muss husten, dann spricht sie mit heiserer Stimme weiter.

»Komm, füll noch schnell den Bogen aus und drück ihn der Maklerin in die Hand.«

Er lässt den Motor an und schaut starr nach vorn.

Das Zittern hatte klein angefangen, an einem beliebigen Abend, eine winzige Irritation vor dem Solo. Doch Abend für Abend war es gewachsen, eine Schicht Angst legte sich über die nächste, am Ende konnte sie nicht einmal mehr mit ruhiger Hand ihr Instrument vor den anderen stimmen. Sie hatte mit niemandem darüber gesprochen, weil sie dachte, das Symptom durch Schweigen zu überwinden. Meine Bogenhand zittert, sprach sie es aus, wurde es doch erst real. Aber das stimmte nicht, es war auch so real. Sie hörte, wie der Leiter jemanden begrüßte, die nächste Bewerberin, es ging ohne sie weiter, sie konnte unbemerkt zum Fahrstuhl gehen. Sie drückte den Knopf, die Türen öffneten sich, sie stieg ein, ihr Kleid wippte lautlos und schön, sie fuhr nach unten, ging zur Bahn, fuhr nach Hause, es passierte alles von allein, und sie fühlte nichts dabei.

»Übrigens, die billige Marmelade, die du neuerdings kaufst, besteht zu achtzig Prozent aus Zucker.«

Er lehnt sich zurück, die Hände gleiten vom Lenkrad, der Motor läuft.

»Wir können uns die Marmelade sogar sparen und Matti den Zucker einfach direkt aufs Brot schütten. Was meinst du? Das wäre noch billiger.«

Er sagt wieder nichts und sie bemerkt erstaunt, wie er sich mit dem Handrücken über Augen und Wangen wischt. Er kämpft, seine Augenwinkel glänzen nass, es ist ein Wunder. Sie sieht ihn unverwandt an, wenn er nicht gleich losfährt, wird sie es ebenfalls zulassen, dann wird sie sich nicht länger zusammenreißen; im Seitenspiegel erblickt sie die Maklerin, die mit dem anderen Paar über die Straße geht; nein, er muss nicht aufhören, er soll nicht losfahren, sie sitzen hier gut, die Stille, auch die ist gut, hier, in dieser kleinen Zelle, dürfen sie lächerlich sein, jetzt, in diesem Moment, müssen sie sich nicht mehr voreinander schämen.

»Könntest du bitte damit aufhören, mir für alles die Schuld zu geben?«, sagt er auf einmal wieder sehr gefasst. Sie dreht sich abrupt zu ihm.

»Wie bitte?« Mit aller Verachtung, die in ihr wieder hochkommt, schaut sie ihn an. »*Du* bist doch derjenige, der *mir* die Schuld gibt. Jeden Tag! Mit Schweigen, mit Rumstöhnen, ach, ach, ist ja alles so schwer, mit deiner Sparsamkeit. Alles, damit ich mich schuldig fühle, ständig, schon bei der kleinsten Lust auf einen Kaffee im Bistro – da kommt dann ein Seufzen von dir als Warnung. Oder deine Introvertiertheit, über die ich mir dann möglichst lange den Kopf zerbrechen soll! Oder deine halb unterdrückte Unzufriedenheit. Aber nur halb unterdrückt, damit ich sie ja mitkriege und mich schlecht fühle! Neben dir kriegt niemand mehr Luft, merkst du das nicht?«

30 | Auch eine schlafende Frau würde so aussehen. Ihre grauen dünnen Haare reichen wie Fäden bis über das Kissen, ihr blasses Ohr schimmert durch die Strähnen, sie liegt auf der Seite, der Tür den Rücken zugedreht, die Decke bis über die Schultern gezogen.

»Erika«, sagt Isabell leise, wie um sie vorsichtig zu wecken, dann klingt es wie eine drängende Frage: Erika? Fremdartig ihre Stimme in dieser absoluten Stille. Die verspiegelten Schranktüren fangen das Bett und das Fenster ein, hinter den Vorhängen flimmert das übermütige Tageslicht, und dann der Geruch, Erikas gewohnter Geruch, nur heftiger, herb, wie ein Medizinschrank.

Scheu legt sie die Hand auf die Bettdecke, sie kann den rundlichen Körper fühlen und lässt die Hand auf der Erhebung, Erikas Hüfte. Vorsichtig ruckelt sie daran, erst mit der einen, dann mit beiden Händen, sie spürt die Starre. Es ist anders als die weichen, schlafenden Glieder. So also fühlt sich ein erstarrter Körper an. Jemand anders würde den Puls fühlen, wie in Krimis oder Arztserien, mit einer routinierten Geste die Decke zurückschlagen und das Handgelenk ergreifen, doch sie wagt es nicht. Sie beugt sich über das Kissen und berührt mit der Außenseite der Finger zaghaft Erikas Wange, als würde sie sie streicheln wollen, und dann wiederum doch nicht streicheln wollen, die Haut fühlt sich glatt und kühl an. Der Körper atmet nicht. Nichts hebt, nichts senkt sich. Nichts bewegt sich. Als wäre Erika schon lange fort und ihr Körper würde sie nichts mehr angehen. Vorsichtig legt Isabell ihren

Finger auf Erikas Hals, dort, wo die Schlagader pochen müsste.

Sie hat an der Ladentür geklingelt und Erika hat nicht geöffnet, noch dreimal hat sie geklingelt, hat gewartet und dann die Tür aufgeschlossen. Sie hat den Laden mit dieser Ahnung betreten, aber dahinter stand eigentlich schon Gewissheit. Es war etwas passiert. So lief das doch, wenn etwas passiert war. Die Gewissheit hat geduldig gewartet, und das, nun, das ist der Moment. So ist das also, jemand ist gestorben, *so*, ungeheuerlich und doch banal. Als wäre da nichts als eine schlichte Linie, die der Körper überschritten hat. Erikas grauer Hinterkopf, als hätte sie sich enttäuscht weggedreht, nun lasst mich mal alle in Ruhe.

Was muss sie jetzt tun? Was ist an der Reihe? Wie verhält *man* sich jetzt?

Über der Ladestation des Telefons findet sie das knittrige Kärtchen mit einer Notarztnummer und ruft dort an, erklärt einer Frau genau, was los ist und antwortet detailliert auf alle Fragen, zu detailliert, immer wieder wird sie unterbrochen. Leichenstarre, sagt die Frau, als wäre das kein schlimmes Wort, nur ein Zustand, einer von vielen möglichen. Ein Arzt würde sich sofort auf den Weg machen. Sie legt auf und hat kurz darauf schon vergessen, was die Frau eben gesagt hat. Kommt sofort jemand? Oder bald? Oder so bald wie möglich, also irgendwann später?

Woher wissen die anderen, was sie tun müssen, wenn jemand gestorben ist? Sie kann sich nicht daran erinnern, dass mit ihr je über dieses Thema gesprochen wurde. Als wäre die Möglichkeit, sich eines Tages um eine Tote kümmern zu müssen, abseitig oder gar nicht existent. Sie denkt an Georg, der Hunderte Kilometer von hier in irgendeinem Büro sitzt, dankbar für fünf Tage Arbeit.

Daraus wird nichts, Georg, mal wieder wird etwas nichts. Sie wartet auf ein Gefühl, das jetzt passend wäre. Schock, Trauer oder Mitleid. Sie wäre beruhigt, jetzt etwas zu empfinden, es würde bedeuten, dass sie die Situation *begriffen* hat. Gleich wird er sich ein Taxi zum Bahnhof bestellen, er weiß es nur noch nicht, großartig, wie Erika das hinbekommen hat, klar, das fehlte jetzt noch, genau *das* brauchten wir jetzt, denkt sie auf einmal grimmig und schämt sich sofort. Erika ist allein gestorben, allein in diesem Ladenmuseum, allein mit Kakteen, Graubrot und schmutzigem Frotteerosa im Badezimmer.

Sie setzt sich auf das Sofa und ruft Georg an. »Du musst nach Hause kommen«, sagt sie als Erstes. »Ich bin im Laden«, das ist ihr zweiter Satz. »Da warte ich auf dich«, der dritte. »Sie ist gestorben«, der vierte. Georg reagiert sachlich, er habe das befürchtet, dann sagt er, er habe das geahnt, schließlich: Er habe es gespürt. Seine Stimme bricht, nein, er räuspert sich nur. »Danke, dass du nachgeschaut hast«, wieder hört er sich gefasst und sogar förmlich an, als wäre sie eine entfernte Bekannte oder irgendeine Cousine, die er zweimal im Jahr sieht. »Es tut mir leid, dass«, er scheint zu überlegen, »dass du in diese Situation gekommen bist.« Was meint er mit *Situation*? Sein neutraler Ton ist schwer zu ertragen.

Im Schlafzimmer stellt sie sich auf die andere Bettseite. Erikas von Falten gekräuselter Mund hat etwas Kinderschnutenartiges, Trotziges an sich. Sie erkennt Georg darin, und dass sie etwas von Georg im Gesicht seiner Mutter erkennt, missfällt ihr nur noch mehr, er soll nicht aussehen wie seine Mutter, er soll nicht wie *sie* sein. Es geht wirklich abwärts, durchfährt es sie. Ein Auge ist nicht ganz geschlossen, die Iris schimmert durch den Lidspalt, wie bei einer Katze, die träge verfolgt, was um sie herum geschieht. Als wolle Erika beobachten, wie es ohne sie weitergeht.

Der Arzt schlägt die Decke zur Seite, beugt sich über Erikas Gesicht, fühlt am Hals den Puls, schaut in ihre Pupille, geht mit geschäftsmäßiger Ruhe vor. Erika trägt ein Unterkleid, dessen Farbe sich kaum von ihrer müden Haut unterscheidet. Der Ausschnitt ist verrutscht und Isabell sieht die Brustwarze und die erstaunlich alterslose Brust. Etwas Weibliches, etwas Mütterliches, das nichts mit dem Sterben zu tun haben sollte. Erika kann nichts dagegen tun, dass wir sie so sehen, nackt, schutzlos, denkt Isabell, mit dem Gefühl, sie würde eine Grenze überschreiten; sie geht nach nebenan in die Küche. Die dünnen Träger waren mit Spitze verziert.

Der Arzt wäscht sich die Hände im Bad. Dann füllt er ein Formular aus und geht. Sie und Erika allein in der Ladenwohnung. Es wäre im Schlaf geschehen, höchstwahrscheinlich in den frühen Morgenstunden, hat er gesagt, Herzstillstand, Schlaganfall, beides sei möglich, offenbar sei ihr kein großes Leid geschehen. Es gebe keinen Grund, etwas anderes anzunehmen. Vor ihr auf dem Küchentisch liegen zwei Umschläge, die sie dem Bestatter geben soll. Daneben ein Holzbrett mit Brotkrumen und etwas, das aussieht wie ein Stück Wurstpelle, ein Messer mit Butterschlieren, Honig in einer Plastikflasche. Ein letzter Schluck Milch im Glas, den Erika nicht getrunken hat. Kleine Dinge, die nach Leben aussehen, als würde die Wohnung noch atmen. Sie setzt sich an den Tisch, nicht auf Erikas Stuhl, sondern auf den anderen, und sammelt mit der Fingerspitze Krümel auf, drückt sich jeden Krümel in die Haut und schnippt ihn über dem Brett ab. Im Augenwinkel bleiben die offene Schlafzimmertür und das Fußende vom Bett. Sie hätte Erika gestern besuchen können, als sie mit Matti in der Karre eine Runde um die Häuser gedreht hat. Erika wäre überrascht gewesen, einen Besuch von Isabell und Matti, ohne Georg, ohne Zwang, und weil sie an diesem Abend etwas überrascht hätte, wäre sie in der Nacht vielleicht nicht gestorben. Wie unaufrichtig, dieses Gedankenspiel. Niemals hätte sie Erika freiwillig besucht. Der Laden hat eine Trübsal an sich, ansteckend wie eine Krankheit, davon musste sie sich fernhalten, davon *muss* sie sich fernhalten. Sie schaut auf die Küchenuhr, der hauchdünne Sekundenzeiger gleitet lautlos über die Ziffern, Georg sitzt im Zug, bis er hier ist, wird es noch vier Stunden dauern.

Wie der Arzt ihr gesagt hat wird sie einen Bestatter anrufen. Neben der Telefonanlage findet sie ein abgegriffenes Exemplar der Gelben Seiten, schlägt Beerdigungsinstitute nach und entscheidet sich für eines, dessen Werbung sie jahrelang immer wieder in der U-Bahn gesehen hat. Der Mann am Telefon gibt sich einfühlsam, zuvorkommend, als ginge es darum, einer zerbrechlichen Frau die ersten Schritte nach einem Verlust zu erleichtern, so ist er wohl geschult. Sie kann sich nicht erinnern, dass sie jemals zuvor jemand so in Watte gepackt hat. Wer kauft einer Stimme diese Sanftheit ab? Interessiert nimmt sie es hin.

Sobald erwünscht, werde jemand kommen und die Verstorbene abholen, erklärt ihr der Bestatter, ob heute oder erst morgen, das könne sie mit ihrem Mann besprechen, *mit ihrem Mann*, es klingt so selbstverständlich und amtlich, und auf sie bezogen doch so ungewöhnlich, *mein* Mann, *meine* Frau, ja, das sind sie, sie tragen Ringe, dabei kommt ihr die eigene Ehe immer noch wie auf Probe vor, was sie besser für sich behält, ihr Misstrauen in die Ehe sitzt tief, ein Anruf würde genügen, wiederholt der Bestatter, vierundzwanzig Stunden Service.

Danach gibt sie der Kita Bescheid, sie müsse Matti später als sonst holen, und meldet sich bei Georg, um ihm zu erzählen, was der Arzt und der Bestatter gesagt haben. Weiter gibt es nichts zu tun. Das war's, warten, denkt sie, und stellt sich ans Ladenfenster. Auf den Kakteen klebt der Staub wie dicker Flaum, sie muss an pelzigen Schimmel denken. Sie zählt die toten Fliegen zwischen den Kübeln, sechs, sieben, acht. Seine Mutter würde das alles nicht mehr schaffen, hatte Georg vor einiger Zeit gesagt, er müsse bei ihr ab und zu sauber machen, mit dem Wegbringen von Zeitungen und Flaschen sei es nicht mehr getan. Eine Putzfrau wollte er nicht anstellen, zwanzig, dreißig Euro die Woche, mehr als hundert im Monat, rechnete er ihr vor. Das erledige ich selbst, ist doch kein Ding. Wie er das immer sagte: Ist doch kein Ding. Auch das hat sie wütend gemacht, es macht sie noch immer wütend. Sie stellt sich vor, wie er mit dem Putzschwamm in der Hand auf den Knien über Erikas Badezimmerfliesen rutscht, wie er den fleckigen Boden im Laden saugt und hinterher artig die Miniteppiche zurechtzupft. Sie verachtet seine Vernunft und nimmt ihm seinen Mangel an Eitelkeit übel. Eine gewisse Eitelkeit, die verhindert, dass sie sich den miesen Umständen vorauseilend anpassen, dass sie eins werden mit den miesen Umständen, dass sie diese Umstände eigentlich erst heraufbeschwören. Der Laden wird ihn verschlingen, dachte sie, ein wuchernder Schatten, der sie alle verschlingen wird, nichts wird gut werden. Dann bezahl *ich* eben eine Putzfrau, hat sie erwidert, und er schaute sie an, stille, zurückhaltende Enttäuschung im Blick, als würde er sie herzlos finden, es aber nicht einmal mehr sagen wollen, weil es nichts bringen würde. Warum soll ich ihr nicht helfen, solange ich Zeit habe?, fragte er, wenn ich wieder arbeite und keine Zeit mehr habe, bezahle ich gern eine Putzfrau, sagte er betont ruhig. Ja, er fand sie herzlos, und vielleicht *ist* sie das auch. Vielleicht ist sie keine mitfühlende Gefährtin für schlechte Tage, keine Partnerin in Schwierigkeiten, keine Liebende, vielleicht ist sie nicht einmal eine gute Mutter. Sie erinnert sich an diese Hoffnung während der Schwangerschaft, nun ein anderer Mensch zu werden und alles richtig zu machen, eine geduldige, liebevolle, zuversichtliche Frau zu werden. Doch dann zerfiel diese Hoffnung nach und nach, stieß sich stumpf am Alltag. So *ist* es, gewöhn dich dran.

Georg war dankbar, verschwinden zu können, er hatte sich nicht nur über den Anruf von Matthias gefreut; eine Woche Stuttgart, bei irgendeiner Messe im Büro aushelfen; er wollte vor allem weg, sie sah es ihm an, als er sich die Jacke anzog und seine Tasche nahm. Er konnte es kaum abwarten, ihre Nähe los zu sein, auch sie konnte kaum erwarten, dass er die Tür hinter sich schloss. Als er ging, war sie einen Moment erleichtert; aber es war nur ein Moment. Dann verkroch sie sich ins Bett, wenn sie schlief, würde sie entkommen, wenigstens für eine Weile. Aber sie schlief nicht, sie kam sich verdorben vor, sie musste an Matti denken, der in der Kita war, wie die anderen Kinder, deren Eltern arbeiteten. Während sie im Bett lag.

Seit der kläglichen Hausbesichtigung redeten sie nicht mehr miteinander. Oder nur das Nötigste, ich bring ihn in die Kita, okay, ich hol ihn ab. Seine Bitte, heute Vormittag, ob sie nach seiner Mutter sehen könne, da stimme was nicht, war eine Ausnahme. Sie konnte kaum noch einen klaren Gedanken fassen, wenn sie mit Georg in einem Raum war, hatte immer das Gefühl, er würde auf eine Antwort warten. Was ist jetzt, Isabell? Wie soll es weitergehen? Was gedenkst du zu tun? Als er ging, fühlte sie sich befreit, doch auch dieser Zustand wurde hohl und faul. Sie wollte nichts Kaputtes, wollte nicht zu denen gehören, die aus den Trümmern ihrer Familie kletterten. Und doch kann sie an nichts anderes denken, Trennung; wenn sie mit ihm am Tisch sitzt und er sie mit Schweigen bestraft, Trennung; wenn er mit diesem Gesicht, diesem reglosen Gesicht lähmende Freudlosigkeit verströmt, und diese Freudlosigkeit sie sprachlos macht, sich wie ein Gift ausbreitet, und Matti mittendrin, der es doch auch spüren muss, Trennung. Als er die Lampe ausknipste, als er minutenlang einen Kassenbon las, als sie mit ihm durch das miefige Haus gehen musste, weil *das* die Perspektive sein sollte, Trennung.

So isses, fällt ihr die zischelnde Stimme der Frau aus der Krankenhausnacht ein. Da war sie sieben Jahre alt, sie hatte sich den Fuß verletzt, musste genäht werden und, weil sie Fieber hatte, zur Beobachtung bleiben. Im Nebenbett lag diese alte Frau mit dem haarigen Kinn und flüsterte immer wieder, so isses, so isses. Sie erinnert sich deutlich an das Zischeln, so isses.

Als Teenager hatte sie ihre Mutter manchmal gefragt, warum die Trennung? Als wäre sie selbst in der Pubertät, rechtfertigte sich ihre Mutter gereizt. Jeden Tag wäre er mit einer Grabesmiene vorgefahren, vom Fenster aus konnte sie seine herunterhängenden Mundwinkel sehen, während er einparkte, man könne nicht mit einer Grabesmiene an der Seite leben, sei froh, dass ich dich davor bewahrt habe, sagte sie, hast du gewusst, dass er am Ende des Monats Kontoauszüge mit mir durchgegangen ist? Wofür war der Betrag? Und der? Und der? Er saß hinter seinem Schreibtisch und ich stand davor wie seine Sekretärin. Sie denkt an ihre Mutter, wie sie mit der zehnjährigen Isabell hier neu anfing, wir zwei, wir schaffen das, und spürt ein schmerzhaftes Verlangen, es auch so zu machen. Es ist wie ein Sog zu etwas Vertrautem hin, Matti, wir zwei, du und ich, ein Verlangen, es zu versuchen, ein Überfluss an Liebe und Sehnsucht, in dem sie Matti ertränken wird. Sie weiß doch, dass es zu nichts Gutem führen wird, sie kann ja nicht einmal sagen, wovon sie in ein paar Monaten leben will. Sie selbst ist der Schatten. *Ihr* Schatten wird Matti verschlingen. Das Telefon surrt in der Tasche und sie zuckt zusammen, alarmbereit, Georg, Kita, wer noch kann etwas wollen?

Hey Isa! Mein Termin dauerte länger. Ich verspäte mich um eine halbe Stunde, sorry, bis gleich. Miriam

31 | Draußen atmet sie tief durch. Wie seltsam, sie steht hier im Sonnenlicht. Es kommt ihr unerhört vor, dass sie den Laden hinter sich gelassen hat und auf dem Weg ins Café ist. Ohne die Nachricht von Miriam hätte sie die Verabredung natürlich vergessen. Sie hätte eben noch absagen können. Aber sie steht hier und das helle Licht holt sie in eine wohltuende andere Welt. Ein Vater geht mit seinem Jungen vorbei, »*drei Meter* geschwommen«, hört sie die eindringliche Kinderstimme, »drei Meter«, wiederholt der Vater anerkennend. Drei Meter geschwommen, wiederholt sie in Gedanken, mühelos schafft dieser Vater es mit seinem Kind, vielleicht noch weiteren Kindern, und seiner Frau, wie selbstverständlich schaffen sie es, eine Familie zu sein, wohnen hier im Viertel, stellen nichts in Frage, bemerken nicht einmal, wie leicht ihnen alles fällt; womöglich haben manche Menschen ein Talent zur Unbeschwertheit und manche nicht; und wer diese Gabe nicht hat, wird durchlässig für alle dunklen Strömungen. Wir driften auf einen Punkt zu, den wir in uns tragen.

Kurz vor dem Café sieht sie Miriam auf der anderen Straßenseite, doch macht sich noch nicht bemerkbar. Miriam trägt einen gelben Glockenrock, dazu eine weiße Bluse, und auf dem Rücken einen sportlichen Rucksack, wie für Wanderungen. Sie geht langsam auf das Café zu, mit diesem leicht erhobenen Kinn, ja, sie geht wie früher, als hätte sie es nicht eilig, ein wenig stolz und abwartend.

Stimmt, so gingen wir damals. Isabell erinnert sich an dieses Gefühl und versucht den Gang nachzuahmen, wieder für einen Augenblick dorthin zurückzufinden, streckt den Hals und hebt den Kopf, ihre Tagträume flossen damals in diese bewusste Art des Gehens ein, dann war sie fest davon überzeugt, alles würde großartig werden, einen Anlass für diese Überzeugung brauchte sie nicht.

Sie bleibt ein paar Meter hinter Miriam, die blickt sich suchend im Café um und geht weiter zur Terrassentür, die in den kleinen Garten führt, dort setzt sie sich an einen freien Tisch. Isabell hofft, dass sie neben Miriam nicht erschöpft oder mutlos wirkt, aussieht wie eine, die vergeblich an einer Tür geklingelt, eine Verstorbene gefunden und mit einem Bestatter telefoniert hat, auch alles andere wird sie für sich behalten, für diesen überschaubaren Zeitraum wird sie einfach hier im Café sitzen und alles okay sein lassen.

»Heeey«, ruft sie und tritt durch die Tür, Miriam springt auf, umarmt sie und drückt ihr Küsse auf die Wangen und nach einem kurzen Moment flüchtig einen auf den Mund. Sie küssten sich früher auf den Mund, schwesterlich, oder wie man seinem Kind einen liebevollen Kuss gibt. Dicht nebeneinander setzen sie sich auf eine Bank an der Mauer im Schatten. Ihre Arme berühren sich, Isabell spürt ein feines Kribbeln auf der Haut, es fühlt sich an wie etwas, das sie dringend gebraucht hat.

»Wie alt ist Matti?«

»Im Oktober zwei.«

»Wow.« Miriam reißt die Augen auf, Isabell holt ihr Telefon hervor und zeigt Fotos, die Kellnerin fragt nach Getränken.

»Er sieht aus wie du.« Miriam schaut sie begeistert an,

ja, wirklich, sie scheint angetan; die alte Nähe, denkt Isabell, ist geblieben, sie schlummert in uns, wenn wir keinen Kontakt haben.

»Erzähl mal, was du in der Stadt machst? Wie lange bleibst du?«

»Gestern Abend war ich mit Leuten von einer Plattenfirma essen. Vorhin, beim Termin, ging's dann zur Sache«, erzählt Miriam, »dann ist plötzlich nichts mehr so nett und leicht wie beim Wein im Restaurant.« Sie lacht, als wäre das kein Problem. »Die müssen ihre Konditionen nachbessern«, sagt sie wie eine Geschäftsfrau, die kein bisschen daran zweifelt, dass diese Leute es auch tun werden. In einer Stunde müsse sie zum Flughafen, mit ihrem Agenten zurück nach London. »Besuch mich«, sagt sie, »ich bin die nächsten Monate kaum unterwegs.«

Dann erzählt sie von einer Auktion in drei Tagen, auf der sie für ein Cello bieten will, aber nicht höher als zwanzigtausend Pfund gehen wird. Sie trinken Eistee und werfen gemeinsam einen Blick in die Speisekarte.

»Und die Wohnung, die gibt es doch noch?« Mit dem langen Flur und den riesigen Fenstern, den wackeligen Kacheln in der Küche und den Klingelknöpfen aus Messing, neben den Wohnzimmertüren fürs Personal, »die nicht mehr funktionierten, oder?«, zählt Miriam die Dinge auf.

»Alles unverändert«, antwortet Isabell, erleichtert, über etwas reden zu können, das nur zum Teil mit Lügen oder Halbwahrheiten zu tun hat. Miriam bestellt Salat, sie eine Kugel Eis.

»Wir haben im Zimmer hinten rechts unter der Tapete einen alten Tresor in der Wand gefunden.«

»Ist was drin?«

»Er ist verschlossen. Es gibt natürlich keinen Schlüssel

dazu. Wir wissen nicht, welcher Bewohner zuletzt einen hatte.«

»Und jetzt? Ihr müsst das Ding doch öffnen!«

»Es sind Bohrlöcher in der Tür, jemand hat mal versucht, das Schloss zu knacken. Georg sagt, das ist nicht so einfach. Man braucht eine spezielle Bohrmaschine, weil in der Tresortür Granit sein könnte. Wer weiß, ob man sie überhaupt aufbekommt.«

»Aber seid ihr nicht schrecklich neugierig?«

»Eigentlich glaube ich, dass er leer ist. Was soll drin sein?« Sie überlegt. »Außerdem, wenn was drin ist, kommt es ja nicht weg. – Bis wir eine Lösung finden.«

»Sehr geduldig. Ich würde mir sofort einen Handwerker bestellen, damit der den Safe für mich öffnet.«

»Ja, daran haben wir auch gedacht. Aber die Entdeckung, wir wollen den Moment der Entdeckung nicht mit einem Handwerker teilen. Na ja, auf jeden Fall sieht das Ding schön aus. Ich hab die Tapete drum herum gelöst und sauber die Kanten zurechtgeschnitten. Ein großes Quadrat mit einer kleinen Metalltür in der Mitte.«

Miriam lehnt sich an die Mauer. »Ihr habt es sicher sehr schön dort«, sagt sie und Isabell nickt. Das Leben mit Georg und Matti hatte den Räumen eine neue Anmut gegeben. Ihre letzte Mitbewohnerin, eine in sich gekehrte Medizinstudentin, mit der sie nie warm wurde, zog aus, Georg kam mit seinen Sachen und die Wohnung verwandelte sich. Alle Zimmer waren auf einmal miteinander verbunden, waren offen, gehörten ihnen zusammen, waren wie für eine Familie gemacht.

»Die Wohnung ist mit mir erwachsen geworden«, sagt sie und sieht gepackte Kartons in leeren Zimmern vor sich.

»Wenn mein Flieger heute nicht gehen würde, könnten wir noch kurz bei dir vorbeifahren.«

»Du kommst eben bald wieder.«

»Hast du gerade ein Engagement?«

Isabell schüttelt den Kopf.

»Was ist aus deinen Quartettplänen geworden?«

Isabell weiß nicht, was sie sagen soll, ihre Quartettpläne liegen so weit, so unglaublich weit zurück, sie haben nichts mehr mit ihr zu tun. Es ist, als würde Miriam sie nach einem Kindheitstraum fragen.

»Ich glaube, ich bin keine Quartettcellistin«, sagt sie. »Diese Rolle hat mir zu viel Gewicht.«

Auch das, wenigstens, ist nicht gelogen.

»Wirklich? Ich hab dich immer im Quartett gesehen. Weil du so ruhig und strukturiert wirkst, du bist die Persönlichkeit, die alle anderen Egos zusammenhält.«

»Wie kommst du darauf?«

»So war das auch, wenn wir zusammen gespielt haben. Du bist meine Stütze gewesen. Aber das hab ich dir doch auch oft genug gesagt, oder?«

»Daran kann ich mich nicht erinnern.« Isabell kann sich wirklich nicht daran erinnern. »Für den Ernstfall bin ich trotzdem nicht gemacht. Was ich in meinen eigenen vier Wänden schaffe, spielt ja keine Rolle.«

Es wäre alles okay so, wie es ist, sagt sie, vom Musical hätte sie eine Pause gemacht, wegen Matti, diese Pause hätte gutgetan, spazieren gehen mit dem Kind, Kuchen essen, schlafen, nichts tun, Matti beobachten, mit ihm spielen, Musik hören.

»Ich bin auf der Suche, aber ich lasse mir Zeit.«

»Was interessiert dich?«

Als wäre das ein Kriterium, denkt Isabell, aber ja, für

Miriam ist es das natürlich. Sie hat vergessen, was sie interessieren würde. Miriam schaut sie arglos und erwartungsvoll an. Da öffnet sich nun doch die Kluft, zwischen einer, der alles gelingt, und einer, der nichts gelingt. Ihr fällt auf, dass sie durchweg mit dem Gefühl Musik gemacht hat, vorsichtig sein zu müssen. »Souverän gespielt«, hat ihr ein Lehrer mal gesagt, und es klang nicht begeistert, nein, es klang sehr neutral, wenn nicht sogar skeptisch. Miriam war chaotisch, manchmal sogar faul, sie brachte ihre Leistung durch Intuition. Sie selbst war dagegen fleißig und immer gut vorbereitet, bloß keinen Fehler machen, bloß keinen falschen Schritt gehen, lieber auf der sicheren Seite bleiben, es konnte nur Schlechtes passieren, wenn sie sich zu weit hinauswagte. Davon ging sie aus, beim Musik machen, nein, eigentlich doch bei allem. So trifft sie ihre Entscheidungen. Wann hatte das angefangen? Während des Studiums? Hinter dem schwarzen Orchestervorhang? Noch viel früher?

»Aber es ist ja auch nicht einfach«, rudert Miriam höflich zurück, wahrscheinlich, um ihr einen Gefallen zu tun; das Gefühl von Nähe verfliegt augenblicklich. Miriam pickt mit kratzender Gabel Salatschnipsel vom Teller. Sie muss annehmen, ich hätte meine Träume verraten, denkt Isabell, hätte mich nicht genug angestrengt; aber es muss doch auch in Ordnung sein, etwas nicht geschafft zu haben, das heißt doch nicht gleich, Träume verraten zu haben, und dann muss sie wieder an die Kündigung der Streicher denken, die digitalen Stimmen, von denen Maggie erzählt hat, sie wollen den Klang, nur noch den Klang, aber nicht mehr die Menschen, die ihn erzeugen, nicht die Konzentration, nicht die Hornhaut unter den Fingern, das Lampenfieber, den Atem, das Herzklopfen und auch nicht die Fehler, die kleinen Patzer, all das wird nicht mehr gebraucht.

»Ich könnte mir vorstellen aufzuhören«, sagt sie unvermittelt, wirft es in den Raum, sucht Miriams Nähe mit dieser Provokation. Die gespielte Leichtigkeit ist aufgebraucht, nun ist es auch egal, Miriam wird abreisen und dann werden sie sich jahrelang nicht wiedersehen.

»Ich hab meinen Vertrag verloren, nachdem ich krankgeschrieben war. Armschmerzen.« Sie zögert. »Das war aber nicht das Problem. In Wirklichkeit hat meine Bogenhand gezittert. Eines Abends fing das beim Solo an, es wurde immer schlimmer, irgendwann zitterte meine Hand schon beim Stimmen.«

»Oh«, entfährt es Miriam und sie legt ihre Gabel neben den Teller. »Das hört sich anstrengend an. Aber ich kenne das.«

»Du? Das glaube ich nicht.«

»Ich kenne Leute, denen das passiert ist. Wer weiß, wie viele von denen Betablocker schlucken. Wusstest du, dass Betablocker Haarausfall verursachen?«, sie lacht und Isabell bereut, mit dem Thema angefangen zu haben. »Nein, im Ernst. Jeder von uns hatte diese Schwierigkeiten schon. Und niemand will darüber reden, weil es wie ein Zeichen von Schwäche wirkt. Wenn eine Konzertagentur einen Vertrag mit mir macht und ich plötzlich ausfalle, warum auch immer, würden die nicht wieder mit mir arbeiten. Sie würden das nicht offen sagen, aber es ist so. Außer, ich wäre ein Superstar. Also muss ich gut auf mich achten. Aber es gibt wirklich ausgezeichnete Therapeuten, die viel machen können.«

»Sicher«, sagt Isabell nur.

»Man muss nur wissen, zu wem man geht. Auftrittsangst, daran kann man arbeiten. Es dauert vielleicht, aber es ist möglich. Es gibt sehr gute Spezialisten, auch hier in der Stadt.«

Das wusste sie alles schon. Sogar bei einer Musikerambulanz, fünf Zugstunden von hier entfernt, hatte sie angerufen, und sich, albern, mit falschem Namen gemeldet, um ihre Situation zu beschreiben und sich zu informieren. Was müsste sie alles probieren, bis sie wieder in der Lage wäre, sich überhaupt für ein Engagement zu *bewerben*? Sie wird nicht mit teuren, renommierten Therapeuten arbeiten, monatelang, auf eigene Rechnung, wie eine begehrte Solistin oder eine fest angestellte Cellistin in einem staatlich finanzierten Orchester. Soll Miriam doch wissen, wie ihre *Wirklichkeit* aussieht.

»Ich kann eine Therapie nicht bezahlen, und Georg momentan auch nicht.«

Miriam wirkt auf einmal abgelenkt, sie nestelt an dem Riemchen ihrer Sandale und antwortet nicht. Isabell überkommt ein Anfall von Müdigkeit, es ist, als wäre alle Energie aus ihr herausgeflossen. Sie muss an Miriams altes Bett denken, ein Rahmen aus geflochtenem Korb, viele zerdrückte Kissen, sie stellt sich vor, wie sie zu Miriam unter die Decke kriecht und ihr flüsternd etwas anvertraut, irgendetwas, ganz gleich, etwas, von dem sie sicher sein kann, dass Miriam es vollkommen verstehen und gemeinsam mit ihr darüber kichern oder jammern würde.

»Heute Nacht ist Georgs Mutter gestorben.«

Sie weiß nicht, woher es kommt, aber sie will ungerührt und hart klingen. Damit Miriam sie auch wirklich hört. »Ich hab sie vorhin in ihrem Bett gefunden. Da liegt sie immer noch. Ihr Körper ist starr. Ich dürfte gar nicht hier sein.«

Sehr genau nimmt sie wahr, dass am Himmel ein Flugzeug einen weißen Schweif hinterlässt, dass neben ihrem Tisch ein zerzauster Spatz gierig Kuchenkrümel aufpickt. Dann erst sieht sie Miriam wieder an, sieht in ihr entsetztes Gesicht.

32

Die Preise in Schweden. Ein anständiges Holzhaus mit riesigem Grundstück gibt es für Vierzig- oder Fünfzigtausend. Eine Offenbarung. Je weiter im Nirgendwo, je weiter entfernt von Flughäfen und Städten, desto günstiger. Dieses hier liegt mitten im Nirgendwo und kostet Fünfunddreißigtausend inklusive Einrichtung. Mit einem See in der Nähe, umgeben von Wald, nicht ein paar Bäumchen, sondern tiefem, dichtem Wald. Er klickt durch die Bilder. Er betritt die Veranda, öffnet die Haustür, geht durch die Küche über dunkle, glänzende Holzdielen, vorbei an einer Eckbank mit Tisch und einer kitschigen Vitrine mit Spitzenvorhang. Er steigt die schmale Treppe hoch und geht ins Schlafzimmer. Dort steht ein antikes Doppelbett unter niedrigen Dachschrägen. Im Nebenzimmer ein Einzelbett mit geblümter Überdecke, sonst nichts, außer einem kleinen, schief hängenden Bild an der Wand. Er liest die Informationen. Baujahr 1923, Fenster von 1991, Ofenheizung, Keller feucht, aber sanierbar, achtzehn Kilometer zum nächsten Dorf, Schulbus.

Er sollte endlich in den Laden gehen.

Er sehnt sich nach einem Ort, den ihm niemand wegnehmen wird. Der ganz ihm gehört, ohne das Gefühl, jetzt ja, später nicht mehr. Das Gelbe noch, das in der Winterlandschaft. Im Winter fotografiert sehen diese Häuser noch schöner aus. Warm, ruhig, unerreichbar. Er ist umgeben von verschneiter Stille, während er durch den Garten hinter das Haus geht und stechende, kalte Luft atmet.

Mit schweren Stiefeln stapft er zu einem Schuppen, um eine Axt zu holen und Holz zu hacken. Dort, in diesem Leben, ist er geübt im Holzhacken. Er hat einen gutmütigen Hund dabei, der Matti überragt, wie ein großer Bruder. Vor der offenen Hintertür steht Isabell auf der Treppe. Ostseite, morgens kann sie in der Sonne auf den Stufen sitzen und Kaffee trinken.

Oder das Rote am See mit eigenem Steg.

Er spürt ein Grummeln im Magen. Bevor er in den Laden geht, sollte er etwas frühstücken. Sie habe Termine, hat Isabell gesagt, schnell etwas gegessen und Matti in die Kita gebracht.

Noch mal das Günstige mit der Veranda, dann. Dann wird er sich um den Laden kümmern. Um im Nirgendwo klarzukommen, bräuchte man einen Geländewagen. Obwohl? 1923 gab es keine Geländewagen. Dann fahren sie eben achtzehn Kilometer mit dem Fahrrad zum Einkaufen. Sie würden selten fahren und nur das Nötigste kaufen. Boutiquen, lachhaft teuer, Discounter, unmoralisch billig, nichts davon würde in dieses Leben gehören. Das Fahrrad hätte Vorteile. Ohne Auto keine Versicherung, keine Tankstellen, keine Reparaturen, ein reines Gewissen. Nur das Nötigste. Darin liegt die Freiheit. Vater, Mutter, Kind, in einem Haus am Wald, verweigern sich zusammen der Welt. – Ein Märchen.

Isabell spricht kaum mit ihm, verschließt sich ihm vorwurfsvoll, weil er ein Versager ist. Er hat das Glücksversprechen gebrochen. Er bringt ihr keine Lösung auf dem Silbertablett, er hat nicht den rettenden Job gefunden, der sie befreien würde, von ihrem Phlegma, ihrer Neurose, oder was sie da mit sich herumträgt. Fragen darf er nicht, nein, auf keinen Fall fragen, es wäre wie eine Verletzung, die sensible Cellistin zu fragen. Selbstverständlich ist er zu blöd oder zu unsensibel, sie zu verstehen. Er hat es nicht verdient, dass mit ihm geredet wird. Aber er ist der Verantwortung müde, zu rechnen und zu planen. Jede Woche, jeden Monat. Und jetzt auch noch der Laden, er sollte traurig sein, aber er kann nur an Papiere, Kosten, Gerümpel denken. Alles Hürden, die er nehmen muss, um zur Traurigkeit um seine Mutter zu gelangen.

So werden sie keine Krise überstehen.

Der Ausflug in die Provinz war für Isabell eine Zumutung. Er weiß, dass sie nicht die Mutigen sind, sie sind keine Abenteurer. Aber er kann sich wünschen, dass sie es wären. Los, wir trauen uns! Wir lösen uns von allem, ziehen aufs Land, ins Ausland, ins Nirgendwo, was kann passieren? Wir haben uns, ohne doppelten Boden. Mit dem Rest auf ihrem Konto ein Holzhaus anzahlen, auf die Fähre steigen, sich in das Ungewisse stürzen. Sie wären selbstbestimmt. Und keiner von ihnen würde dem anderen die Schuld für etwas geben. Sie würden sich nicht mit Erwartungen einengen. Schuld und Erwartungen würden zwischen ihnen keine Rolle mehr spielen. Weil das Holz für den Ofen wichtiger wäre.

Er klappt den Computer zu, setzt in der Küche Teewasser auf, geht ins Bad und stellt sich vor den Spiegel. Auf dem Boden liegen ein Shirt und eine Bluse von Isabell. Darunter blitzt ein Slip hervor. Es genügt schon, an den Duft zu denken. Traurige Sehnsucht. Er knöpft die Jeans auf, schiebt die Hand unter die Shorts. Aus der Küche hört er den Wasserkocher, ein sich verdichtendes Rauschen. Das leise Klatschen seiner Haut nimmt er wahr, langsam, schnell, langsam, wieder schneller. Er sieht Isabells nackten Rücken. Die Schulterblätter zeichnen sich scharf ab unter der Haut. Er schiebt ihr Haar zur Seite, berührt die Nackenwirbel, weiße Haut, immer blass, auch im Sommer blass. Ein Kleid mit offenem Reißverschluss am Rücken rutscht vom Körper. Sie steht in einem Garten und lässt das Kleid fallen, steht nackt auf dem Rasen, ihm immer noch den Rücken zugewandt. Er sieht Mauds Füße in einem Schaffell, immer schneller, schneller, still, still –

Er pustet Luft aus, lässt den Kopf hängen und spürt ein Pochen am Hals und hinter dem rechten Auge. Er spült kurz ab und richtet die Shorts. Wäscht sich die Hände und knöpft die Jeans zu. Dann geht er zurück in die Küche. Im Kocher brodelt das Wasser. Er gießt Tee auf und füllt sich eine Schüssel mit Müsli, gibt Joghurt dazu. Gleich wird er endlich in den Laden gehen.

»Meine Mutter hat einen Kredit bei Ihnen laufen, so sieht es zumindest auf den Kontoauszügen aus. Sie ist vor einer Woche gestorben. Wahrscheinlich brauchen Sie einen Nachweis, also, eine Sterbeurkunde?« Vor ihm liegt der Auszug mit der Kreditrate. Warum wusste er davon nichts, wofür brauchte seine Mutter einen Kredit? Wann wurde der abgeschlossen? Ihm fehlen die Unterlagen.

»Erst einmal mein aufrichtiges Beileid. Würden Sie mir den Namen Ihrer Mutter bitte buchstabieren?«

Er buchstabiert, der Mann tippt.

»Ja. Da müsste jemand vorbeikommen. Sie, oder – Ist, also, war Ihre Mutter verheiratet?«

»Sie war Witwe.«

»Dann kümmern Sie sich um den Nachlass?«

Nachlass klingt nach Vermögen und antikem Schreibtisch mit grüner Lederfläche. Er hört, wie der Mann halblaut etwas liest. Sein Blick streift das Schlafzimmer. Nachdem sie vom Bestatter abgeholt worden ist, hat er ihr Bett gemacht. Als würde sie sich wieder, wie gewohnt, dort schlafen legen. Er konnte das vom Bestatter zur Seite gelegte Bettzeug nicht hinnehmen. Er schüttelte das Kissen auf, strich die Decke glatt. So war es ein bisschen besser. Das Telefon am Ohr geht er durch die Küche zum Kühlschrank. Er muss die Lebensmittel wegschmeißen. Er muss den Laden leer räumen. Bei dem Gedanken werden die Beine müde und er setzt sich an den Tisch.

»Sind Sie Alleinerbe?«

»Alleinerbe. Ja, wahrscheinlich.«

»Also, es gibt keine anderen Hinterbliebenen? Sie haben keine – Geschwister zum Beispiel?«

»Nein.«

»Dann *sind* Sie Alleinerbe. Wir würden den Kredit auf Sie überschreiben.«

»Ach so?« Er räuspert sich kräftig, beinahe hätte er sich an seiner Spucke verschluckt.

»Der Kredit gehört zum Nachlass.«

»Das heißt, der Erbe erbt den Kredit?«

»Ja, so kann man es auch ausdrücken.«

Nein, er atmet das Wort lautlos aus, Nein. Er wird das Telefon jetzt auf den Tisch legen, und dann wird er gehen. Alles hinter sich lassen. Es gibt keinen Laden, keinen Nachlass, es gibt auch keinen Kredit, er hat nicht bei dem Mann angerufen. Hinterm Wald ein Holzhaus, von dem niemand weiß, auch Isabell nicht. Dorthin verschwindet er. Wie ein müder Hund, der sich schlafen legt. Er geht hinein und die Tür fällt mit einem flachen Klappen zu. »Am besten, Sie kommen vorbei«, hört er die Stimme aus dem Hörer, ja, der Mann meint ihn damit, dieser Mann scheint zu glauben, da wäre noch jemand, mit dem man sprechen kann.

»Sollen wir einen Termin machen? Ich könnte Ihnen kommenden Donnerstag, elf Uhr dreißig anbieten. Passt Ihnen das?« Damit die Stimme aus dem Hörer endlich aus seiner Wahrnehmung verschwindet, sagt er Ja und legt auf. Im linken Auge flimmert es. Er drückt die Finger auf das Lid und massiert die Stelle. Ein zuckender Fleck, wie eine fehlerhafte Stelle im Blickfeld.

Wenn der Kredit seine Sache ist. Dann auch die Ladenmiete?

Er muss den Mietvertrag dringend kündigen. Dafür braucht er die Adresse des Verwalters. Er muss den Vertrag finden. Heute. Sofort.

Ein Vierteljahr Kündigungsfrist? Oder ein halbes? Noch monatelang zahlen? Das Konto seiner Mutter würde das nicht hergeben.

Er reibt hart über das Lid, um das Flimmern zu vertreiben.

Sie aß ein Brot, trank Milch, schaute eine Quizsendung, telefonierte mit ihm. Sie ging ins Bett und starb. Diese Nacht kann wie jede andere gewesen sein, oder lang und quälend. Schlief sie ruhig oder wurde sie wach, bevor es passierte? Hatte sie Angst? Wusste sie, was mit ihr los war? – Er kam vom Bahnhof und betrat den Laden. Setzte sich zu ihrem Körper ans Bett. Daran, dass es so gewesen ist, gibt es keinen Zweifel. Isabell umarmte ihn, oder? Er ist nicht sicher. Er weiß es nicht mehr.

Idiot, er hat den Mann in der Bank nicht nach der Summe gefragt. Nicht gefragt, wie viel insgesamt noch zu zahlen ist. Er muss wieder dort anrufen. Hat den Namen, hat die Durchwahl des Mannes nicht. Zuerst der Mietvertrag.

Er braucht jetzt alle Fakten. Er muss wissen, was da auf ihn zukommt. Ganz genau muss er das wissen. Auf den Euro genau! Und dann die ungeöffnete Post. Nicht, dass da noch etwas auf ihn wartet.

Im Wohnzimmer reißt er die Schranktüren auf und findet viele Aktenordner und Schuhkartons mit Zetteln. Kartons mit Zetteln, wie er die hasst. Wie es hier aussieht, der Teppich, die Wände, verlebt, muffig. Die Tapeten mit dem Rautenmuster wurden nie erneuert. Muss er weiße Wände hinterlassen? Die Tapeten abkratzen, neu verputzen und streichen? Bevor er einen Schnipsel Tapete von irgendeiner Wand abkratzt, muss alles raus. Der Kleiderschrank ist von oben bis unten voll mit Handtüchern, Tüchern, Tischdecken, Bettwäsche, das meiste aus seinen Kindertagen. Die vollen Küchenschränke, die Nippesregale, Glasfigürchen und alte Transistorradios, die Kommoden und Kisten. Der Berg von Haushaltsgeräten in seinem alten Zimmer. Eine gigantische Menge Zeug. Und dann noch die Kakteen im Fenster. Er könnte jemanden anschreien! Er zieht einen Ordner raus, klappt ihn auf und fährt durch die Seiten, überfliegt, blättert, Papier reißt. Lieferscheine von Händlern, Quittungen, er liest Jahreszahlen, 1982, 86, 87. Der nächste Ordner, Mietvertrag, Kreditunterlagen, darauf muss er sich konzentrieren. Nächster Ordner, nichts. Nächster. Er sucht nicht richtig, er liest nicht genau. Die Augen brennen, das Flimmern wächst zuckend und macht das Lesen schwer. Er gibt dem Ordner einen Tritt. Der Bestatter hat ihm gestern eine Nachricht hinterlassen. Die Einzelheiten müssten nun wirklich besprochen werden. In zwei Wochen könne die Beisetzung stattfinden. In dieser Stadt sind die Termine knapp. Er weiß nicht, welches Holz und welche

Blumen. So günstig wie möglich. Machen Sie es billig, ich bin arbeitslos. So etwas sagt ein Sohn nicht. Er muss erst den Mietvertrag finden. Dann weiß er, wie viel Blumenschmuck und Würde er bezahlen kann. Er legt sich auf den Boden und schließt die Augen. Das Flimmern, ein halber Kranz, ein brennender Halbmond am schwarzen Himmel.

Gab es für sie den Moment des Sterbens? Diesen Augenblick, in dem sie es begriff? Oder versank dieser Zeitpunkt im Schlaf? Ein beliebiger Punkt auf einer Strecke aus Schlaf. Spürte sie das Alleinsein? Ihre Hand strich über die Matratze seines Vaters, stellt er sich vor, die Hand wischte über das kalte Laken, um etwas zu berühren, eine andere Hand, einen Körper.

Auch bei seinem Vater ist er nicht dabei gewesen. An einem Samstagnachmittag kippte sein Vater um. In einer Bar hatte er sich ein Fußballspiel angeschaut. Auf der Straße, nicht weit von hier, passierte es. Ein schlaksiger Mann klappte zusammen, Menschen blieben stehen, ein oder zwei Leute packten den Liegenden an, brachten ihn in die stabile Seitenlage, so oder anders kann es gewesen sein. Vielleicht packte auch niemand an. Die Sirene des Krankenwagens musste im Laden zu hören gewesen sein. Bei seiner Mutter klingelte das Telefon. Vielleicht hatte sie das Heulen des Wagens gehört, wie ein Stadtgeräusch von vielen, und dann, mit dem Anruf kapiert: *Diese* Sirene hatte mit ihr zu tun. – Er muss sich zusammenreißen. Bei der Sache bleiben. Er sollte sich erkundigen, ob er den Kredit wirklich zahlen muss. Er könnte das später im Netz recherchieren. Aber weit wird er damit nicht kommen. In Halbwahrheiten wühlen, die am Ende nichts Verbindliches hinterlassen. Einen Anwalt könnte er fragen, aber das kostet wieder was. Er könnte den alten Kollegen aus dem Recht-und-Steuern-Ressort anrufen, doch den kennt er nur flüchtig. Keine gute Idee, darüber mit Kollegen zu sprechen. Er würde wie der ewig Arbeitslose mit der Sozialfallmutter wirken. Für seine Kollegen ist er noch ein Redakteur, der nicht das Erstbeste annehmen will, der die Arbeitslosigkeit kalkuliert als Einnahmequelle nutzt und sich für gelegentliche Aufträge beim Amt abmeldet, besonnen und vernünftig. Für seine Freunde ist er ein moderner Vater, der die Auszeit seiner Familie widmet. Für die anderen Kita-Väter ist er der Rätselhafte, der wundersam Geld verdient, obwohl er jeden zweiten Tag ab fünfzehn Uhr an der Sandkiste sitzt und mit den Müttern plaudert. Bei Bewerbungsgesprächen wird es schwierig. Da kommt er sich vor wie einer, der etwas verbergen will. Die Tatsache, dass er noch immer einen Job sucht, macht ihn verdächtig. Er wird zum Ladenhüter. Wie die geblümten Toaster in seinem alten Zimmer.

Auf dem Papier steht: Er ist ein Inanspruchnehmer sozialer Leistungen.

Er rafft sich hoch, steht ruckartig auf und sucht nach seinem Handy, findet es auf dem Sofa. Die Nummer seiner Sachbearbeiterin beim Arbeitsamt hat er sogar gespeichert. Ein trauriger Spießer ist er auch noch.

»Die Bank geht davon aus, dass ich den Kredit weiterzahle. Das würde meine Kapazitäten übersteigen. Wissen Sie, ob es für solche Fälle eine Regelung gibt?«

Ob seine Mutter verheiratet sei. Ob er Geschwister habe. Er hört ihre Hand über die Telefonmuschel wischen und murmelnde Stimmen im Hintergrund.

»Hören Sie? Sie müssten den Nachlass Ihrer Mutter prüfen. Alle etwaigen Werte liquidieren und den Kredit davon tilgen.«

Zum Flimmern im linken Auge hat sich ein pochender Schmerz unter das andere Lid geschoben, seine rechte Nackenseite ist verspannt, wie in einer Kneifzange. »Und was ist, wenn es keine« – etwaigen Werte gibt, kann er den Satz nur zu Ende denken.

»Wenden Sie sich bitte an das Amtsgericht.«

Natürlich, das Amtsgericht. Er sollte sich endlich zusammenreißen. Erbschaft, Amtsgericht. Idiot, das Arbeitsamt ist nicht für *alles* zuständig.

Wenn es nicht im Schlaf passierte, sondern bei Bewusstsein, ewige Minuten oder gar Stunden, was fühlte sie? Dachte sie an etwas? An wen dachte sie, an seinen Vater, an ihn, an Matti? Ihre Abwesenheit. Es muss doch möglich sein, die Tatsache ihrer endgültigen Abwesenheit zu verstehen, wirklich zu verstehen. Zwischen all dem. Ein ruhiger Moment, in dem diese Abwesenheit Raum haben kann. Er sollte trauern. Und nicht mit Ämtern telefonieren.

Es hätte schlimmer kommen können. So würde es der Arzt sagen. Sie hätte nach einem Schlaganfall gelähmt im Pflegeheim landen können. Sie bekam, was sich die meisten Menschen wünschen: ein schnelles Ende im Schlaf. Kein armseliges Versiegen, nicht ein bisschen, nicht halb, nicht fast, sondern ganz. Wäre er bei ihr gewesen. Der Sohn am Bett, ein filmisches Sterben und Abschiednehmen. Wer wünscht sich das nicht? Er muss an Mattis Geburt denken. Isabell saß auf dem Geburtshocker, er dahinter, und die Hebamme hielt das Baby, den fremdartigen Säugling, der Sekunden später zu Matti wurde. Er sieht wieder, wie sich Mattis Arme und Hände unwirklich langsam bewegten, als würde der kleine Körper schwimmen. Mit tastender Langsamkeit ruderten die Ärmchen durch das Tageslicht. Wie in Zeitlupe paddelte Matti durch die Luft, denn er war Wasser gewohnt. Er selbst hielt den Atem an. Es war, als würde der ganze Raum den Atem anhalten. Zu sagen, das Sterben sei der andere große Moment, am anderen Ende der Linie, ist eine starke Übertreibung. Seiner Mutter ist es zwischendurch passiert und niemand war dabei, um den Atem anzuhalten.

Mit *Radio und Fernsehen* war es nach dem Tod seines Vaters vorbei. Sie mussten das Geschäft schließen. Mehrere Wochen dauerte der Räumungsverkauf, doch das meiste Zeug blieb in den Regalen. Seine Mutter hatte sogar Pläne. Sie war Mitte sechzig und wollte in der Nachbarschaft als Verkäuferin anfangen. Sie wollte zur Wassergymnastik und verreisen. Sie sprach von einer Nilkreuzfahrt. Eine Nilkreuzfahrt, wie kam sie darauf? Doch verreist ist sie nie, und sie hat nur ein paar Monate in einem Tabakladen ausgeholfen. Er drückt sich wieder die Finger auf die Lider, plötzlich schmerzt alles, sein Körper zieht sich zusammen.

Wie sie zuletzt eingeknickt auf dem Sofa saß, die Hände im Schoß, und ihn mit wässrigen dankbaren Augen ansah, wenn er volle Einkaufstüten in die Küche oder Müll aus der Küche trug, wenn er den Abfluss im Waschbecken gereinigt hatte und fragte: Warum verstopft der immer wieder? Andere machten mit fünfundachtzig Golfkurse oder fuhren in Reisebussen an den Darß. Sie war mit Ende siebzig innerhalb weniger Monate uralt geworden. Der Laden riesig groß und sie winzig klein. Manchmal schaute er sich im Netz Seiten von Heimen oder betreuten Wohnanlagen an. Aber er mochte sie nicht auf das Thema ansprechen.

Er geht in die Küche, holt die alte Butter und die angebrochene Tüte Milch aus dem Kühlschrank. *Ihre letzte Tüte Milch.* Das Brot ist noch in Ordnung. Er bestreicht sich eine Scheibe mit Honig. Obwohl ihm inzwischen übel ist. Aber er will jetzt wissen, wie *dieses* Brot mit *diesem* Honig schmeckt. Wie es ihr geschmeckt hat, an jenem Abend. Den Rest Milch schüttet er in ein Glas. Lange kaut er auf dem trockenen Schwarzbrot, bitter schmeckt die Rinde, doch wird nach einer Weile zu einem süßen Brei. Auf einmal nimmt er das Glas und spült alles eilig mit einem Schluck herunter. Er hat keine Zeit für so was! Später, aber jetzt muss es weitergehen.

Er ruft die Auskunft an und lässt sich mit dem Amtsgericht verbinden. Während er wartet, schließt er die Augen.

»Dann sollten Sie das Erbe ablehnen. In dem Fall übernehmen Sie weder Vermögenswerte noch Schulden. Doch Sie sollten den Nachlass vorher genau kennen.« Nachlass, es hört sich auch aus dem Mund dieser Beamtin so gepflegt an. Er solle auf die Frist achten. Bis zu sechs Wochen nach dem Ableben hätte er Zeit, um vorstellig zu werden.

Das Flimmern hat sich zu einem Kreis geschlossen, als würde es seine Pupille umranden. Wie ein Ring aus winzigen Flammen. Ihm ist schwindelig und an der rechten Schläfe nagt der Schmerz. Im Bad sucht er nach Aspirin. Er findet Paracetamol und Ibuprofen, wirft von beidem etwas ein und trinkt aus dem Wasserhahn. Hat sofort das Gefühl, sich übergeben zu müssen. Sein Nacken und sein Auge, beides wie durch einen Schmerzstrang verbunden. Ein dumpfes Gefühl hinter der Stirn vernebelt seine Gedanken. Er muss aufstoßen und neigt den Kopf zur Seite, um den Nacken zu dehnen.

»Ich hab heute im Park Zweige geklaut. Forsythie. Die blühen jetzt in meinem Wohnzimmer.« Manchmal gab es am Telefon diese Momente. Da bekam ihre Stimme den Klang von früher. Die Stimme, die auch mit einem Zehnjährigen gesprochen hatte, ihn gelobt, getröstet, ihm vorgelesen hatte, die er gern hörte. Die Stimme, die mit Kunden gesprochen hatte, plauderhaft und selbstsicher. Während er am Tresen herumgelungert und Comics gelesen hatte. Eine Stimme altert nur scheinbar. Sie fügt sich dem Alter, wird träge, auch schwermütig, doch dann, plötzlich, lebt sie wieder auf. »Wie, du hast Zweige geklaut? Du hast im Gebüsch gestanden? Und dann?« »Dann habe ich sie abgeschnitten, ich hatte ein Messer in der Handtasche. Es hat mich niemand gesehen und, hier, in meinem Zimmer, gehen die richtig auf. Wunderschön!« Nur zwei Monate war das her. Ihre junge Stimme weckte in ihm eine kindliche Geborgenheit. Und die Tatsache, dass sie noch die Entschlossenheit besaß, sich ein Messer in die Handtasche zu stecken und sich Zweige aus dem Park zu holen, beruhigte ihn. Die Erinnerung an diese Stimme ist wie ein Ort, der ihn ausmacht. Er kann niemand anders sein, selbst wenn er wollte. Und *wie* er das manchmal will.

Nur das Einfachste, sagt er dem Mann vom Bestattungsinstitut, der ihn mit seiner säuselnden Stimme aggressiv macht. Kurz darauf entschuldigt er sich dafür, *Nur das Einfachste* gesagt zu haben. Sein linkes Auge ist nun ganz erfüllt vom Flimmern und hinter seinem rechten bohrt der Schmerz.

»Es ist nicht so, dass ich mich drücken möchte oder geizig wäre.«

Er zögert und wartet, ob ihm noch etwas Besseres als die Wahrheit einfällt. Er stößt wieder sauer auf und muss sich beeilen, weil auf einmal eine starke Übelkeit in ihm hochkommt und er das Bedürfnis hat, die Stirn so fest er kann gegen die Sofalehne zu drücken. Was soll's, was macht es für einen Unterschied, ob der Mann ihn für ein armes Schwein oder einen kalten Geizkragen hält? »Es ist nur so, dass ich gerade arbeitslos bin und etwas auf meine Ausgaben achten muss. Also, es geht mir nicht darum, vor«, er kann seine eigene Stimme kaum noch ertragen, »der Verantwortung zu flüchten. Wenn Sie verstehen, was ich meine. Nur, die Lage zwingt mich dazu.«

Nach dem Telefonat schnauft er elend vor Kopfschmerzen. Immer geht es um Vernunft. Nur um Vernunft. Und um Weitblick. Er muss würgen und legt die Hände auf den Mund. Hastig schaut er sich um, wohin, wohin so schnell? Irgendwas, egal, eine Schüssel, eine Vase, nur übergeben. Er reißt die Wolldecke von der Sofalehne, breitet sie vor sich aus, krümmt sich und lässt es raus. Ein säuerlicher Brei aus Müsli und Brot. Er würgt und hustet. Seine Augen tränen und der Rotz läuft aus der Nase. Wie blöd er doch ist, so vorausschauend und saudumm. Er hat eine gute Wolldecke vollgekotzt, um ein schäbiges Sofa zu schonen.

33 | Matti sitzt mitten auf der Matratze, kein bisschen müde, und versucht sie mit seinen Worten um den Finger zu wickeln, seine undeutlichen Laute, die nur sie und Georg verstehen, Eesen heißt Lesen, Guch heißt Buch, Assa heißt Wasser, asasasasa, ruft er, wenn er sofort trinken will. Sein Gesicht ist schmaler geworden, seine Augen blicken schelmisch, dann wieder ernst, das Baby weicht langsam dem Jungen.

Er streckt die Arme aus und seine Finger greifen mit größter Dringlichkeit in die Luft, »Akuku«, sagt er jammernd, als wäre es lebenswichtig, sofort auf den Arm genommen und zum Fenster getragen zu werden. Sie kann seine Energie verstehen, der Abendhimmel ist hell wie wässrige Tinte, bald kommen die längsten Tage des Jahres, durch den Hof hallt Gläserklirren, gegenüber deckt eine Frau den Tisch auf dem Balkon, unten spielen noch Kinder. Doch sie sehnt sich danach, nichts mehr tun zu müssen, nichts, außer auf dem Bett zu liegen und in diesen blauen Junihimmel zu sehen.

Sie schließt das Fenster, unbedingt das Fenster schließen, wenn sie Matti allein im Zimmer lässt, einmal nicht daran gedacht; in der Küche setzt sie Wasser auf, Matti quengelt und stößt spitze, zornige Schreie aus, sie läuft zurück zum Bett, doch da steht er schon federnd auf der Matratze, die Hände an der Wand wippt er auf und ab, sie geht zurück in die Küche und füllt Wasser in die Flasche mit Milchpulver.

Er trinkt genüsslich zur Musik der Spieluhr. Nach jedem Schluck summt er leise. Dieses Summen kennt sie von ihm, seit er wenige Tage alt an ihrer Brust trank, und dass es dieses Summen noch immer gibt, macht sie froh, Kleinigkeiten, die unverändert bleiben, sind ein Triumph gegen die Zeit, gegen Veränderung, ein vorläufiger, sie weiß ja, nur ein vorläufiger, aber trotzdem.

Die Mitarbeit im Museum für Moderne Kunst und in dem für Kunst und Modegeschichte scheint begehrt zu sein, in beiden durfte sie sich auf eine Warteliste setzen lassen, momentan gebe es keine offenen Stellen, sie hätten vor allem viele Studenten, die bei ihnen arbeiten, aber in ein paar Monaten vielleicht, und sie hat gesagt, das wäre kein Problem, ja, in ein paar Monaten würde ihr passen, in einem halben Jahr, um genau zu sein, denn, aber das hat sie nicht gesagt, in einem halben Jahr ist der Schutz fast dahin, dann wird sie beim Amt in eine neue Kategorie rutschen, bevor das passiert, verkauft sie lieber Eintrittskarten oder steht im Museumsshop an der Kasse.

Matti ist eingeschlafen.

Durch beide Museen hat sie noch einen Rundgang gemacht, die Gemächlichkeit in den Räumen hat ihr gefallen, die Ruhe und Langsamkeit, mit der die Besucher sich die Exponate ansahen. Dort als Verkäuferin zu arbeiten, das müsste gehen, und die Nähe zu den Ausstellungen würde ihr vorgaukeln, ihr Job hätte noch etwas mit Kultur und Kunst zu tun. Es wäre ein Anfang, ein kleiner greifbarer Anfang.

Wenn Matti schläft, kann sie sich an ihm nicht sattsehen. Das schlafende Kind gibt seine Schönheit ganz und gar preis. Es fordert nichts, es will nicht gefüttert, gewickelt oder unterhalten werden, es läuft nicht davon, kann sich nicht wehtun und weint nicht, es kann nicht stürzen und nichts umreißen, das Kind kommt nicht auf komische Ideen, schreit nicht und sträubt sich nicht, auch sein Wille schläft. Während sie Matti so betrachtet, öffnet sich etwas in ihr, nichts stört dieses Gefühl von Liebe. Wie eingezwängt das Gefühl im Alltag doch ist, erdrückt zwischen den unzähligen Handgriffen, dem Aufpassen und in Stellung sein. Doch während der Schlafstille kommt das Gefühl in seiner ganzen Größe zum Vorschein, es kann weiter anwachsen, nichts stört. Sie drückt ihre Nase an seine Wange. Irgendwann, in vielen Jahren, wird eine Frau an dieser Haut riechen, eine Frau, die ihren Sohn lieben wird, verletzen oder verlassen. Sie betrachtet den halb offenen Mund, die fein geschwungenen Lippen, geformt, als wollten sie ein Oooh sagen, die runde Stirn und die rötlich blonden Haarflusen, die ihm an der Schläfe kleben. Unvorstellbar, aber auch er wird eines Tages ein alter Mann sein, dessen Leben sich dem Ende zuneigt, er wird sterben, und, wie ungeheuerlich, sie wird nicht dabei sein, soweit die natürliche Reihenfolge eingehalten wird, Eltern gehen vor ihren Kindern, das also, das Sterben eines alten Mannes, ein zufriedener oder ein kranker, vielleicht ein einsamer Mann, vielleicht aber auch ein glücklicher, der vor vielen Jahren aus ihrem Bauch gekrochen ist, dieses Sterben wird nichts mehr mit ihr zu tun haben, und nun wird ihr das alles zu unheimlich.

Sie weiß nicht, was sie denken soll – ist es verwöhnt und vermessen, in dieser Wohnung bleiben zu wollen? Oder ein einfacher Wunsch, wie viele ihn haben? *Darf* sie sich das noch wünschen, obwohl sie kaum sagen kann, was sie in Zukunft machen will?

Unvernünftig, dieser Wunsch, würde Georg sagen, man muss rechtzeitig handeln.

Aber ein Zuhause ist das Risiko wert. Oder?

Bevor sie sich schlafen legt, wird sie nachsehen, ob die Amsterdamer Familie neue Babyfotos gepostet hat. Sie öffnet den Computer, geht die Lesezeichen durch und klickt auf den Link, doch die vertrauten Bilder tauchen nicht auf. *Das Profil wurde gelöscht.* Karg steht der Satz auf weißem Hintergrund. Sie klickt nochmals, doch wieder erscheinen nicht die Bilder. Das Album der Familie existiert nicht mehr, diese überraschende Leerstelle hat etwas Beunruhigendes, als wäre ein Unglück passiert, Profil gelöscht, unbekannt verzogen, eine Familie hat sich in Luft aufgelöst. Es ist, als hätte ihr persönlich jemand die Freundschaft gekündigt. Seine Tür vor ihr verschlossen, Zutritt verboten; sei nicht albern.

Stunden später schwebt sie im leichten Schlaf und nimmt wahr, wie Georg nach Hause kommt, die Wohnungstür klappt zu, eine andere Tür wird grob aufgestoßen, nun ganz und gar wach, hört sie ihn laut röcheln und husten, sie hält die Luft an, er würgt, es klingt schlimm. Vorsichtig, um Matti nicht zu wecken, steht sie auf und geht zur Toilettentür, er kniet gebeugt über der Schüssel.

»Georg, was ist los, brauchst du was?«, fragt sie, doch er reagiert nicht, dumme Frage, was soll er in diesem Moment auch brauchen? »Kann ich dir helfen?«, fragt sie und zwischen erschöpften Atemzügen sagt er, Nein, er habe wahnsinnige Kopfschmerzen, er klingt, als wäre er verschnupft oder hätte geweint. »Ich weiß nicht, wo ich anfangen soll«, keucht er wie ein ausgelaugter Sportler. Er steht auf und wischt sich das Kinn mit Klopapier ab. Er drückt die Handteller gegen die Augen. »Ich muss den Laden leer räumen. Ich muss Mieter finden, und zwar schnell. Ich muss vielleicht renovieren. Ich brauch einen

Entrümpler. Und ich muss endlich wieder ARBEITEN.« Er wäscht sich das Gesicht und die Hände, geht an ihr vorbei und wirft ihr einen kurzen Blick zu, als würde er sich wundern, worauf sie noch wartet.

»Kopfschmerzen? Hast du schon was genommen?«

»Hab ich, hilft aber nicht mehr«, dringt seine Stimme kurz darauf aus der Abstellkammer. Mit dem Putzeimer in der Hand kommt er zurück, »ich leg mich wieder aufs Sofa, da weck ich euch nicht, wenn mir schlecht ist«, sagt er knapp und verschwindet mit dem Eimer im Wohnzimmer.

Sie geht in die Küche und holt Eiswürfel aus dem Gefrierfach, drückt sie aus der Form in eine Schüssel, gibt etwas Wasser dazu und holt einen Waschlappen aus dem Bad. Leise geht sie ins Wohnzimmer und setzt sich vorsichtig zu Georg auf das Sofa, wringt den kalten Waschlappen aus, »welche Seite?«, flüstert sie, »die rechte«, murmelt er und dreht sich so, dass sie ihm den gefalteten Lappen auf Auge und Schläfe legen kann. Eine Weile wartet sie, sagt nichts, wartet nur, bis er gleichmäßig atmet; es ist alles zu viel, alles zu viel, es zwingt ihn in die Knie.

Zurück im Schlafzimmer steigt sie unter die Decke und kommt sich, wie so oft in letzter Zeit, nutzlos vor. Die Minuten vergehen, eine halbe Stunde vergeht, eine Stunde. In der Dunkelheit wächst ein Monster heran, im Takt ihres Herzklopfens, das Herz wummert, als hätte sie einen schnellen Gang durch den Park hinter sich, dabei bewegt sie unter der Decke nicht mal den kleinen Zeh, stockstarr liegt sie da, doch das Herz meint, sie würde laufen, immer schneller. Hier, im schwarzen Zimmer, versammelt sich nun die Wirklichkeit, der gekrümmte Georg, staubige Kakteen, ein geschlossener Cellokasten, ein Kronleuchter im Treppenhaus, graue Haare auf dem Kissen, Kinder und sorglose Mütter auf dem Spielplatz, Plakate einer Musicalpremiere, die nichts mehr mit ihr zu tun hat, die Melodie von *Summer Afternoon*, die ihr kein Glück brachte, die blauen Wände eines Kinderzimmers, fremde Leute, die diese Wohnungstür aufschließen und sich dieses Zuhause redlich verdient haben, das Lachen der Gäste an den Tischen des Bistros, sie trinken Wein und Espresso und haben keine Zeit für Schwächlinge, das Würgen des Erschöpften auf dem Sofa, der mühelose Klang eines Offenbach-Duetts, der dieses Würgen nicht übertönen kann, die Straßen ihres Viertels sind nichts für Versager, die Nacht schärft die Konturen dieser Wirklichkeit, das Herz klopft hart gegen die Brust, bereit zur Flucht, und sie sehnt sich nach Schlaf, nach langem, tiefem Schlaf, vereint mit Matti, ihr Kind geschützt in ihrem kugelrunden Bauch, sie eingerollt, ein weiches Nachthemd am Körper, die Arme und Hände um den Bauch geschlossen, so möchte sie einschlafen und nicht mehr zurückkehren in diese Wirklichkeit. Sie zieht die Knie an den Körper und rutscht näher an den Atem ihres Kindes; verwerflich ist diese Sehnsucht, gemeinsam unterzugehen, ganz und gar. Geheim und verwerflich ist dieses Verlangen, es ist nicht sagbar, kaum denkbar, es ist ein gefährlich funkelndes Körnchen Traurigkeit, das sie in sich trägt.

34 | Die Kakteenköpfe, wie sie eng aneinander im Schaufenster stehen, mit ihren Stacheln und Härchen, wirken wie gierige Wesen, Staubflusen hängen in ihren Zangen. Isabell hebt einen der größeren Töpfe an, doch der Pflanzenturm wankt schwerfällig.

Sie bezweifelt, dass Georg heute aufstehen wird, fünf leere Aspirintütchen lagen auf dem Boden, er schlief mit einem Schal auf den Augen und erschöpft geöffnetem Mund. Sie spülte den Eimer aus, stellte ihn zurück neben das Sofa, dazu eine Flasche Wasser, ein Glas und eine Tüte Haferkekse, falls er etwas zu essen braucht, aber zu müde zum Aufstehen sein würde.

Auf der Suche nach einem stabilen Messer öffnet sie in der Küche die Schubladen, das Brotmesser mit seiner kräftigen, gezackten Klinge erscheint ihr brauchbar. Auf dem Weg zurück zum Fenster schiebt sie mehrere Aktenordner, die verstreut über den Boden liegen, vorsichtig zur Seite.

Wie stachelige Gurken kleben die Ableger an einem großen Kaktus, sie sägt an einem Ärmchen, zäh hängt es an seinem Stamm. Feste Handschuhe bräuchte sie, mit einem Brotmesser und bloßen Händen lässt sich kein Kakteenwald zerlegen. Wieder macht sie sich auf die Suche, geht durch die Zimmer, öffnet Schränke und Kartons, und wundert sich für einen Moment darüber, wie ihr die Scheu abhandenkommt.

Aus einem Werkzeugkasten in der Abstellkammer holt sie ein Paar abgenutzte Gartenhandschuhe hervor. In der

Küche schaut sie nach Müllsäcken, aus dem Schrank unter der Spüle quellen Plastiktüten hervor, dünne, dicke, raschelnde Tüten, die herausdrängen wie eine bauschige Masse, die hat Erika also auch gehortet, Kakteen, Haushaltsgeräte, Duftflakons, Einkaufstüten. Unter dem Berg findet sie eine Rolle blauer Müllsäcke. Durch das Fenster blickt sie in den Innenhof und entdeckt dort zwei Container. Sie weiß, dass von Georgs altem Zimmer eine Tür in diesen Hof führt. Um sich einen schmalen Weg zu der Tür zu bahnen, schiebt sie die aufgestapelten, kartonverpackten Haushaltswaren zur Seite, der Ladenschlüssel passt ins Schloss.

Die Kakteen in den kleinen und mittelgroßen Töpfen trägt sie zuerst zum Container, anschließend wird sie die größeren zerlegen, der Gedanke, etwas zu zerlegen, macht sie zufrieden, die Aussicht, etwas wegzuschaffen, Licht in den Laden zu lassen, Georg etwas abzunehmen, gibt ihr Energie; sie läuft und schleppt, läuft hin und her, mal mit zwei Töpfen, mal mit einem Kübel in den Armen, kommt bald ins Schwitzen, Schaufenster, Flur, Zimmer, Hinterhof, mit Wucht lässt sie die Töpfe in den Container krachen, Ton und Keramik zerspringen, der Lärm hallt durch den Hof. Anpacken, tragen, abladen, wie mechanisch, ohne Pause, angetrieben vom Scherbenkrach, noch ein Topf, noch einer und noch einer, weg damit.

Außer Atem bleibt sie schließlich vor der Auslage stehen, wischt sich mit dem Ärmel über die Stirn und bemerkt den Blick einer älteren Frau, die mit ihrem Hund am Fenster vorbeigeht und sie unverwandt ansieht, vielleicht eine Nachbarin, eine, die Erikas Laden noch kannte. Sie ergreift ein großes verästeltes Gebilde und kippt es vorsichtig auf die Seite. Silberfische und Asseln krabbeln aufgeschreckt auf der kreisrunden Stelle, wo der Topf gestanden hat, sie erschlägt alle mit der Handschuhfaust. Nach und nach trennt sie die Ableger mit dem Brotmesser ab, zack, zack, zack, einen Augenblick hat sie Mitleid mit dem Riesen, er ist vielleicht mehr als zwanzig oder dreißig Jahre alt, doch sie zersägt auch seinen Hauptstamm unbeirrt in Stücke. In Erikas üblichen Apothekengeruch mischt sich der von blutenden Kakteen. Sie schneidet einen stämmigen Turm in Scheiben und legt die Stücke in den Sack, auf einmal muss sie lächeln, es hat etwas Kriminelles, wie sie die schweren, organischen Teile verschwinden lässt. Sie streckt sich über die Ablage und zieht zwei fußballgroße Kugeln ganz vorn im Fenster zu sich heran. Zwischen gebeugten Knien schleppt sie einen Topf nach dem anderen in den Hof, schaut kurz hoch zu den Fenstern der Nachbarn und wundert sich, dass niemand über den Lärm geschimpft hat.

Eine Skulptur aus Riesenflossen, an deren Kanten sich kleine Stachelbälle wie Vögelchen niedergelassen haben, packt sie zuletzt an und zerteilt sie mit sanften Schlägen, dann bricht sie die Flossen auseinander, das Fleisch knackt zwischen den Handschuhen, sie stopft alles in den Sack. Danach klaubt sie die Reste auf der Ablage zusammen, das Grün, den Schmutz, die Fliegen und die anderen Tierchen, ohne genau hinzusehen schiebt sie den Haufen in die Tüte. Drei Säcke schleppt sie von sich gestreckt, wegen der Stacheln, die sich durch das Plastik bohren, zum Container. Mit einem Lappen wischt sie die Ablage ab, bleibt einen Moment stehen und betrachtet erst die weiße Fläche, dann ihre zerkratzten Arme. Ein einziges kleines Pflänzchen hat sie verschont, es trägt eine fuchsiafarbene Blüte.

Ob Matti einen Nachmittag zum Spielen kommen wolle, wurde sie heute in der Kita gefragt, sie war überrascht, weil sie wenig Kontakt zu den anderen Frauen hat. Die Mutter heißt Svea und hat einen zweijährigen Jungen. Mattis erste Spielverabredung, ihre erste Mütterverabredung. In der Kita wird sie das Gefühl nicht los, nur scheinbar dazuzugehören, es kommt ihr vor, als wären die anderen *richtige* Mütter, sie selbst aber nicht. Sie befürchtet, die anderen spüren, dass sie eine Täuschung ist. Sie hat das Gefühl dafür verloren, welche Rolle sie erfüllen soll. Ist sie nun eine Vollzeitmutter? – Dann aber keine zufriedene, behütete, versorgt von einem Mann. Ist sie eine Musikerin mit Kind? – Aber keine erfolgreiche. Wird sie in einigen Monaten eine Sozialhilfemutter sein, die es zu verbergen versucht? – Dann würden die Mütter es bald merken, sie durchschauen solche Dinge schnell, durch scheinbar freundlich gemeinte Fragen in scheinbar harmlosen Gesprächen, nicht lange, und die anderen würden sie durch zurückhaltendes Mitleid ausgrenzen, wahrscheinlich merken sie jetzt schon, dass sie keinen festen Boden unter den Füßen hat, dass mit ihr etwas nicht stimmt. In ein paar Monaten wird sie gute Lederschnürschuhe für ihr Laufen lernendes Kind zu teuer finden, siebzig Euro das Paar, alle halbe Jahre ein neues; gute Schuhe für ein Kind zu kaufen ist doch das Mindeste, die Lederschuhe aus dem Laden, wo alle hingehen, hinter der Kita ein paar Häuser weiter, dort Schuhe zu kaufen ist der Beweis, dass ein Kind geliebt und gut versorgt wird, teure Lederschuhe sind unentbehrlich, wenn alles seine Ordnung haben soll. – Und heute wurde sie von Svea angesprochen, als würde sie doch dazugehören. Für die Verabredung wird sie sich revanchieren, bald, denn noch kann sie sagen: Wir wohnen auch in der Nähe, nur ein paar Minuten von hier, um die Ecke, die Straße runter, in dem hellgelben Haus.

Sie hat noch etwas Zeit, bis sie Matti aus der Kita holen muss. Die Abstellkammer, dort könnte sie weitermachen.

Mehrere Paar Stiefel und Schuhe von Georgs Vater holt sie aus der Kammer und stellt sie in einer Reihe an der Ladenwand auf, Pumps und Schnürschuhe von Erika in einer zweiten Reihe davor, die eher schäbigen, ausgetretenen mit schiefen Absätzen legt sie in einen Müllsack und bekommt trotzdem sofort ein schlechtes Gewissen dabei. Zwei alte Plattenspieler, einer davon mit Holz verkleidet und groß wie ein Koffer, holt sie aus der Kammer und stellt sie vorläufig ins Schaufenster. Außerdem einen rollbaren Heizlüfter, zwei alte Lampen und einen Teewagen. Zwei Kassettenrekorder mit Tasten, groß wie Bauklötze, findet sie in den Regalen der Kammer, einen davon könnte sie gebrauchen. Sie könnte sich nach langer Zeit die Aufnahmen der Offenbach-Duette anhören; sie und Miriam saßen sich gegenüber, übten die Duette und nahmen ihr Spiel mit einem Rekorder auf, der ihr schon als Kind gehört hatte, nahmen die Musik auf, um sie sich hinterher in Ruhe anzuhören und sich gegenseitig zu kritisieren, wie ehrgeizig sie waren; sie könnte Miriam die Kassetten überspielen, als Erinnerung an die gemeinsame Zeit, Miriam würde sich freuen, die Aufnahmen vielleicht inspirierend finden oder sogar auf die Idee kommen, sich die Stücke wieder vorzunehmen, sie müsste sich eine Partnerin suchen, natürlich würde sie eine erfolgreiche Kollegin fragen, ob sie Interesse hätte, die Duette mit ihr zu spielen, vielleicht würde mehr daraus entstehen, dann würden sie eine CD aufnehmen, ein Fotograf würde zwei hübsch frisierte Musikerinnen in Kleidern mit dünnen Trägern für das Cover porträtieren, wohlgeformte Frauenarme, die sich um Cellohälse schlingen, die Gesichter lachend, wir zwei, wir hatten sehr viel Spaß zusammen, danach kämen Konzerte. Sie wird die Aufnahmen Miriam nicht überspielen, sondern für sich behalten.

Das kann es doch nicht gewesen sein, durchfährt es sie.

Was kostet es, eine zitternde Bogenhand zu beruhigen? Wie teuer ist es, mit jemandem darüber zu sprechen, bis der Kern des Problems aufgelöst ist? Würde sich die Investition in die eigene Hand, die vertraute, unzulängliche Hand lohnen? Kann ihr das jemand garantieren? Kann ihr irgendjemand überhaupt irgendetwas garantieren?

Außer den Kakteen und den Schuhen ist bisher nichts im Müll gelandet. Ihr fallen die Flakons ein und sie geht ins Bad, die Parfumflaschen sind allesamt klebrig und landen im Plastiksack. Auf der Ablage unter dem Spiegel steht ein Becher mit Erikas Zahnbürste und ein Cremetiegel, daneben liegen eine Tube Zahnpasta ohne Deckel und ein Kamm, in dem vereinzelt graue Haare hängen, sie denkt an die abendlichen Badezimmerrituale einer Frau, eincremen, Tag für Tag, Jahr um Jahr, unendlich viele Male, ein Leben lang; sie lässt die Dinge auf der Ablage so, wie sie dort liegen.

In der Küche schaut sie die Schränke durch, die alten, zerkratzten Kochtöpfe könnten weg, mit ihren braunen und orangefarbenen Mustern und dem abgesplitterten Emaille. Sie stellt sich vor, wie in diesen Töpfen das Mittagessen für den Schuljungen Georg gekocht wird, seine Mutter am Herd, ihr Sohn kommt nach Hause, legt den Schulranzen ab, setzt sich an diesen Tisch, isst Kartoffelbrei, Karotten und Bratwürstchen, die Ladentür öffnet sich klingelnd, ein Kunde kommt herein und die Mutter, eine andere Erika, eine junge Erika, bindet sich die Schürze los und läuft in den Laden, um einen Satz Batterien, einen Plattenspieler oder ein Handrührgerät zu verkaufen, danach stellt sie ihrem Sohn seinen Nachtisch hin, kocht sich einen Kaffee und setzt sich dazu, bis die Klingel an der Ladentür wieder läutet. Isabell lässt die alten Töpfe stehen und geht mit dem leeren Müllsack aus der Küche.

Eine Frau schaut neugierig ins Schaufenster, sie trägt einen Kurzhaarschnitt, hat einen auffallend strengen Zug um den Mund. Als sie an die Ladentür klopft, fühlt Isabell sich unbehaglich.

»Hallo, entschuldigen Sie?«

Isabell schließt die Tür auf, innerlich gewappnet gegen eine Nachbarin, die sich über den vollen Container beschweren wird oder wissen will, warum jemand in Erikas Laden herumräumt.

»Ist die Heizung da zu verkaufen?«

Die Frau zeigt auf das rollbare Gerät im Fenster. Nein, leider nicht, will Isabell antworten, um schnell wieder ungestört zu sein. Doch warum eigentlich nicht? Besser den Heizkörper verkaufen, als ihn zum Recyclinghof zu fahren; in ihr regt sich der leise Ehrgeiz, den sie von früher kennt, wenn sie hinter ihrem Flohmarktstand saß und beobachtete, wie jemand wieder und wieder dieselbe Zigarettendose in die Hand nahm, sich an diesen Gegenstand gewöhnte und ihn am Ende haben wollte.

»Ja, ist sie.« Sie lässt die Frau in den Laden. »Eigentlich.«

»Darf ich mal sehen? Was möchten Sie dafür haben?«

»Ich weiß nicht, ob sie noch funktioniert.«

»Können wir es ausprobieren?«

Gemeinsam stellen sie das Gerät auf den Boden. Isabell wickelt das Kabel ab, schaut sich nach einer Steckdose um und schließt die Heizung an. Sie drückt auf den Anschaltknopf, ein rotes Lämpchen leuchtet und dreht den Regler auf.

»Das wäre jetzt sehr praktisch, dann hätte ich das nämlich erledigt«, sagt die Frau mehr zu sich selbst. Zusammen legen sie ihre Hände auf den Heizkörper und warten. Isabell wundert sich, dass eine Frau in einem schwarzen Hosenanzug und Lackpumps sich für eine alte, nicht sehr schöne, rollbare Heizung interessiert. Einen Euro, weg damit, denkt sie, unter ihren Händen wird es warm und ihr steigt ein staubiger Geruch in die Nase, das Ding funktioniert noch, fünf, höchstens sieben Euro könnte sie vielleicht verlangen.

»Für zehn würde ich sie hergeben«, sagt sie und bereut es im selben Moment. Zehn ist unverschämt für das alte Ding.

»Ist mir recht, super!« Die Frau holt ihr Portemonnaie aus der Handtasche, zieht einen Zehner heraus und legt ihn auf den Verkaufstresen.

»Danke noch mal«, ruft die Frau, als sie draußen steht, und schiebt den Heizkörper gebückt, stöckelnd über den Fußweg.

35 | »Erzähl mir, wie das war, als ich verschwunden bin.«

»Wie kommst du jetzt da drauf?«

»Nur so, kein besonderer Grund. Ich habe mich das neulich nur gefragt und versucht, es mir aus deiner Sicht vorzustellen. Ihr wart spazieren, oder?«

»Ja.«

»Wie alt war ich? Sieben?«

»Ja, könnte sein, du gingst schon zur Schule.«

»Und dann?«

»Es war ein warmer Abend und wir, dein Vater und ich, wollten ein halbes Stündchen rausgehen. Du hast fest geschlafen. Doch als wir wiederkamen, warst du nicht mehr im Bett. Wir haben überall gesucht, im Haus, im Keller, im Garten. – Dann haben wir die Polizei gerufen.«

»Was habt ihr noch gemacht, um mich zu finden?«

»Wir sind durch die umliegenden Gärten gelaufen und haben bei den Nachbarn geklingelt. Ich dachte, vielleicht hattest du Angst oder hast uns gesucht, und nebenan oder gegenüber geklingelt.«

»Und dann hat mich jemand unter dem Lampentisch zwischen den beiden Sofas gefunden.«

»Ja, du hast wie ein zusammengerolltes Kätzchen unter dem Tisch geschlafen.«

»Wer hat mich gefunden, ein Polizist, du oder mein Vater?«

»Ein Polizist hat mit der Taschenlampe unter den Tisch geleuchtet. Am nächsten Morgen hast du uns erzählt, ein großer Käfer hätte an deiner Wand gesessen, vor dem du dich verstecken musstest.«

»Wie war das, vor meinem leeren Bett zu stehen?«

»Schrecklich war das.«

»Aber woran hast du gedacht? Dass mich jemand entführt hat? Ich ewig verschwunden bleiben könnte? Ist das nicht unerträglich gewesen? Wenn ich mir vorstelle, vor Mattis leerem Bett zu stehen –«

»Ich habe an nichts Konkretes gedacht, sondern einfach nur gesucht. Du *musstest* ja irgendwo sein, davon war ich fest überzeugt.«

»Aber ihr habt die Polizei gerufen.«

»Ja.«

»Dann hattet ihr doch Angst.«

»Sorgen haben wir uns gemacht.«

»Wie konntest du das aushalten? Ich wäre nach zwei Minuten durchgedreht.«

»Sie haben dich zum Glück ja bald gefunden. Ich war mir sicher, dass nichts Schlimmes passiert sein konnte.«

»Aber es gibt solche Fälle.«

»Sicher. Aber doch selten.«

»Lies mal Zeitung.«

»Wieso bist du so aufgebracht?«

»Bin ich doch gar nicht.«

»Man muss nicht sofort das Schrecklichste denken, Isabell.«

»Nein.« Doch.

»Das Allerschlimmste steht doch in keinem Verhältnis zur Realität.«

»Was trinkst du da?«

»Blasen- und Nierentee, wieso? Frag nicht so streng!« Ihre Mutter lacht.

36

Er öffnet die Augen und schaut in den bedeckten Himmel. Zwei ganze Tage hat er verloren, *zwei*, die er sich nicht leisten kann. Etwas benommen erhebt er sich vom Sofa, wandert langsam durchs Zimmer, tritt auf den Balkon und streckt sich. Es ist warm, sogar drückend. Samstag, die Leute erledigen ihre Wochenendeinkäufe oder frühstücken in Cafés. Seine vergangenen achtundvierzig Stunden wirken wie ausgelöscht. Er zitterte und kotzte vor Kopfschmerzen, wartete, dass es vorbeigehen würde, schlief, lag wach, schlief wieder ein. Von seinen Eltern hat er geträumt, in halb wachen Momenten vergaß er kurz, dass sie beide nicht mehr lebten, dann wieder drang die klare Erkenntnis durch: Ach, *so* war das ja. Es gab die Stimme seiner Mutter nicht mehr. Diese Stimme hatte auch seinen Vater auf eine Weise am Leben gehalten. Er ist jetzt ohne Eltern. Ein freier Mann, denkt er unvermittelt. Nicht einmal von ihnen abgrenzen kann er sich noch. Wie selbstverständlich war er immer davon ausgegangen, er würde alles, das Arbeiten, das Elternsein, das Eheleben, das gesamte Leben besser gestalten als sie. Er geht wieder ins Zimmer und schließt die Balkontür. Später, hat er gedacht, später, wenn *seine* Zeit gekommen ist, wird er es anders machen als sie. Haus, Baum, Kind. Das Später ist zu einem Jetzt geworden. Kein Haus, kein Baum, aber ein Kind. Er schluckt mehrmals, ein Rauschen im Ohr ist vom Kopfschmerz geblieben, er fühlt sich wie verkatert, hat Durst und will unter die Dusche.

Die Schlafzimmertür steht offen. Die Vorhänge sind zurückgezogen und das Bett ist gemacht. Isabell ist mit Matti unterwegs. Er muss in den Laden. Der Kredit, der unauffindbare Mietvertrag, die Frage, ob er den Nachlass ablehnen soll. Er geht ins Bad, steigt unter die Dusche und lässt sich heißes Wasser auf den Nacken prasseln. Der Traum ist vorbei. Der Traum ist wirklich vorbei. Doch sein Hirn ist noch zu müde, um zu verstehen oder zu widersprechen. Welcher Traum? Warum *Traum*? Ist eben vorbei. Er verteilt Shampoo im Haar und massiert sich den Kopf sehr fest, lässt Wasser über das Gesicht fließen, es übertönt das Ohrensausen. Er hätte vor dem Duschen noch schnell sein E-Mail-Postfach checken sollen. Eine Einladung zum Gespräch, eine Nachfrage zu einer Bewerbung, es kann immer etwas sein. In ein paar Tagen steht das Monatstreffen der Ex-Kollegen an, fällt ihm ein. Doch wer jetzt noch an diesem Kneipentisch sitzt, mit den anderen jammert und schimpft, wird da nicht mehr wegkommen. Diese Treffen waren anfangs unbeschwert wie Schulfeten. Inzwischen hat der geschrumpfte Kern etwas von einer Selbsthilfegruppe. Ein Kreis aus Gestrandeten.

Er steigt aus der Dusche und begegnet seinem Gesicht im Spiegel. Die Augenschatten wirken ungesund blau, fast wie zwei Veilchen. Er trocknet sich ab und schlingt sich das Handtuch um die Hüften. Seine Ungeduld überwiegt, er klappt mit nassen Haaren, noch bevor er sich anzieht, am Schreibtisch seinen Computer auf und sieht nach, ob er Mails bekommen hat. Einen Hinweis, dass es weitergeht, den bräuchte er jetzt. Matthias will wissen, wie es ihm geht und ob er im August wieder für ein paar Tage aushelfen könne. Einige Tage, ein Tropfen auf –, aber besser als nichts. Eine Versicherung in Frankfurt sucht einen

Kommunikationschef, verkündet eine Rundmail. Mit Versicherungen kennt er sich nicht aus. Ein Gesundheitsportal braucht einen Contentmanager, empfiehlt ihm ein Jobfinder. Das Gesundheitsportal heißt *scheidenflora.net* und wird von einem Pharmaunternehmen finanziert. Er hat wieder die Stimme des Beraters bei der großen Versammlung im Ohr. *Aber das muss Ihnen auch klar gewesen sein.* Eine gnadenlose Wahrheit, rückblickend wohl die Kernaussage jenes Tages.

Was genau kann er außerdem noch?

Radios und Fernseher reparieren. Das hat ihm sein Vater gezeigt. Doch wer will sich Radios oder Fernseher noch *reparieren* lassen? Beim Gedanken an das Aufschrauben eines Gehäuses, an der Seite seines Vaters, kommt in ihm Wehmut auf. Eine warme Zuneigung. Wie in den Momenten, in denen die Zeitung vor ihm liegt, mit einem Foto als Aufmacher, das am Vorabend mit ähnlicher Zeile bereits vielfach im Internet herumgeisterte. Dann packt ihn das Gefühl, etwas beschützen zu wollen. Sein Vater hatte sich bis zum Schluss mit störrischer Überzeugung gegen das Ende des Geschäfts gewehrt. Überhaupt gegen das Ende. Er sieht die Hände seines Vaters vor sich und erinnert sich, wie der zuletzt schimpfte, weil sein Ehering ihm neuerdings vom Finger rutschte. Schleichend hatte sein Vater abgenommen. Er aß weniger, trank weniger und schlief weniger, wurde mager und sehnig, und als wäre da ein Zusammenhang gewesen, kamen immer weniger Leute in den Laden. »Dann lass ihn vom Juwelier enger machen«, sagte seine Mutter an einem Sonntag am Kaffeetisch. Sein Vater erwiderte, »und was passiert mit dem Gold, das da herausgesägt wird?« »Da wird kein Gold herausgesägt.« »Und was, wenn meine Finger wieder dicker werden?« Sein Vater glaubte ernsthaft, er würde irgendwann, eines schönen Tages, wieder kräftiger und schwerer werden. Wie naiv, er schien sich seines Älterwerdens nicht bewusst zu sein. Auch wenn es um die Endlichkeit seines Geschäfts ging, war sein Vater naiv. Er hätte nur einmal durch einen Elektrodiscounter spazieren müssen, fünf Stockwerke erkunden, ein Meer von Fernsehern, Musikanlagen und endlose Bahnen aus Waschmaschinen, Kühlschränken, Geschirrspülern und anderen Haushaltsgeräten durchwandern müssen. Dann hätte er die ganze Fülle des Angebots zu Kampfpreisen gesehen und sofort verstanden, dass er von nun an besser keine großen Warenmengen mehr bestellte. Dass er sich höchstens noch auf die Stammkunden konzentrieren, seinen Techniknotdienst pflegen und sich dabei langsam auf den Ruhestand vorbereiten sollte. Und vor allem keine nennenswerten Summen mehr in den Laden pusten durfte. Was tat er? Er ignorierte die Existenz der Discounter und ließ sich von einem dubiosen Händler Mengen von Toastern, Wasserkochern, Kaffeemaschinen und anderem Kram älteren Datums andrehen. Ein Bestellvolumen, das im Verhältnis zum Umsatz des Ladens haltlos übertrieben war. Auslaufmodelle, angeblich mit einmaligem Rabatt. Kartonberge, die nun seit über zehn Jahren still und unbeteiligt Staub ansammeln. Ein Symbolberg für das Ende von *Radio und Fernsehen*. Das Finale mehrerer guter Jahrzehnte, in denen die Technikeuphorie der Leute noch unschuldig war und der Laden ein gemütliches kleines Plätzchen mitten in der gutmütig zahlenden Nachbarschaft. Kurz vor Schluss kam noch das Jubiläum. 50 Jahre. Sogar ein Reporter schaute vorbei. Doch er plante nur einen Artikel über den sterbenden Einzelhandel in dieser Gegend. Das wurde natürlich erst hinterher klar, als die Geschichte gedruckt war.

Nun ist er selbst der Trottel, der irgendwas nicht mitbekommen hat. Früher hielt er die Siebzigjährigen für Gestrige. Der Vorsatz, *er* würde, anders als sein Vater, aber *wirklich* alles richtig machen, war so rührend wie ein digital durchgenudeltes Thema, das ihn am Morgen darauf auf Papier anstrahlte. Oder so rührend wie sein Vater, wenn der kurz vor dem Ende des Ladens schwungvoll eine vermeintliche Neuigkeit erzählte, die schon viele Male zwischen seiner Mutter, Nachbarn und Kunden die Runde gemacht hatte. Sein Vater war so gestrig wie ein Stück Zeitungspapier. Und jetzt ist er selbst dieses Stück Papier.

Er kocht sich einen Kaffee, doch beim ersten Schluck zieht sich sein Magen zusammen. Dann eben Fencheltee, für einen Becher reicht das heiße Wasser im Kocher noch. Er knabbert ein Knäckebrot, dünn mit Butter und Marmelade bestrichen. Außer über *Vermischtes* zu schreiben, über alles Mögliche und nichts, und an Geräten zu schrauben, kann er nichts. Er wäre besser Lehrer oder Tischler geworden.

Heute, denkt er, heute muss sich etwas entscheiden. Irgendetwas muss er zustande bringen. Die neuen Aufsätze für die Bohrmaschine fallen ihm ein, er hat sie noch immer nicht ausprobiert. Metallbohrer. Er wird Isabell zeigen, dass der Tresor leer ist. Dass hinter einer verschlossenen Metalltür kein Zauber liegt, nur weil sie verschlossen ist. Wenn sie im Schlafzimmer Cello spielte, wollte er manchmal anklopfen und fragen: Was hast du vor? Für wen spielst du? Für dich? Für uns? Er könnte eine Tasche packen und gehen. Sie würde einfach weiterspielen. Immer weiterspielen. Sie würde vielleicht aufhören, die Post zu öffnen. Cello spielend im Schlafzimmer oder mit einem Törtchen und einer Tasse Tee vor sich in der Küche würde sie eines Tages auch das Türklingeln ignorieren, das Klingeln des Vollziehers mit der Räumungsklage in der Hand. Er hält das alles für möglich. Wäre er ein Versorger, ein funktionsfähiger Familienvater, würde es ihr gut gehen.

Aus der Abstellkammer holt er die Bohrmaschine, öffnet den kleinen Koffer mit den Aufsätzen und steckt den kräftigsten der drei an das Gerät. Er prüft, ob das Säckchen, das die Rückstände aufnehmen soll, fest sitzt. Damit keine Metallpartikel in der Luft des Kinderzimmers landen. Er hat keine Ahnung, woraus die Tür in der Wand besteht. Ob da Giftstoffe drinstecken. Wann es dort eingebaut wurde, ließ sich nicht herausfinden. Um die Jahrhundertwende? Während des Ersten oder Zweiten Weltkriegs? Es könnte der Tresor von einem Zuckerwarenimporteur sein, der hier ab 1900 etwa zwanzig Jahre lang gewohnt haben soll. Das hat Isabell herausgefunden. Oder von seinem Nachmieter, einem Schlachtereigroßhändler. Fünf Minuten von hier liegt das Schlachthofgelände. Geschlachtet wird da nichts mehr, sondern Kaffee getrunken, Tango getanzt und Mode verkauft.

Isabell hat in der Staatsbibliothek geforscht. Die Adressbücher zwischen 1900 und 1943 folgten nicht den Namen der Leute, sondern gingen alphabetisch nach Straßennamen. Straße, Hausnummer, Mieter, mit Angabe des Stockwerks und des Berufs. Erst ab 1947 gab es Fernsprechbücher, nach Namen geordnet. Isabell schien eine Zeitlang besessen von der Geschichte dieses Hauses und dieser Straße zu sein. Sie wühlte im Internet historische Fotos hervor, wie es hier vor hundert, vor achtzig, vor sechzig Jahren ausgesehen hatte. Eine Postkarte von 1917 fand sie, auf der dieses Haus zu sehen war. Während der Erste Weltkrieg ins vierte Jahr ging, hingen über den Balkonen weiße Markisen. Die Straße wirkte breiter, weil links und rechts die Parkplätze fehlten. Eine Straßenbahn fuhr und ein Mann zog einen Karren, beladen mit Holzfässern. Im ersten Stock, links, lebte der Zuckerwarenimporteur. Dann zog der Schlachtereigroßhändler ein, der Grobe hieß, den Namen hat er sich gemerkt. Schlachter Grobe, womit er das Bild eines kräftigen, rotgesichtigen, um nicht zu sagen: grobschlächtigen Mannes vor Augen hatte.

Doch das Schließfach konnte auch Ende der fünfziger oder Anfang der sechziger Jahre eingebaut worden sein und einem Spießer des Wirtschaftswunders gehört haben. Ihr direkter Vormieter in den Achtzigern, wusste Isabells Mutter, war ein Gastronom und im Viertel bekannter Kokaindealer. Eigentlich macht erst das den Safe wirklich interessant. Allerdings hatte in den Achtzigern jemand die Wände mit Raufaser tapeziert. Der Dealer wusste entweder nichts von dem Fach, weil es schon unter der Tapete war, oder es bedeutete ihm nichts und er klebte die Tapete darüber. Doch irgendjemandem musste der Tresor *nicht* egal gewesen sein, sonst wären die Bohrlöcher nicht da. Er dreht sich im Kreis. Das führt zu nichts. Das Fach ist leer. Das wird er heute herausfinden.

Er setzt den Bohrer direkt an einem der rostigen Löcher an. Das Gerät heult auf. Er umklammert es fest und stemmt sich mit Druck gegen den Widerstand. Der Lärm ist schwer erträglich, er kneift die Augen zusammen, es quietscht und heult. Er spürt, dass er nicht vorankommt, und setzt wieder ab. Ein, zwei Millimeter hat die Maschine geschafft. Schnaufend atmet er aus.

Sie rekonstruierte das Leben vor hundert Jahren in dieser Straße, als wäre damals alles mehr wert gewesen. Im Netz fand sie ein Foto von einem Café namens Excelsior, im Eckhaus an der Kreuzung. Verzierte Säulen, Palmwedel über den Marmortischen. In dem Eckhaus ist heute der Supermarkt. Und das Postkartenbild einer Türmchenvilla, in der sich eine *Sparcassa* befand. Die Villa gibt es nicht mehr, an der Stelle steht jetzt ein Gelbklinkerhaus. Schwarz-weiße Fotos von Häusern mit verschnörkelten, stuckbehafteten, parkettknarrenden Zimmern, erlesen und erhaben. Diese alten Bilder erinnern ihn daran, dass sie sich das Erlesene bald nicht mehr leisten können.

Er wählt eine Stelle dicht am Schlüsselloch und setzt die Maschine wieder an. Wenn er wenigstens das heute klarstellen kann: Das Fach ist keine Fantasie wert. Das Vergangene ist nicht erlesen, es ist so banal wie die Gegenwart. Gibt es auch sonst keine Gewissheit, dann immerhin diese. Die Maschine heult ohrenbetäubend, er verzieht das Gesicht, spürt, wie Wut in ihm hochkommt, auf den Lärm, auf das harte Metall, auf diese Zimmer, dieses Haus, auf alle Träume unter diesen Dächern, plötzlich brüllt er aus vollem Hals. Er darf, jetzt darf er endlich. Niemand kann ihn hören, er schreit so laut er kann, brüllt mit aller Kraft in das Heulen der Maschine, brüllt den Tresor an, der ihn auch noch fertigmachen will, aus rauer Kehle schreit und schreit er, drückt den Bohrer gegen den harten Widerstand, bis die Lungen leer sind. Keinen Millimeter ist er weitergekommen. Er prüft den Aufsatz, das Metallstück ist an der Spitze beschädigt. Erschöpft legt er die Maschine auf den Boden und lässt sich danebenfallen. In seinen Armen kribbelt es, als würde das Bohren in seinen Muskeln nachbeben.

37 | Auf Flohmärkten zählte nicht nur, *was* sie anzubieten hatte, sondern vor allem *wie* sie es anbot, ihr Tapeziertisch war das Schaufenster, die Dinge sahen wie zufällig hingelegt aus, aber das waren sie nicht, wenn sie sich Mühe gab, konnte sie mit Farben und Formen optische Zusammenhänge erschaffen. Beliebige Gegenstände, gut nebeneinander platziert, ergaben ein Bild, lenkten schnell den Blick der Leute auf sich, wirkten anziehend. Manche Dinge konnten eine Zeitreise auslösen, oder ein Gefühl hervorrufen, eine Sehnsucht vielleicht, und schon blieb jemand stehen und nahm die alte Holzkette, die Sixties-Sonnenbrille, die Handtasche aus Leokunstfell oder die Bonbonniere aus türkisfarbenem, hauchdünnem Glas in die Hand, die Bonbondose, die sie selbst einmal auf einem Trödelmarkt gekauft hatte, und die sie irgendwann zurück in den Kreislauf des Loswerdens und Habenwollens schickte, weil sie auf ihrer Küchenfensterbank immer ein Fremdkörper geblieben war. Anfassen, kaufen, etwas von einer Material gewordenen Erwartung oder Sehnsucht mit nach Hause nehmen. Sie war nicht schlecht darin, alte, nutzlose Sachen so zu arrangieren, dass sie wertvoll erschienen, dass sie für jemanden wertvoll wurden.

Sie stellt sich draußen vor das Schaufenster und studiert in Ruhe die Fläche, überlegt sich, was sie damit anstellen könnte. Wie die Zeitreise zu inszenieren wäre. Dann geht sie wieder hinein und fängt an zu arrangieren, die Plattenspieler kommen nach rechts, einer der Kassettenrekorder auch, aus Erikas Sammlung sucht sie einige Platten, *Die aktuelle Hitparade 1979*, James Last, Mireille Mathieu, Hildegard Knef und Alexandra, und legt sie zwischen die Geräte. Einen kleinen Nierentisch findet sie in der Kammer und stellt ihn in die Mitte des Fensters. In einem Spankistchen findet sie Likörgläser in künstlichen Farben, Lila, Blau und Gelb, und stellt die Gläser kreisförmig auf das Tischchen, die Farben nehmen das Tageslicht in sich auf und geben es wie kleine Lämpchen wider.

Ein weißes Porzellanservice mit Tellern, Tassen, Schalen, sogar mit Suppenschüssel und Kaffeekanne, baut sie im Fenster auf, mehrere Mokkatassen, zart wie Puppengeschirr, stellt sie dazu. Laurel und Hardy als Salz- und Pfefferstreuer ebenfalls. Einen silbernen Cocktailmixer und Longdrinkgläser mit Löffeln findet sie und baut alles neben den Likörgläsern auf dem Nierentisch auf. Aus Sektschalen, die auf kurzen Stielen breit geformt sind und wie Eisbecher aussehen, baut sie eine kleine Pyramide, ihre winzigen, ins Glas geschliffenen Kreise sollen wahrscheinlich eine Anspielung auf Sprudelbläschen sein. Gut sichtbar platziert sie einen Brotbehälter aus cremefarbenem Emaille. Drei Sammeltassen mit Goldrand und fliederfarbenem Blumenmuster stapelt sie zu einem Türmchen. Versuchsweise legt sie einen Toaster, eine Kaffeemaschine und einen Wasserkocher aus Georgs altem Zimmer dazu, *1 Euro* schreibt sie auf jeden Karton.

Das Leben der Eltern, ohne die Schatten.

Schließlich stellt sie die Vase mit den Pfingstrosen, die sie im Floristenwerk gekauft hat, ins Fenster. Georg wird in Ruhe schauen können, was er behalten will, welche der Dinge zu ihm gehören sollen.

Im Schlafzimmer öffnet sie den Kleiderschrank, zögernd, als könne Erika gleich in der Tür stehen. Sie hält den Atem diesmal nicht an, sondern zieht Erikas Geruch tief ein, seltsam, unangenehm, sie atmet ihn weiter ein, gewöhnt sich, er wird harmlos, vertraut. Aus durchsichtigen Schutzhüllen holt sie Kleider, Röcke und Blusen, in die Erika zum Schluss nicht mehr gepasst hätte, sie gehörten einer größeren Frau mit breiteren Schultern. Die knielangen Kleider und Röcke wären in einer Vintage-Boutique ein Erfolg. Die Frau, die in Rock und Bluse hinter dem Tresen stand, Isabell stellt sie sich vor. Eine Frau, Mitte vierzig, keine junge Mutter, eine späte für damalige Zeit, die ihrem Jungen bei den Hausaufgaben half, die mit ihrem Mann in diesem Bett schlief, die in einem eleganten Kleid an der Spüle stand und beim eiligen Abwaschen in den Hof schaute, die beim Klingeln der Ladenglocke schnell nach vorn ging, eine Frau, die Laden und Familie gut im Griff hatte, die in dieser Gegend eine Bekanntheit war, deren Sohn ein behütetes Kind war; wie leicht war es zu glauben, Erikas letzte Jahre, ihre letzten Wochen wären arm gewesen, düster und traurig, ein bescheidenes Warten auf nichts, wie voreilig, das zu denken. Diese Räume waren mehr als Erikas Zuhause. Ihre Arbeit, ihre Ehe, ihr Mutterwerden, ihr Leben, ihr Altwerden, ihr Sterben, alles, alles spielte sich in diesen Räumen ab. Bis zuletzt war Erika umgeben von den Dingen, die dieses Leben ausmachten. Beschützt von ihren gelebten Jahren. Solche Tage sind nicht arm. Was für ein Privileg für sie, an dem Ort alt zu werden, an dem sie jung gewesen ist. Erika muss eine zufriedene, ja, eine glückliche Frau gewesen sein.

38

Langsamer als sonst geht er durch die Straße. Schon wenn er an die zugestellte Kammer und das Warenlager denkt. Den Kleinkram in den Schubladen und Regalen. Die Ordner und die Zettel in den Schuhkartons. Ein Winzling vor einem Berg aus Zeug ist er. Am einfachsten wäre es, einen Baucontainer zu bestellen, den zum Laden bringen zu lassen und rein damit. Doch er würde sich selbst das Herz brechen. Jetzt würde er es nicht spüren, jetzt spürt er nichts, aber irgendwann würde das kommen, so viel weiß er.

Von Weitem sieht er das Geschäft und etwas am Schaufenster irritiert ihn. Leer sieht es aus. Falsches Haus, nein, doch, kann nicht sein. *Radio und Fernsehen*, die Buchstaben sind unverkennbar. Er überquert die Straße und bleibt zwischen zwei parkenden Autos stehen. Das graugrüne Gewächs im Fenster fehlt. Die Kakteen sind weg und die Scheibe wirkt ungewohnt sauber. Sie glänzt, wenn er sich nicht täuscht, wurde sie geputzt. Eine Vase mit rosa Blumen. Er sieht Gläser und Teetassen, aus denen er schon oft getrunken hat. Die Sachen wirken wie aufpoliert. Plattenspieler und alte LPs von seinem Vater. Er geht näher ans Fenster, stellt sich an die Seite, damit ihn von innen keiner sehen kann. Die Auslage ist dekoriert wie ein Trödelladen. Er kann sich kaum vorstellen, dass Isabell die Pflanzen allein weggetragen hat. Doch wer soll es sonst gewesen sein?

An der Ladentür entdeckt er ein Pappschild. *Pop-up-Flohmarkt* steht darauf, groß und bunt. Ein wenig weicht er zur Seite und beobachtet eine Frau, die sich über die Ablage beugt und nach einem der kleinen Gläser greift, eines der hässlichen bunten Nippesdinger, die in seiner Familie nie benutzt worden sind. Isabell kommt ans Fenster. Zierlich wirkt sie in ihrem Kleid. Auch Matti sieht er hinter ihr. Die Frau nimmt ein zweites Glas aus der Sammlung, Isabell nickt und scheint etwas zu sagen, sie unterhalten sich, offenbar über *diese* Gläser. Er kann das kaum glauben. Die Frau scheint sich wirklich für diese Gläser zu *interessieren*, Gläser, mit denen er nicht gewusst hätte, wohin. Sie hält eines gegen das Licht, wirkt gewissenhaft, als ginge es da um etwas Wichtiges. Dass sie sich die Zeit nimmt, dass sie überhaupt in diesem Laden steht und etwas von dem Gerümpel haben will. Isabell sammelt die restlichen Gläser ein und geht zum Tresen, er kann sehen, wie sie die Gläser in Zeitungspapier wickelt. Schnell und leichthändig, mit einer Routine, als hätte sie nie etwas anderes getan. Matti läuft geschäftig im Laden herum, hat etwas aus rotem Plastik, eine alte Taschenlampe in der Hand und scheint das alles höchst aufregend zu finden. Die beiden, denkt er, die beiden, er mag sich kaum vom Fleck bewegen, nur ewig zusehen. Was Isabell aus diesem dunklen Loch gemacht hat. Alles in diesen zwei Tagen. Sie muss geschuftet haben. Stellt das Zeug seiner Eltern in ein Schaufenster. Verwandelt seinen Ballast in etwas Schönes.

39 | Die Glocke beginnt zu läuten, gleichmäßige Schläge, ein tiefer, melancholischer Klang, der Isabell eine Gänsehaut über die Arme schickt. Es ist der größte Friedhof der Stadt, sie haben sich eine Karte des Geländes ausgedruckt, um an der richtigen Seite zu parken, denn es gibt nur ein Tor und Georgs Onkel hat ein Hüftleiden. Eine Cousine von Erika, die in einem Taxi kam, beansprucht Vertrautheit, obwohl Georg sie kaum zu kennen scheint. Er reagiert verlegen und höflich. Schade, dass Matti nicht hier sei, sagt die Cousine, aber zum späteren Kaffeekranz sei er doch dabei, äußert sie wie eine vorwurfsvolle Bitte. Kleinkinder haben auf Beisetzungen nichts zu suchen, denkt Isabell. Ein älteres Ehepaar aus Erikas Nachbarschaft wünscht sein Beileid, dann kommen noch ein paar andere Leute, die Georg nur vage von früher kennt, Leute, die Stammkunden des Ladens waren und nun ihre Verbundenheit zeigen wollen. Ein alter Freund von Georgs Vater ist aus Polen angereist, wo er mit seiner zweiten oder dritten Frau lebt, Georg weiß es nicht genau, der Freund wolle noch Verwandte besuchen, bevor er wieder zurückfährt, damit sich die Reise lohne, sagt er. Sie sind ein Grüppchen von zwölf Leuten und warten auf dem Kiesplatz vor der Kapelle.

Die dunkelgraue verzierte Eisentür öffnet sich und einige Trauergäste treten auf den Platz, ein Dutzend Leute, dann mehr, es ist eine große Gesellschaft. Schwarze Kostümchen, Goldschmuck blitzt über weißen Rüschenblusen, einige Damen tragen sogar Hut. Auf den sauber ausrasierten Nacken einiger Männer glitzert der Schweiß unter der Mittagssonne. Scheinbar brave Jugendliche warten gelangweilt zwischen den Erwachsenen. Das Glockenläuten, bemerkt Isabell, ist also dieser Gesellschaft gewidmet, es hat mit Erikas Beisetzung nichts zu tun.

»Und Sie sind Cellistin?«

»Ja.«

»Ein schöner Beruf.«

»Ja, meistens.«

»Sie arbeiten für Ihre Leidenschaft. Und Ihre Leidenschaft arbeitet für Sie.« Der Mann, Erikas Nachbar, blickt sie erwartungsvoll an, wahrscheinlich wünscht er sich eine Antwort auf sein Bonmot. Sie sehnt sich danach, unbeachtet in einer der fremden Menschentrauben verschwinden zu können und nicht reden zu müssen. Ein Flugzeug donnert sehr nah über sie hinweg, mit zusammengekniffenen Augen schaut sie in den Himmel, der Lärm ist ohrenbetäubend, der Friedhof ist eine Einflugschneise, besser ein Friedhof als ein Wohngebiet, denkt sie. Durch den Lärm kann sie dem Nachbarn eine Antwort schuldig bleiben, ohne unfreundlich zu wirken, sie nickt ihm zu, bevor sie sich abwendet. Unter der großen Trauergesellschaft wird beratschlagt, wer mit wem fährt, wahrscheinlich geht es in ein angesehenes Hotel oder Restaurant, wo das Bankett wartet, eine teure Veranstaltung für einen wichtigen Tod.

Während sich der Platz langsam leert, bleibt ihr Grüppchen etwas ziellos zurück. Ein weiteres Flugzeug donnert über sie hinweg, die Sonne blendet. In Filmen regnet es auf Beerdigungen, ein feiner Nieselregen vermischt sich mit der diesigen Luft über den Gräbern, die Menschen stehen unter schwarzen Schirmen, rücken dicht aneinander, das Grün der Bäume und Büsche, die Grabsteine und die

Umrisse der Menschen verschwimmen hinter dem Regenschleier zu einem impressionistischen Gemälde. Sie zupft kurz hintereinander am Ausschnitt ihres Kleides, um sich Luft an die Haut zu fächeln.

»Ich schau mal nach, ob da jemand ist und wir schon reindürfen«, sagt Georg und geht zur Kapelle. Er zieht die Eisentür auf, als ein schlaksiger Mann aus einem Nebengebäude kommt und auf ihn zueilt.

»Kann ich Ihnen helfen?«

»Wir würden gern unsere Blumen ablegen und wir haben ältere Gäste, die sich hinsetzen möchten, wenn das in Ordnung wäre.«

»Wir bereiten gerade alles vor. Es sollte gleich losgehen, wir erwarten den Pastor jede Minute.« Der Mann stellt sich als Mitarbeiter des Bestatters vor, er bittet sie, ihm zu folgen. Isabell sieht das speckige Schuppenweiß an seinem Revers, sein Kopf wirkt von hinten noch kleiner als von vorn. Nach der Beisetzung wird es ein Mittagessen und Kuchen geben, die Torte steht im Kühlschrank, die Erdbeertörtchen auch, die Sahne muss geschlagen werden, die Suppe hat Georg vorbereitet, sie hat fünf Stangen Baguette besorgt, außerdem Wein und Bier.

Vor dem kleinen Pavillon neben der Kapelle bleibt der Mann stehen und schiebt eine Art Tor zur Seite. Sie wirft einen ersten Blick hinein, der Raum ist so groß wie eine Garage, in die zwei Autos passen würden. Ein bescheidener Rahmen kann uns nichts anhaben, der nimmt der Sache keine Würde, hat sie Georg ermutigt. Doch nun ist sie sich nicht mehr sicher. Der Pastor begrüßt sie, er hat Georg einen Nachmittag besucht, um sich über Erika zu informieren. »Bitte, kommen Sie«, sagt er und breitet die Arme aus, damit sie eintreten. So, wie es aussieht, ist es wohl gemeint, sie werden nicht in die Kapelle gehen, sondern das hier ist ihr Ort. In einem Halbkreis bleiben sie stehen. Rechts und links im Raum stehen je vier Stühle, die Blumengestecke liegen am Fuß eines Holzsockels, um den Samt drapiert wurde, und auf dem Sockel steht die Urne.

»Gehen wir nicht in die Kapelle?«, fragt Georg den Bestatter leise. Bedauernd und etwas verlegen antwortet der, die würde schon für die nächste Trauerandacht vorbereitet. Doch sie hat das Gefühl, das ist nicht der eigentliche Grund. Die Nutzung der Kapelle kostet mehr.

Georg bietet seinem Onkel einen der Stühle an, die anderen beratschlagen höflich, wie sie die übrigen Plätze unter sich aufteilen. Die Flügeltür hinter ihnen bleibt offen, weil es sonst zu stickig wird. Der Pastor beginnt mit einem Gebet und erzählt dann aus Erikas Leben. Isabell betrachtet abwechselnd den Sockel mit der Urne und die anderen Gäste, sie fragt sich, ob die anderen sich über diesen kleinen Raum wundern, sie schämt sich ein wenig und befürchtet, dass auch die anderen sich schämen. Wieder kündigt sich ein Flugzeugdonner an, sie lehnt sich ein wenig nach hinten und legt den Kopf zurück, kann jedoch den Flieger nicht sehen. Der Lärm wird stärker, verschluckt die Stimme des Pastors, kein Wort ist zu verstehen, doch der Mann spricht ungerührt weiter. Mit angestrengtem Gesicht versucht die Cousine ihm zu folgen, die Nachbarin starrt ins Leere und verlagert ihr Gewicht von einem auf den anderen Fuß, woran mag sie denken, an eine Blase an der linken Ferse oder ein Jucken in der Poritze?, da hört er endlich auf zu reden, gemeinsam warten sie, bis der Lärm verhallt ist. Sie fragt sich, wie der Pastor diese Situation einschätzt, ob er nicht auch findet, dass acht Stühle etwas wenig sind, dass einige hier recht unglücklich in diesem Halbkreis herumstehen. Sie fragt sich, was der Pastor über sie und Georg denkt, das Paar, das sich offenbar nur diese Variante einer Beisetzung leisten konnte. Er hat ein weiches, gütiges Gesicht, vornehm zurückhaltend hat er gewartet und spricht nun von Erikas, wie er sagt, trostvollem Tod. Sie wehrt sich gegen den Gedanken, doch kann nicht anders, der Friedhof hat zwei Abschiedsorte geschaffen, den einen für die großen Gesellschaften, die mit dem Klavierlack auf den Särgen, und den anderen für Leute wie sie. Sie schaut Georg an, er wirkt ruhig, sogar gelassen, er scheint einfach zuzuhören, er scheint sich nicht von den Umständen ablenken zu lassen, einen Ausdruck von konzentrierter Traurigkeit im Gesicht. Während sie sich den Kopf über Kleinigkeiten zerbricht, über oberflächliche Dinge, über Scham, wo es vielleicht gar nichts gibt, dessen sie sich schämen müsste, steht Georg einfach hier und denkt an Erika. Sie nimmt seine Hand.

Schließlich nickt der Pastor Georg zu, der geht nach vorn und schiebt einen Zettel in die Tasche seines Jacketts. Er wolle nur eine kleine Geschichte erzählen, eine Erinnerung an seine Mutter teilen, fängt er an, lächelt kurz in die Runde, sein blasses Gesicht zu seinem dunklen Anzug hat etwas Verwegenes; ein Samstag im Sommer, er war gerade dreizehn Jahre alt und wollte zu einem Open-Air-Festival, das bis in die Nacht ging, einige Stunden Fahrt mit Bahn und Bus, irgendwo auf dem Land. Seine Mutter fand diese Idee nicht gut, doch er überredete sie, dort würde er Schulfreunde treffen, sagte er, und ein Vater würde ihn im Auto zurück nach Hause bringen. Also erlaubte sie es ihm, er machte sich mittags auf den Weg. Im Getümmel der Veranstaltung fand er seine Freunde nicht. Zuerst machte er sich keine Gedanken, die Konzerte waren wichtiger. Seine Mutter hatte ihn gebeten, sie zwischendurch anzurufen, ob seine Rückfahrt gesichert sei. Er kämpfte sich bis ganz nach vorn an die Bühne, stand schmächtig, wie er war, an der Absperrung, umringt von schwarz Gekleideten, älter als er. Er trug Jeans und T-Shirt, sonst hatte er nichts dabei, keine Jacke, nicht viel Geld, er dachte an nichts als die Musik, schon gar nicht daran, eine Telefonzelle zu suchen und zu Hause anzurufen. Er sah in die Gesichter der Bandmitglieder, war gebannt von der überwältigenden Lautstärke, von den Lichtern, von dieser überdimensionalen Nacht, und er mittendrin. Dann war das Festival vorbei. Es war gegen ein Uhr. Er hatte diesen Abend gehabt, diesen Rausch, *gerade* weil er allein gewesen war und niemand auf ihn aufgepasst hatte. Es fühlte sich abenteuerlich an, doch als die Menge sich auflöste, jeder zu wissen schien, wo er hinwollte, nur er selbst nicht, bekam er Angst. Die zertrampelte Wiese leerte sich, der Müll blieb zurück, Betrunkene grölten, plötzlich war er nur noch ein frierendes Kind, fehl am Platz. Er wusste nicht, ob noch ein Zug fuhr. Es waren einige Kilometer zum Bahnhof, er würde zu Fuß gehen müssen, allein warten, vielleicht bis morgens warten, nicht weniger schlimm: Er musste seine Mutter anrufen und ihr das erklären. Sein Vater war an jenem Wochenende auf einer Messe und wusste wohl nichts von diesem Ausflug. Er weiß noch, wie er im Strom der Leute zu einem der Ausgänge trieb und von der Drehtür ausgespuckt wurde. Wie er sich darauf einstellte, nun allein an einer dunklen Landstraße zum nächstgrößeren Ort zu laufen. Wie er hoffte, dass niemand ihn beachten würde. Da sah er seine Mutter. Sie stand nur ein paar Meter von ihm entfernt und wartete. In Lackschuhen und mit einer Strickjacke über den Schultern, wegen der kühlen Nacht. Er hatte sie nie vorher Auto fahren sehen, er wusste nicht einmal, dass sie einen Führerschein hatte. Doch in dieser Nacht war sie losgefahren, als hätte sie alles vorher gewusst. Das große Gelände hatte mehrere Ausgänge, es hätte so viele Möglichkeiten gegeben, sich zu verfehlen, doch sie stand genau dort, wo er rauskam. *Und, war es schön?*, fragte sie ihn nur und nahm ihn an die Hand. Das war er, der Moment, der für seine Kindheit steht. Georg erzählt diese Geschichte mit klarer Stimme, einer unkomplizierten Wärme, er scheint genau zu wissen, was er empfindet, er ist mit seinen Eltern verbunden, er ist mit ihr und Matti verbunden, und obwohl er müde und angeschlagen vor ihnen steht, wirkt er in sich fest. »Mütter scheinen übernatürliche Kräfte zu haben.«

Nach der Andacht passt sie den Bestatter ab und fragt ihn leise, ob die Glocke auch für Erika schlagen wird. Sie sieht seinem Gesicht schon an, dass es nicht vorgesehen ist, und bevor er etwas sagen kann, bittet sie ihn, eine Ausnahme zu machen, eindringlich schaut sie ihn an, er nickt, geht über den Platz und verschwindet in der Kapelle.

Wenig später ertönt der gleichmäßige Glockenklang aus dem Türmchen, der tiefe, weiche Ton, der Isabell wieder einen Schauer über die Arme schickt. Der Bestatter trägt die Urne, der Pastor geht neben ihm, Georg, sie und die anderen folgen. So wandern sie schweigend den langen Kiesweg entlang. Sie biegen ab und wandern langsam weiter, hinter den Bäumen immer noch der Glockenklang, biegen nach links, dann wieder nach rechts, der Weg zieht sich in die Länge, sie schweigen, doch Georgs Onkel schnauft nun deutlich hörbar, Isabell dreht sich um, auch die Cousine sieht etwas erschöpft aus. Sie wissen nicht, wo die Stelle ist, können nur den beiden Männern durch das Labyrinth der Hecken und Gräber folgen, der Friedhof ist weitläufig, der Weg kann dauern. Sie überlegt, den Bestatter flüsternd zu fragen, ob es noch weit sei, auch wenn sie damit das andächtige Schweigen brechen wird. Denn einige, mindestens zwei von ihnen, haben Mühe Schritt zu halten. Georg hält den Kopf gesenkt, sie spürt seine Finger an ihrem Handrücken und ergreift sie.

40

Der Entrümpler ist ein durchtrainierter Mann um die dreißig. Seinen Kleinlaster hat er an der Straße vor dem Geschäft geparkt. »Sven«, stellt er sich vor, ohne zu lächeln, freundlich wirkt er trotzdem. Im Wagen sitzt sein Partner. Die beiden werden viel zu schleppen haben, aber das wissen sie, vorab sollte er ihnen eine Liste schicken.

Ohne viel Zeit zu verlieren, betreten die Männer das Geschäft, blicken sich um und besprechen leise, was und wie. Sie packen das Sofa an, kippen es etwas, damit es durch die Tür passen wird, und tragen es hinaus. Durch das Fenster beobachtet Georg, wie es im Laster verschwindet. Mühelos schaffen die Männer auch die klobigen Sessel aus dem Laden, den Küchentisch, die Stühle, die Wände vom Kleiderschrank, den er auseinandergeschraubt hat, und die Bretter der Regale. Danach staubige Koffer, Massen an Kartonpappen, Kisten voller Kabel. Wie viele Kabel, Steckdosenleisten, Buchsen sein Vater gebunkert hatte. Sie tragen die Teile seines Jugendbetts zum Laster, auch seinen alten Schreibtisch. Kurz ist er ein pubertärer Junge, der den beiden schweigenden Riesen etwas wehmütig zusieht. Dann besinnt er sich wieder. Ist okay, sagt er sich, er ist dankbar, dass die Männer hier sind. Er muss nichts mehr tun, nichts mehr planen oder entscheiden, er muss nur danebenstehen, während die beiden die letzten Besitztümer aus diesen Zimmern schaffen. Sie tun es ungerührt und souverän, für sie ist es nichts als Sperrmüll. Das ist gut, dafür hat er sie bezahlt. Sie tun es in aller Ruhe und sogar vorsichtig, gehen respektvoll mit den Sachen um. Kurz denkt er über ihren Beruf nach. Sie behalten einen klaren Kopf, wenn ihre Auftraggeber nicht mehr richtig denken können, weil sie gerade etwas verwinden müssen. Sie werden in Situationen gerufen, die mit Trauer, Unordnung oder anderen Überforderungen zu tun haben und übernehmen das Zeug, das die Hinterbliebenen erdrückt, das die Äderchen ihrer Gegenwart verstopft. Sie können sich aus den Einzelteilen einiges über das Leben ihrer Auftraggeber zusammenreimen, und manchmal verachten sie vielleicht stillschweigend den Wegwerfwahn der Leute.

Er hat Brötchen mit Käse und Salami belegt, die wird er ihnen anbieten und dazu Kaffee kochen. Der Schrank, in dem die Ordner standen, ist nun dran. Könntest du dir vorstellen, dass wir eines unserer Zimmer vermieten, hat Isabell ihn heute Morgen gefragt. Daraufhin wollte er einen blöden Witz machen, darüber, dass sie sich kaum traut, unter die Dusche zu steigen, ohne vorher die Badezimmertür abzuschließen. Aus Furcht vor Fantasiebösewichten, die mit einem Messer in der Hand den Vorhang zur Seite reißen könnten. Und mit diesem Tick wolle sie mit einem Fremden unter einem Dach wohnen, ja? Es war ein Scherz, ein halbwegs ernst gemeinter. Doch er hielt den Mund und ließ sie reden. Sie fing wieder mit den hundert Jahre alten Adressbüchern an. Da wäre ihr aufgefallen, dass zu vielen Wohnungen drei oder auch vier unterschiedliche Namen gehörten. Es wäre offenbar üblich gewesen, dass Ehepaare und Familien Zimmer untervermieteten. Für einige wäre es sicher eine Notlösung gewesen, überlegte sie, doch für andere vielleicht nicht einmal das, sondern eine selbstverständliche Form des Wohnens. Man hatte eben einen Untermieter.

»Ich wäre sehr für eine Wiederbelebung der Untermieterkultur zu haben«, sagte sie, »jeder, der aus seiner Wohnung verdrängt werden könnte, sollte darüber nachdenken.« Ihre Idee schien naheliegend, erstaunlich naheliegend. Er selbst wäre darauf nicht gekommen. Nie wäre ihm eingefallen, einen Fremden in sein Familienleben zu lassen. Jetzt fragt er sich, warum er darauf nicht gekommen ist. Weil ihre Schwierigkeiten damit für andere sichtbar werden konnten? Weil Familien mit kleinen Kindern sich wohnlich doch vergrößern mussten anstatt zu verkleinern? Weil, weil. Diesen Pragmatismus hat er Isabell nicht zugetraut.

»Die Geräte auch?«, fragt Sven, einen verpackten Wasserkocher in den Händen.

Ja, bitte, sagt er, weg damit. Einiges davon konnte Isabell verkaufen, aber nicht viel. Kristalltierchen und alte Plattenspieler dagegen waren begehrt. Jemand kaufte sogar einen Gastroführer aus den Siebzigern, den Isabell zwischen den Büchern seiner Eltern hervorgekramt hatte. Wozu war ein Gastroführer aus den Siebzigern zu gebrauchen? Isabell schien es zu wissen, und derjenige, der das Buch gekauft hatte, auch. Einige ältere Leute aus der Gegend kamen vorbei und sagten, sie wollten sich zum Abschied etwas aussuchen, ein Fondue-Set, Porzellandosen und Vasen wurden gekauft, »als Andenken«, sagte eine Frau, die in einer der Hinterhofwohnungen lebte. Ihr Mann interessierte sich für einen Filmprojektor, dann wollte er wissen, ob auch das Schild *Techniknotdienst, Tag und Nacht*, verkäuflich wäre, und bevor er selbst etwas sagen konnte, schüttelte Isabell den Kopf, leider nein.

Nachdem die Männer alles verladen haben, gibt er Sven das Geld und bedankt sich. Sie trinken Kaffee und essen

Brötchen. Dann steht er allein im leeren Geschäft. Er hat das Erbe seiner Mutter nicht abgelehnt, weil er es nicht über sich brachte. Denn in dem Fall hätte er kein Recht mehr dazu gehabt, den Haushalt selbst aufzulösen. Irgendjemand hätte im Auftrag der Stadt diese Räume nach Sachwerten durchforstet und alles andere abholen lassen. Den Gedanken daran konnte er nicht ertragen. Das hätte ihn sein Leben lang verfolgt. Es war gut, bis zum letzten Karton selbst dabei zu sein. Die Fotos, die Briefe zu ordnen und an sich zu nehmen. Er sortierte, war seinen Eltern nah und verabschiedete sich von ihnen. Nun hat er auch noch einen Kredit abzuzahlen, unfassbar, hätte er vor vier Wochen gedacht, als er hier die Ordner wälzte. Vielleicht ist es unvernünftig. Oder auch gerade nicht. Die Zeit mit Isabell, in der sie zusammen im Geschäft standen und die Menschen aus der Nachbarschaft vorbeikamen, war es wert.

In achtzehn Monaten könnte er den Kredit abbezahlt haben. Je nachdem, wie es läuft. Den Unterlagen nach wurde das Darlehen von seinem Vater kurz vor seinem Studium aufgenommen. Das ist sein Erbe, der Rest eines Kredits für seine akademische Ausbildung. Er hat dieses Erbe angenommen.

In der Kammer fanden Isabell und er den Papierdrachen, den er als Junge bekommen hatte, sie behielten ihn für Matti. Er erinnert sich an einen Ausflug, den sein Vater gefilmt hatte. Der Drachen war neu, sie waren irgendwo außerhalb der Stadt, auf hügeligen Weiden, doch es wehte kein Wind. Mit dem Drachen an der Schnur lief er den Hügel hinunter, versuchte durch das Laufen, den Drachen in die Luft zu bekommen, und es funktionierte, er spürte an der gespannten Leine, dass der Drachen aufstieg und sich oben hielt. Er kann sich an das Gefühl erinnern, wie er lief und lief, eine ausgelassene Verschwendung von Energie, euphorisch, weil er den Drachen oben wusste, kein einziges Mal drehte er sich um und schaute hoch in den Himmel, er musste den Drachen nicht *sehen*, zu laufen und die gespannte Schnur zu spüren, genügte ihm. Etwas steht auf der Kippe, und es hat nicht nur damit zu tun, dass sie beide keine Arbeit haben. Er hat seinen Instinkt verloren, sein Gespür dafür, wie ihre Situation *wirklich* ist. Wie zuversichtlich darf er sein? Wie skeptisch muss er sein? Beschließt er an die Zukunft zu glauben, beschleicht ihn sofort die Befürchtung, seine Hoffnung wäre nur eine Form der Verdrängung. Malt er sich alle möglichen zukünftigen Probleme genau aus, sicherheitshalber, stellt er seine Skepsis wieder in Frage. Denn diese ständige Vorsicht ist so ermüdend. Er hatte zwischen sich und den anderen Leuten hier im Viertel eine Trennlinie gezogen, ohne es zu merken. Doch warum? Weil er dachte, er würde nicht mehr dazugehören? Die Tage mit Isabell im Laden haben etwas anderes erzählt. Die Menschen aus der Gegend kamen zu ihnen. Sie kannten keine Trennlinie. Die eigentliche Frage ist: Wie sieht er sich selbst?

Er hat gedacht, sich den Anspruch auf Sicherheit verdient zu haben. Doch es gibt keinen Anspruch auf Sicherheit. Über seine verletzte Eitelkeit ist er hinweg. Wenn ihn wieder die Mutlosigkeit packt, dann wird er an diese Tage im Laden denken, und an die Hinwendung, mit der eine unbekannte Frau bunte Likörgläser gekauft hat.

Einen Plan, den hat er trotzdem nicht. Er hat keine Alternative, und er will sie auch nicht. Er will das Leben mit Isabell und Matti, das sie hier führen. Wenn sie das nicht schaffen, wird es wehtun. Das kann er sich endlich eingestehen: Es wird wehtun, Isabell wusste es die ganze Zeit.

Jetzt wird er noch einmal durch diese Räume gehen, in Ruhe, er wird ein letztes Mal aus dem Fenster seines alten Zimmers schauen, eintauchen in den Blick des Schuljungen, und dann wird er das Schild *Techniknotdienst, Tag und Nacht*, von der Tür lösen und es mit nach Hause nehmen.

41 | Wenn sie sich in die Mitte des Parks auf den Hügel stellt, kann sie hinter den Baumkronen das Dach ihres Hauses sehen. Der verwinkelte Park mit seinen vielen verschwiegenen Ecken hat sich in über zwanzig Jahren kaum verändert. Sie war ein Spätzünderkind, traf sich mit Jüngeren, kletterte auf den bemoosten Grabplatten herum, von denen manche einen Spaltbreit verschoben waren, sie dachte sich Schauerliches über die dunklen Öffnungen aus. Sie hockte mit anderen Kindern im Holzhäuschen neben der Rutsche und blätterte Pferdehefte durch, noch ohne das pubertäre Bewusstsein um die zu kurzen Ärmel ihres Anoraks, die an den Knien zerschlissenen Cordhosen oder die strähnigen Haare. Das Bewusstsein bildete sich dann schnell, und es dauerte nicht lang, bis sie hinter dem Mausoleum ihre erste Zigarette rauchte, im Sommer mit anderen Mädchen auf einer Wolldecke lag, im Bikini und mit lackierten Fußnägeln, oder ihr im Holzhäuschen jemand zum ersten Mal an die Brust griff.

Matti zappelt im Tuch auf ihrem Rücken, er möchte losgebunden werden. Sie würde ihn gern noch bei sich behalten, sein brabbelndes Stimmchen an ihrem Ohr, und seine weichen Hände in ihrem Gesicht. Die Hände mit diesem guten Geruch, einer Mischung aus Haut, Spucke, dem Rest einer Honigwaffel, Sand, Schmutz, Luft, einer Mischung aus *allem*, was zu Mattis Dasein gehört. Sie setzt sich auf eine Bank, rutscht nach vorn an die Kante, löst den Knoten und lässt ihr Kind aus den Schlaufen steigen.

»Wie wäre es hier«, ruft Georg, der vorgegangen und unter einem knorrigen Baum stehen geblieben ist. Sie nickt, er stellt den Korb ab und breitet die Decke auf dem Boden aus. Sie holen Schüsseln, Gläser, Teller und den Proviant aus dem Korb. Baguette, Frischkäse, Salat aus Avocados und Eiern, marinierten Fenchel mit Schalotten und zusammengerollte Pfannkuchen mit Schokolade.

Sie zieht Matti seine Schuhe und Strümpfe aus. Zu dritt spielen sie Ball, Matti läuft zwischen ihnen hin und her, er versucht zu kicken, doch tritt meistens in die Luft oder landet auf seinem Windelhintern.

Gemeinsam gehen sie die schattige Allee ein paar Meter entlang zum Spielplatz und beobachten, wie Matti in die Sandkiste steigt und mit gierigen Augen und Händen die Bagger und Sandmühlen anderer Kinder erkundet. Sie setzen sich auf eine Bank.

»Ich verstehe trotzdem nicht, warum du mir nichts erzählt hast«, sagt Georg nach einer Weile.

»Ich weiß«, sagt sie leise.

»Wem denn sonst, wenn nicht mir? So habe ich uns immer gesehen.«

»Ich dachte, es geht weg, gerade *weil* ich niemandem etwas sage.«

»Das hat offenbar nicht gut funktioniert.«

»Diese Wörter, Zittern, Bogen, Hand, wenn ich sie ausspreche, dachte ich, würden sie bleiben und mir keine Ruhe mehr lassen.«

»Ich glaube, es ist umgekehrt. Wenn du sie nicht aussprichst, lassen sie dir keine Ruhe.«

»Du hast mich allein gelassen«, es soll nicht vorwurfsvoll klingen, es soll nur gesagt sein.

Er blickt sie an.

»Du wolltest, dass wir in irgendein Kaff ziehen.«

»Das war Blödsinn und es tut mir leid. Eigentlich hätte ich längst in der Lage sein sollen, uns *hier* etwas Anständiges zu kaufen.«

So ein Quatsch, denkt sie, »ja, ja, sicher, und *ich* sollte eigentlich lange in einem Sinfonieorchester spielen.«

Er gibt einen Laut von sich, der fast wie ein Lachen klingt.

»Eigentlich sollte ich in der Welt unterwegs sein und wichtige Reportagen schreiben«, sagt er schließlich.

»Eigentlich sollte ich in Mailand oder Paris auftreten, oder eine CD als Starsolistin aufnehmen«, antwortet sie.

Jetzt lacht er. Es ist ein gutes Spiel, sie können solche Dinge leicht dahinsagen, weil sie nichts bedeuten, sie sind nicht wichtig. Es ist nicht so gelaufen, wie sie gedacht haben, na und. Georg hat recht, so was wird erst bedeutungsschwer, wenn sie versuchen, es aus dem Weg zu schweigen. Dass sie hier zusammen sitzen, reden und dabei ihr Kind betrachten, *das* allein ist bedeutend.

Nach dem Picknick spielt Georg mit Matti auf dem Rasen, sie legen mit kleinen Stöckchen Umrisse einer Weide und einer Straße, für Bauernhoftiere und Spielzeugautos. Sie steht auf und geht ein paar Schritte in den Teil des Parks, in dem noch die letzten Spuren zeigen, dass hier ein stillgelegter Friedhof ist. Zwischen den übrig gebliebenen Grabsteinen haben die Anwohner im Krieg angeblich Gemüse angebaut, hat ihr Norbert mal erzählt.

Das Cello nehmen, ohne sich zu fragen, ob sie wieder ein gutes Engagement findet. Die Wohnung betreten, ohne sich zu fragen, wie oft sie den Schlüssel noch benutzen wird. Einfach nur das Cello nehmen und spielen. Einfach nur die Wohnung betreten. Es muss ihr doch möglich sein, sich diese Haltung anzugewöhnen, wie sie sich eine gesunde Körperhaltung beim Üben angewöhnt hat.

Morgen könnte sie mit dieser Haltung, mit dieser versuchten Leichtigkeit in der neuen Kindermusikschule fragen, ob dort Cellolehrerinnen gesucht werden. Sie hat sich Literatur für den Unterricht mit Kindern bestellt, sie kann auch Stunden bei sich zu Hause geben, vor Kindern wird sie nicht mit den Händen zittern, davon ist sie überzeugt, warum sollte sie vor Kindern zittern?

Ihre Schritte auf dem Sandweg geben den Takt vor, sonst ist Stille, nur dieser Takt und das silberne Rauschen der Bäume, die Holunderbüsche strömen ihren honigschweren Duft aus. Sie ist allein, hier gehört der Park ganz ihr, hinter den Sträuchern sieht sie das Mausoleum aus Sandstein, aus der Form geratene Hecken geben nur noch einen sehr schmalen Pfad zu der Eisentür frei, die mit Grafittischrift besprüht ist. Ein Graf und Stadtrat hat hier seine letzte Ruhe gefunden, vor mehr als hundertfünfzig Jahren, und sie fragt sich, ob es noch jemanden gibt, der diese Eisentür aufschließen darf. Ob sich noch etwas in diesem Mausoleum befindet, bestimmt hat schon mal jemand versucht, die Tür aufzubrechen. Weil ihm der Wandtresor noch immer keine Ruhe gelassen hat, ist Georg einen Tag durch die Stadt gefahren, hat in mehreren Eisenwarenläden gefragt, ob sie spezielle Bohrmaschinen hätten, und ob sie wüssten, woraus solche Türen damals gemacht wurden. Einer sagte, er würde jemanden kennen, der ein besonderes Gerät hätte, aber der sei gerade auf Reisen, Georg solle in drei Wochen wieder anrufen. Wenn es nach ihr ginge, könnte der Tresor verschlossen bleiben. Das Rätseln um seinen Inhalt hat einen Reiz, es ist interessanter als die Gewissheit. Er verstehe nicht, was daran interessant sein soll, würde Georg sagen. Das Fach ist leer, das muss nur noch bewiesen werden. Doch vielleicht ist es auch nicht leer. Sie muss es nicht wissen, sie will es nicht wissen. Sie mag diese flirrende Unruhe, auch wenn sie manchmal quälend sein kann. Vielleicht, vielleicht; das kann so stehen bleiben. Sie kann dem Tresor sein Geheimnis lassen, und der Zukunft auch.

Matti ist eingeschlafen, wie mitten in einer Spielbewegung. Auf allen vieren hockend hat er seinen Kopf und Oberkörper sinken lassen, doch den in die Luft gestreckten Po dabei vergessen. Georg liegt auf der Seite, sein Körper ist wie ein schützender Wall für das schlafende Kind, er liest. Wie lange hat sie ihn nicht mehr so gesehen, sich selbst gegenüber wohlgesonnen, sich und ihr, und diesem Nachmittag.

Vor ein paar Tagen überraschte er sie, er hatte Pia gebucht und einen Tisch reserviert, Kinokarten besorgt, sie war nervös und verlegen, als sie ihm am Tisch gegenübersaß, auch er schien angespannt, als würden sie sich kaum kennen. Beide zeigten sie sich angestrengt von ihren besten Seiten und umschifften alle schwierigen Themen, und auf einmal war zwischen ihnen wieder Raum für etwas unwägbar Gutes. Dann kamen sie nach Hause, durch die Wohnungstür hörten sie schon die Stimmen eines Films, den sich Pia anschaute, leise schlossen sie die Tür auf, gingen ins Wohnzimmer, doch Pia saß nicht auf dem Sofa. Sie gingen durch den Flur, wie immer auf leisen Sohlen, um Matti nicht zu wecken, der das Gehör einer Katze zu haben schien, und da sahen sie Pia im Schlafzimmer, sie schien nicht bemerkt zu haben, dass sie nach Hause gekommen waren. Pia stand vor dem Kleiderschrankspiegel, sie hatte sich den petrolblauen Mantel mit besticktem Kragen übergezogen, den Isabell in Amsterdam gekauft hatte, und war gerade damit beschäftigt, sich die Lippen anzumalen, wohl mit einem Stift aus der Schale im Badezimmerschrank, sie schien ganz mit sich beschäftigt, der Mantel stand ihr gut. Georg lächelte, sie schaute ihn an und legte den Finger auf die Lippen, leise, leise. So glitten sie zurück zur Wohnungstür, öffneten sie noch einmal und klappten sie danach deutlich hörbar zu, zogen sich in aller Ruhe die Schuhe aus, gingen ins Wohnzimmer, ließen Pia Zeit, Mantel und Lippenstift loszuwerden; verblüffend war die Szene gewesen, und auf seltsame Weise gefiel es ihr auch, Pia so zu sehen, Pia, die also ihren Schrank geöffnet, ihre Sachen durchgesehen und sich für diesen Mantel entschieden hatte, die sich einen Lippenstift aus dem Bad genommen hatte, die dort vor dem Spiegel gestanden hatte, als würde sie sich in ein anderes Leben hineindenken, eine Zukunft vielleicht; mein Leben, denkt Isabell, und daher rührte wohl die Verblüffung. Pia schien dieses Leben in jenem Moment zu mögen, sie dabei beobachten zu können, war aufregend und schön.

Sie bleibt im Schutz eines Strauchs stehen und betrachtet Georg und Matti, speichert dieses Bild ab, Vater und Sohn, den großen und den kleinen Körper, im Halbschatten des Baums, im Hintergrund die Umrisse einer Gruppe Menschen, die auf dem Rasen den Bewegungen ihres Tai-Chi-Lehrers folgen, die leer gegessenen Teller auf der Decke, die Gläser, die Flasche Wein, ein Stoffball, an dem Grashalme hängen, Tierfiguren umgeben von kleinen Stöckchen, ganz genau prägt sie sich das alles ein, jedes Detail zählt, auf dass es konserviert werde in ihrem Gedächtnis. Sie ist nicht gut darin, sich von etwas zu trennen, von

Räumen, von Gegenständen, von Momenten. So viel hat sie über sich gelernt, sie ist einfach nicht gut darin, und sie wird es sicher nie werden. Wenn sie weiterkommen will, muss sie mit Tricks vorgehen. Sie muss sagen: Wenn ich mich von etwas nicht trennen kann, dann liegt es nicht an der Unentbehrlichkeit dieses *Etwas*, sondern an mir. Wo immer das Leben sie und Georg hinbringt. Auch neue Räume wird sie mit ihrer Gegenwart füllen können, wenn es sein muss, auch dort wird sich etwas in die Wände einschreiben, wenn sie es will.

Sie stellt sich vor, wie sie als alte Frau in Gesundheitsschuhen durch diesen Park spazieren wird, auf der Suche nach Verbundenheit mit diesem Ort und ihren Erinnerungen. Sicher wird sie dann für die beschäftigten Mütter und ihre Kinder, die jungen Paare oder kichernden Mädchen unbedeutend, ja unsichtbar sein. Langsam wird sie durch die Allee gehen, und sie wird an der Ecke mit den Sträuchern, genau an dieser Stelle, wo sie jetzt steht, anhalten. Dann würde sie sich an diesen Nachmittag erinnern, alles noch einmal vor sich sehen, genau hinsehen, wer Georg, Matti und Isabell am heutigen Tag gewesen sind. Sie wird ihr junges Ich neben Georg und dem Kind sehen, dort auf der Decke unter dem Baum, und die Vollkommenheit des Moments erkennen, denn *wie* vollkommen etwas war, lässt sich oft erst viel später verstehen. Mit der Zeit reifen Momente zu etwas heran, erst dann kristallisiert sich heraus, *das* war es, das Glück. Sie weiß das, denn sie ist jetzt schon diese alte Frau. Das ist ihre Schwäche, aber heute ist es ihre Stärke, sie braucht nicht Jahre und Jahrzehnte, um zu verstehen, was dieser Nachmittag mit ihrer Familie unter dem knorrigen Baum, was die schattige Stille dieses Orts, was die Stimmen von Matti und Georg, was ihr das alles bedeutet. Gleich wird sie sich zu den beiden auf die Decke legen, und dann wird sie noch einmal hinüber zum Holunderstrauch schauen, dorthin, wo sie jetzt steht, und sie wird ein weit geöffnetes Herz haben, für alles, was kommt.

Heute, zumindest, kann sie es so empfinden.

FSC
www.fsc.org
MIX
Papier aus verantwortungsvollen Quellen
FSC® C014496

Verlagsgruppe Random House FSC® N001967
Das für dieses Buch verwendete FSC®-zertifizierte Papier
Munken Premium liefert Arctic Paper Munkedals AB, Schweden.

Satz: Greiner & Reichel, Köln
Druck und Bindung: GGP Media GmbH, Pößneck
ISBN 978-3-630-87453-1

www.luchterhand-literaturverlag.de
www.facebook.com/luchterhandverlag
www.twitter.com/luchterhandlit